안스크 산 소사막

테아칸 왕국

아르카스 해

켈튼 연방

마틸 산

레스틴

타이백 산맥

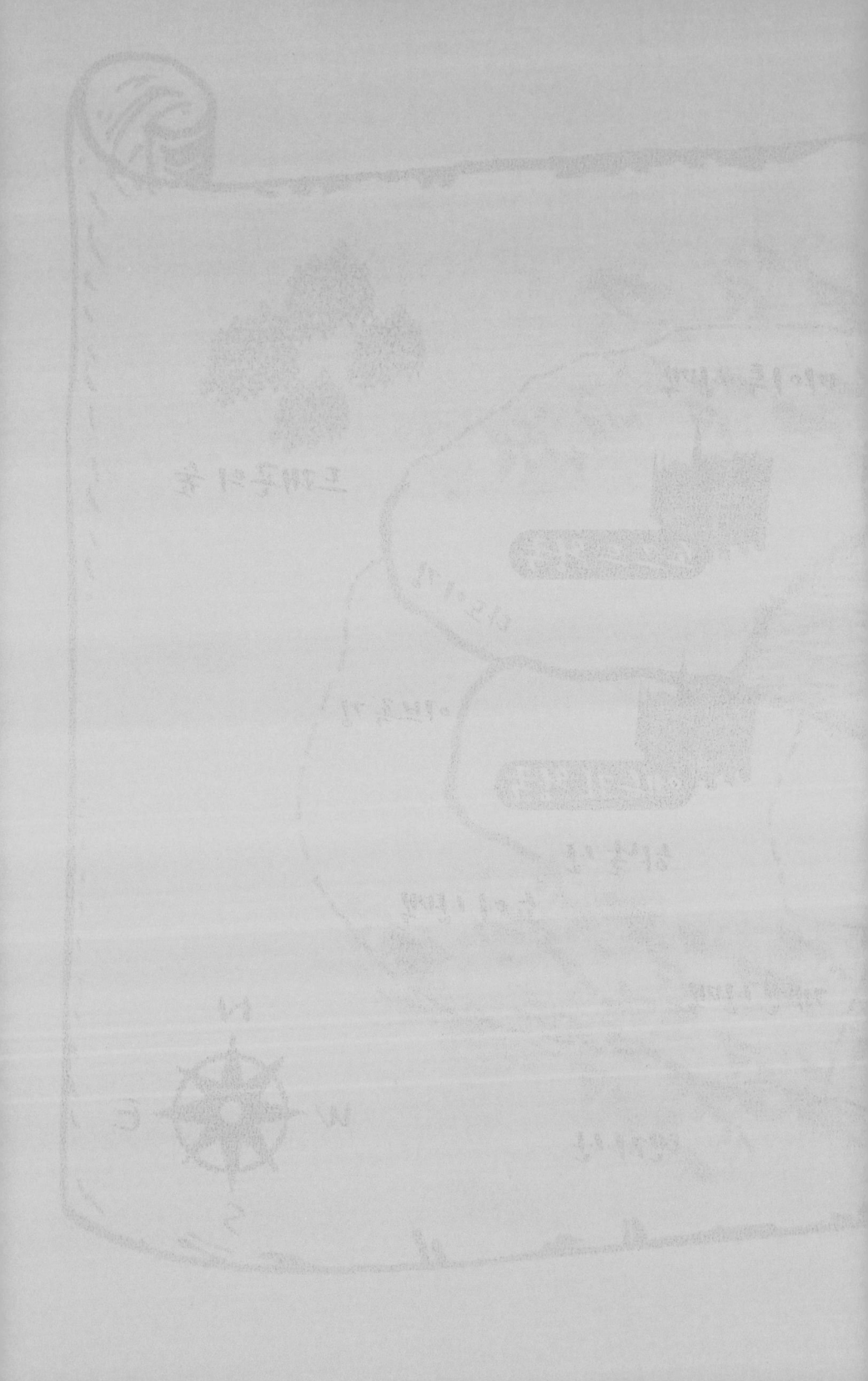

아린이야기
Arin's Story

아린 이야기 14 (完)
박신애 판타지 장편 소설

초판 1쇄 찍은 날 § 2002년 8월 23일
초판 1쇄 펴낸 날 § 2001년 9월 3일

지은이 § 박신애
펴낸이 § 서경석

편집장 § 문혜영
편집책임 § 권민정
편집 § 장상수 · 박영주 · 김희정 · 이종민
마케팅 § 정필 · 강양원 · 김규진 · 안진원

펴낸곳 § 도서출판 청어람
등록번호 § 제1081-1-89호
등록일자 § 1999. 5. 31
어람번호 § 제1-0283호

주소 § 경기도 부천시 원미구 심곡1동 350-1 남성B/D 3F (우)420-011
전화 § 032-656-4452   팩스 § 032-656-4453
E-mail § eoram99@chollian.net

ⓒ 박신애, 2000

값 7,500원

ISBN 89-5505-022-4 (SET)
ISBN 89-5505-464-3 04810

※ 파본은 본사나 구입하신 서점에서 교환하여 드립니다.
※ 저자와 협의하여 인지를 붙이지 않습니다.

박신애 판타지 장편 소설

아린이야기
Arin's Story

14 완결

Come back

목 차

제39화 등잔 밑은 정말 어둡다 / 7
제40화 사파 연합 / 87
제41화 굴러가는 눈덩이? / 161
제42화 마지막 결전 / 211
에필로그 / 263

제39화
등잔 밑은 정말 어둡다

등잔 밑은 정말 어둡다

"에혀, 도대체 드래곤의 배는 얼마나 큰 거야?"

"너네 용보다는 클걸? 척 보기에도 너네는 뱀이고 우리는 도마뱀이같아."

낙양에 도착한 우리들은 우선 무림맹으로 갔다.

우리 은씨 세가 사람들은 곧바로 예전 무림대회 때 우리가 묵었던 바로 그 숙소로 안내되어 쉴 수 있었지만 할아버지와 아빠, 그리고 배 숙부는 얼마 쉬지도 못하고 그들을 부르러 온 무사의 안내를 받아 무림맹주를 만나러 가야 했다.

아마 청룡단장과 주작단장도 같이 만나서 이야기를 할 터였다.

"아, 할아버지 가신다. 이럴 때는 내가 일행의 대표가 아니란 것이 기쁘다니까."

나는 나에게 배정된 방의 창으로 할아버지와 아빠, 그리고 배 숙부가 건물 밖으로 걸어나가는 것을 바라보며 중얼거렸다. 그러자 내 방 탁자에 앉아 따뜻한 차를 마시고 있던 민이 녀석이 내가 뭔 뜻으로 말했는지 짐작한 듯 내 말을 받았다.

"그렇다고 누군가의 밑에 있는 걸 좋아하는 것도 아니잖아. 단지 귀찮은 일을 하기 싫어하는 것뿐이지."

"야, 누가 귀찮은 일 하는 걸 좋아하겠냐? 그건 모든 사람들이 다 바라는 일이라고."

창문에서 떨어져 민이가 앉아 있는 탁자로 다가가며 반박하자 민이가 차의 맛을 음미하는 듯 눈을 지그시 감으며 대꾸했다.

"모든 일에는 책임과 의무가 있는 법이지."

"얼씨구, 할아버지 같은 소리 하고 있네."

민이의 바로 맞은편에 앉으면서 빈정대자 민이가 눈을 뜨더니 진지한 눈으로 날 바라보며 말했다.

"이건 숙부님이 나에게 자주 말씀해 주셨던 거야."

"숙부? 은재… 아, 미안……."

'숙부'라는 말에 자연스레 은재영을 떠올리며 의아해했던 나는 민이의 표정을 보고 내가 헛다리 짚었음을 금방 깨달을 수 있었다. 민이가 말한 '숙부님'이란 지금 용계에 있을 청명이의 진짜 숙부를 의미했던 것이다.

그리고 그 숙부가 청명이의 가장 소중한 이라는 것을 알고 있던 나는 머쓱해져서 빈정댔던 것을 얼른 사과했다.

그러자 민이 녀석이 어른스럽게 인자한 미소를 지으며 다시 차를 한 모금 홀짝 마시고는 사과를 받아들였다.

"괜찮아."

'어른인 척하기는…….'

그 모습에 왠지 배알이 꼴린 나는 속으로 궁시렁댔지만 그 미소가 민이에게 어색하지 않다는 걸 깨닫고 새삼스레 다시 민이의 모습을 살펴보았다.

그동안 나는 예전, 그러니까 우리가 진이, 민이의 모습으로 변하여 다녔을 그때만 생각하고 민이를 애 취급했는데 우리는 벌써 성인을 바라보고 있는 나이였던 것이다. 아마 이 상태로 몇 년만 지나면, 아니, 이번 일만 다 해결되고 나면 어쩜 할아버지와 부모님은 민이와 내 배필을 찾으려고 할지도 모른다.

'흐음… 배필 하니까 생각나는데 나에게도 대시하던 녀석이 하나 있었지. 지금은 어찌 지내고 있을라나 몰라.'

내가 이곳에 떨어진 지 벌써 10여 년이란 세월이 흘렀다. 차원이 다르니까 아무래도 시간의 흐름이 같지는 않을지라도 애쉬가 있는 세계도 최소한 몇 년은 흘렀을 것이다.

'어쩜 몇십 년이 흘렀을지도. 음, 그럼 지금쯤 결혼해서 애도 하나둘쯤 있을라나? 설마 날 잊지 못해 독신으로 있는 건……'

거기까지 생각이 미쳤지만 곧 스스로가 어이없어져서 웃음을 흘렸다. 내가 갑자기 실없이 웃자 민이가 이상하다는 눈으로 쳐다보았지만 무시해 버렸다.

'푸히히히, 설마… 내가 돌아갈 때까지 애쉬 녀석이 정말 독신으로 있다면 진짜 사귀는 거 한번 진지하게 고려해 본다.'

그렇게 혼자 쿡쿡 웃으며 애쉬가 결혼했다면 그의 부인은 어떤 사람일까를 상상해 보고 있는데 민이의 목소리가 내 상상의 세계를 뚫고 들려왔다.

"뭐 해, 누나? 안 볼 거야?"

주어, 목적어가 다 생략된 질문에 순간적으로 이해하지 못한 채 어리둥절한 시선으로 그를 바라보며 되물었다.

"뭘?"

그러자 민이가 눈을 찡그리며 답답하다는 듯 쳐다보았다.

"뭐냐니? 내가 왜 여기 온 건지 몰라서 물어? 할아버지랑 아빠랑 배 숙부는 분명히 맹주를 만나러 간 거 아냐? 그거 안 볼 거야?"

그제야 민이의 질문을 이해한 나는 시큰둥한 표정으로 턱을 괴었다.

"아아, 뭘 그런 것까지 보냐? 어차피 오고 가는 이야기는 뻔할 텐데. 준희 언니가 어디 있는지 알아낸 다음 그곳을 치자고 할 테지 뭐."

"에? 뭐야, 그럼 안 볼 거란 말야?"

민이가 실망과 '괜히 여기 왔잖아?'란 심정이 뒤섞인 표정으로 날 바라보더니 자리에서 일어서며 작게 투덜거렸다.

"에잉, 그럴 거면 진작 이야기해 주지."

아무리 작은 소리라고 해도 나에 대한 이야기가 내 귀에 안 들어올 리가 없었다. 민이 녀석의 말에 나는 눈썹까지 치켜뜨며 말했다.

"얼라라? 웃긴다. 내가 언제 본다고 했냐? 그냥 니가 온 거지."

"누나는 중요한 의논이 있을 때는 놓치지 않고 꼭 봤으니까 이번에도 그럴 것이라 생각했지. 내가 여기 왜 왔는지 뻔히 눈치 챘으면서 안 볼 거였음 말해 주면 안 돼?"

"그러는 너는? 내가 결계 안 치고 빈둥빈둥대고 있으면 안 볼 거라는 것쯤 눈치 못 채냐? 다른 때는 내가 말 안 해도 엿보는 거 뻔히 알면서 왜 오늘은 안 보는 거 눈치 못 챘대?"

"우이씨, 누나가 멍하니 딴생각하느라 깜박한 줄 알았지. 하여간 안 볼 거지? 그럼 나 갈 거야."

"맘대로 해라."

"쳇!"

내가 전혀 관심없다는 듯 고개까지 돌리며 말하자 민이는 조금이라도 이곳에 머물고 싶지 않다는 듯한 몸짓으로 빠르게 걸어 밖으로 나가더니 문이 부서져라 세게 닫고 가버렸다.

쾅!

"저거, 저거, 으이그… 내가 착각을 해도 유분수지… 저렇게 철딱서니없는 녀석을 다 컸다고 생각했다니……."

민이가 세게 닫는 바람에 닫힌 뒤에도 흔들흔들거리는 문을 바라보며 혼자 혀를 차고 있는데 그 문이 다시 열리면서 쟁반에 내가 좋아하는 여러 가지 간식거리를 담아가지고 들어오는 유가 민이가 사라진 방향을 한번 보더니 나를 보고는 물었다.

"주군, 무슨 일이 있으셨습니까?"

"무슨 일은 무슨. 지 녀석이 혼자 삐쳐서 간 거지."

유에게서 쟁반을 덥석 받아 그 위에 놓인 전병을 하나 입에 물며 대꾸하자 유가 피식피식 웃었다.

"별일이군요. 두 분이 싸우시는 모습, 보기 힘든데요."

"유, 다시 한 번 말하지만 싸운 것이 아니라 민이 녀석이 스스로 삐친 거야."

내가 강한 어조로 못을 박았건만 유는 내 말을 별로 믿는 눈치가 아니었다. 하지만 믿는 척이라도 해주고 싶었는지 순순히 고개를 끄덕이며 입을 열었다.

"예이, 예이, 하지만 동생 분이 토라지셨는데 달래주지도 않으셨어요?"

"흥, 내가 뭐 하러?"

"저런, 민이님에게 화가 나셨나 보네요. 그럼 이걸 어쩌나, 민이님이 좋아하시는 호떡을 챙겨왔는데. 민이님 방으로 가져다 드려야 할까요?"
 그리고 보니 쟁반 위에는 내가 좋아하는 전병을 비롯한 간식거리가 가득 담겨 있는 접시 말고도 호떡만 높이 쌓아놓은 접시도 하나 보였다. 하지만 나는 그걸 바라보는 대신 유의 완전 보모 같은 말투에 황당해져서 그를 바라보았다.
 유는 처음에는 평범한 옆집 아저씨 같았는데 어찌 된 것이 날이 가면 갈수록 엄마처럼 잔소리도 늘어나 완전 보모가 다 되었다. 거기에다 내 수하가 된 초창기에는 주군은 이래야 한다느니 저래야 한다느니 말이 많았는데 요즈음에는 살살 나를 달래는, 마치 날 애 취급하는 듯했다.
 지금도 애를 달래는 듯이 생글생글 웃는 유를 바라보며 나는 천천히 무게를 잡곤 입을 열었다.
 "내 거 세 개만 남겨놓고 가져다 줘."
 유는 내가 그럴 줄 알았다는 듯한 표정으로 순순히 고개를 끄덕이려다 접시 위에 수북이 쌓인 군것질거리들을 보더니 멈칫했다.
 "설마… 이것들을 다 드시려고요?"
 "응, 왜? 나 먹으라고 가져온 거 아냐?"
 "물론 그렇습니다만, 민이님도 함께 드실 거라 생각하여 넉넉히 준비한 양이라……."
 "괜찮아, 괜찮아. 이 정도쯤이야."
 그러면서 내가 접시 위로 손을 가져가며 과자 하나를 더 집으려고 하자 유가 재빨리 접시를 잡아 내 손에 닿지 않게 뒤로 뺐다.
 "혼자 드시기에는 너무 많은 양입니다. 게다가 저녁 드신 후 시간도 별로 안 지난 시각 아닙니까? 이것도 민이님께 조금 가져다 드리겠습니다."

유는 내가 접시를 낚아채기 전에 접시에 있는 군것질거리들을 민이에게 가져다 줄 접시 위에다 덜기 시작했다.

"치사하다, 유. 먹는 거 가지고 그럴 거야?"

하지만 유는 단호했다.

"이것도 다 주군을 위해서입니다. 이제 곧 주무실 것 아닙니까? 솔직히 주무시기 전에 군것질하는 것도 안 좋습니다만, 그동안 그들 뒤를 쫓느라 피곤하셨을 테니 오늘만 봐드리는 것뿐입니다. 하지만 너무 많이 드시다 탈이라도 나면 주군을 위하려는 제 마음이 오히려 주군께 해를 가져다 드리게 되지 않습니까? 주군께선 그러셨으면 좋겠습니까?"

그러면서 유는 접시에 있던 간식거리를 절반 가까이나 덜어내고서는 내 앞으로 밀어놓는 거였다.

"배탈 같은 거 날 리가 없는데……."

드래곤이 너무 많이 먹어서 탈났다는 소리는 들어본 적이 없다. 하지만 유는 내가 드래곤이라는 걸 모르니 이런 말이 씨알도 먹힐 리가 없었다.

"과식은 몸에 안 좋은 거 아시죠? 그리고 내일을 위해서도 너무 늦게까지 놀지 마시고 일찍 주무셔야 합니다!"

내 말은 못 들은 체한 유는 그 말만을 남기고 민이에게 가져다 줄 간식거리들을 챙긴 뒤에 방을 나섰다.

"쳇, 수하가 아니라 보모 같다니까. 아니, 유가 언제, 어느새, 왜, 어떻게 저렇게 되어버린 거지?"

나는 유가 나간 문을 바라보며 투덜거리면서 탁자 위에 놓인

등잔 밑은 정말 어둡다 **15**

또 하나의 전병으로 슬그머니 손을 가져갔다.
"음, 이거 꽤 맛있네."

다음날 아침, 식사를 하기 위해 우리 집안 식구들이 모였을 때였다. 민이는 어제의 화가 아직 안 풀렸는지 나와 맞은편에 앉았음에도 불구하고 한 번도 나와 시선을 마주치지 않고 있었다. 그 모습에 왠지 모르게 기분이 나빠진 나는 민이에게 메시지를 날렸다.
"이 밴댕이 소갈딱지야! 아직도 삐쳐 있냐?"
그러자 그 즉시 매서운 민이의 눈길과 메시지가 날아왔다.
"내가 왜 그런 소리를 들어야 하는데?"
"그 이유를 정말 몰라서 묻는 거야? 네가 아직까지 삐쳐 있으니까 그렇지!"
"그럼 어제 그런 일이 있었는데도 불구하고 속도 없이 히죽히죽 웃고 있어야 한다는 소리야?"
"별꼴이 반쪽이다! 네가 먼저 시비를 걸어놓고서는! 솔직히 네가 나에게 미안하다고 해야 하는 거 아냐?"
"하! 청룡이 물 마시다 배 터져 죽는 소리! 내가 언제 시비를 걸었어?"
할아버지를 비롯한 배 숙부, 부모님과 같이 하고 있는 자리였기에 우리는 차마 경거망동하지는 못하고 겉으로는 다소곳이 앉아 있는 채로 매서운 눈길로만 힘 겨루기를 하면서 메시지를 주고받고 있었다.
"내가 할아버지랑 무림맹주랑 만나는 거 안 본다는 거 말 안 해줬다고 시비 걸었잖아!"

"그게 시비야? 솔직히 누나가 말해 줬어야 하잖아!"

"얼라리? 얼라리? 그게 무슨 드래곤 보석 알레르기 생기는 소리냐? 내가 언제 그거 본다고 너 불렀냐? 그냥 네가 온 거잖아!!! 그런데 왜 그런 의무를 가지고 있어야 하는데?"

"누나로서 동생 허탕 치는 게 그렇게도 좋아? 내가 그거 보는 줄 알고 하릴없이 계속 죽치고 앉아 있었으면 좋겠어?"

"누가 그렇대?"

"그런데 왜 말 안 해줬다고 내가 한마디 했더니만 시비 걸었다고 뭐라고 그러는 거야?"

"네가 말하는 투가 꼭 말해 줘야 하는 게 내 의무인데 그 의무를 저버렸다고 하는 것 같잖아!!"

"내가 언제……"

민이가 내 말에 또 한 차례 반박하는 메시지를 보내고 있었다. 하지만 나는 옆에 앉은 엄마가 내 옆구리를 쿡쿡 찌르는 바람에 퍼뜩 놀라 민이의 메시지를 흘려보냈다.

얼른 주변을 살펴보니 할아버지와 배 숙부가 민이와 나를 번갈아가며 바라보고 있었고 민이 옆에 앉은 아빠는 연신 민이의 주위를 환기시키려는 듯 헛기침을 하고 계셨다.

그리고 그제야 들은 거지만 유가 계속 나에게 빨리 정신 차리라는 전음을 보내고 있었다.

그동안은 민이와의 말싸움, 아니, 메시지 싸움에 푹 빠져 있느라 하나도 못 들었던 것이다.

민이 또한 아빠의 헛기침과 내 태도 때문에 정신을 차렸는지 무안한 얼굴로 할아버지를 바라보았다. 그러자 할아버지가 나무라는 투로 입을 열었다.

"허어… 인석들, 식탁에서 너희 둘만 이야기를 하면 어찌하느냐? 예의를 지키느라 전음으로 대화를 주고받은 건 기특하다만, 전음에 너무 정신이 팔린 나머지 주위에서 무슨 이야기가 오가는지 모른다면 예의를 지키지 않은 것보다 못하지 않느냐?"

물론 그 말투가 부드러워서 무섭게 꾸중하는 것 같지는 않았지만 나까지 미안해지게 하기에는 충분했다.

민이는 할아버지의 말이 끝나기가 무섭게 고개를 숙이며 사죄했다.

"죄송합니다."

"저도 죄송해요. 다음부턴 조심할게요."

민이의 뒤를 따라 정말 미안한 표정으로 사과를 하자 이 정도 반응이면 충분하다 생각했는지 할아버지는 순순히 고개를 끄덕이시며 사과를 받아들였다. 하기야 처음부터 그렇게 크게 화가 난 것 같지도 않아 보였지만.

"그래, 잘못했다는 걸 알았다니 되었다. 하지만 내가 말한 건 하나도 듣지 못했겠지?"

그의 질문에 민이와 나는 고개를 끄덕여 보일 수밖에 없었다.

"그럴 줄 알았지. 간략하게 다시 설명해 준다면, 진이는 늦어도 오늘 안에 제갈 소저가 어디 있는지 알아내야만 한다는구나. 이곳에서 어디에 위치해 있는지 알아낼 수 있다면 좋겠지만, 밖으로 나가야만 한다면 무림맹에서 선발된 무사가 널 호위해 줄 거란다."

할아버지의 간단한 설명이 끝나자 민이가 어리둥절한 표정으로 물었다.

"뭐 하러 선발된 무사를 붙여주죠? 그냥 지리를 잘 아는 사람만 붙여주면 될 텐데. 아버지와 어머니도 계시고 할아버지도 계시는데 그럴 필요가 있나요?"

그러자 배 숙부가 어깨를 가볍게 으쓱하며 대답했다.

"그들의 경계심을 자극하지 않으려는 취지지. 은씨 가문의 사람들이 한꺼번에 몰려다닌다면 누구라도 한 번쯤 이상하게 생각하지 않겠느냐? 하지만 대단한 집안의 아가씨를 태운 가마를 호위하는 무사들이라면 설사 수십 명이 몰려다녀도 어느 누구도 이상하게 여기지는 않겠지."

"그럼 우리 가문에서는 누나 혼자만 가야 한다는 건가요? 부모님은 물론 할아버지, 배 숙부, 저조차도 같이 가면 안 된다는 건가요?"

마지막에 민이를 가리키는 말에 아빠와 엄마, 배 숙부가 동시에 외쳤다.

"너는 절대로 안 돼!!"

그 단호한 반응에 민이가 찍 소리도 못하고 입을 다물자 할아버지가 피식 웃으며 입을 열었다.

"진이 혼자 보내는 것도 마음이 안 놓이지. 그래서 말인데… 아가야. 네가 같이 가줬으면 하는데 네 생각은 어떠냐?"

그러자 엄마는 생각할 것도 없다는 듯이 그 즉시 입을 열었다.

"기꺼이 가겠습니다."

하지만 아빠는 엄마와 나만 보내는 것이 못 미더운 모양이었다.

"둘만 보내도 괜찮겠습니까? 저도 같이 가는 것이……."

그러나 아빠의 걱정스러운 말은 채 끝나기도 전에 할아버지에게 가로막혔다.

"둘만이 아니지. 무림맹에서 뽑힌 정예들과 함께야. 제갈 소저의 일도 있고 해서 특별히 신경 써서 보내줄 테니 너무 걱정하지 말거라."

"하지만……."

"게다가 모녀끼리 가는데 아버지가 끼어 있다는 것도 이상하지 않느냐? 무림맹이 있는데도 불구하고 그들이 분타를 만들고 지금까지 비밀을 지켜왔다는 건 그들이 이 도시의 일에, 특히나 무림맹의 움직임에 촉각을 날카롭게 곤두세우고 있다는 소리일 테지. 그래서 조심에 조심을 하자는 거다."

할아버지의 이어지는 설명에 아빠는 입을 다물었지만 여전히 불안한 표정이었다. 그런 아빠를 안심시키기 위해서인지 엄마가 활달하게 생긋 웃어 보이며 말했다.

"내 실력을 너무 무시하는 거 아니에요? 걱정 말아요, 진이랑 둘이서 멋지게 해내 보일 테니까."

그러면서 엄마가 내 어깨를 툭툭 두드리자 나도 엄마의 말에 맞장구를 치느라 얼른 고개를 끄덕여 보였다.

그러자 아빠와 민이가 동시에 똑같이 심히 불안하다는 표정으로 한숨을 내쉬었다.

우리 집안 식구들이 아침 식사를 끝마치고 느긋하게 식후의 차 한 잔을 거의 다 마셔갈 무렵 무림맹에서 뽑힌, 날 호위할 사람들이 찾아왔다. 아무런 표식도 없는 회색 무복을 다 같이 맞춰서 입고 온 걸 보니 그들이 무림맹 사람이라든가 내가 은씨 세가의 여식이라는 걸 드러내지 않을 모양이었다.

20명이나 되는 호위 무사를 데리고 가마를 타고 다닐 정도면 집안이 패나 빵빵할 수준일 텐데 집안을 나타내는 표식을 하지 않아도 될지 의아해하긴 했지만 뭐, 그러는 사람들도 가끔 있다고 하니 크게 문제되지는 않을 거란다.

하긴 의심받지 않게 하기 위하여 엄마랑 내가 가는데 아빠를 끼지 못하게 할 정도로 신경 쓰는 사람들이 그 점을 생각 못했을 리 없었다.

그들이 마련한 고급스럽기는 하지만 신분을 알아챌 만한 어떠한 표식도 없는 가마에 오르자 이번에 호위를 맡은 무사를 지휘하게 된 듯한 주작단장과 청룡단장이 가마의 앞과 뒤에 섰고 나머지 무사들이 인간 장벽을 쌓듯 주위를 둘러쌌다.

게다가 최소한의 인원으로 최대의 신원 보호 효과를 내려 함인지 가마꾼 역할을 하고 있는 사람들도 주작단과 청룡단에 소속된 단원들이었다.

'훗, 그러고 보니 그 단에 들어가는 사람들은 실력도 실력이지만 배경도 빵빵하다고 들었는데, 아무리 임무 때문이라고 해도 남이 탄 가마를 메고 다녀야 한다니 속이 무지 꼴리겠군. 어쩐지 딴 사람들은 긴장으로 인해 굳어 있는데 그들은 그냥 딱딱하게 굳어 있더라니… 호호호, 안됐군. 이왕 이렇게 된 거 장난이나 좀 쳐볼까나? 내 몸무게를 무지 무겁게 하면…….'

하지만 이런 내 생각을 알아채기라도 했는지 생각이 채 끝나기도 전에 유의 전음이 들려왔다.

[주군, 설마 그 안에서 장난치시려는 건 아니겠지요?]

[오.호.호.호… 유는~ 내가 무슨 어린애인 줄 알아?]

[하긴 지금이 어떤 상황인데 주군께서 설마 하니 아주 유.치.하.게 어.린.애 같은 장난은 이제 취급하지 않으실 테지요?]

[아.하.하.하… 그러엄~ 내 나이가 몇인데.]

[그럼 전 주군만 믿겠습니다.]

'젠장! 귀신같기는. 유도 떼어놓고 갈 수 없나?'

하지만 유가 떼어놓는다고 떨어질 사람이 아니란 걸 알고 있는 나로서는 포기하고 그냥 가마 안에 얌전히 자리를 잡았다. 하지만 그렇다고 해서 마음속 깊은 곳에서 몽글몽글 솟아나는 장난기를 완전히 다스린 건 아니었다.

"북동쪽으로 가주세요."

가마에 타기 전에 대충 지로를 보며 어느 쪽이라는 것은 이야기가 된 상태이지만 마치 택시를 타는 것 같은 기분에 가마의 앞을 가린 휘장을 살짝 걷어 올리면서 가마 앞에 선 주작단장에게 장난스레 말을 건넸다. 가마 옆에 서 있던 유의 눈살이 살짝 찌푸려지는 게 보였지만 '이 정도의 장난은 봐줘야징~!' 하는 의미의 시선을 보내며 혀를 빼꼼 내밀었다가 집어넣는 동시에 휘장을 내려 얼굴을 가렸다.

비록 내가 무림맹 안에서는 위치를 찾을 수 없다고 말하기는 했지만 그렇다고 무작정 무림맹을 나선 건 아니었다. 어차피 마법진 위에 나타나는 건 동쪽, 서쪽 같은 방향과 거리였으므로 자세한 지도가 있었다면 쉽게 찾을 수 있었겠지만 도시 안의 집 하나하나까지 나와 있는 정교한 지도는 없다 보니 대충 위치만 알아낸 뒤 이렇게 직접 나서서 찾아야 했던 것이다.

"자, 출발!"

주작단장 헌준의 외침과 함께 내가 탄 가마가 번쩍 들려지더니 앞으로 나아가기 시작했다.

'헤에, 가마 타는 것도 꽤 재미있는데? 나중에 기회가 되면 또

타봐야지.'

　좌우로 흔들흔들거리는 데다 위아래로 출렁출렁거리는 느낌이 어쩐지 바다 위에 작은 보트를 띄워놓고 타고 있는 듯한 기분이었다.

　그런 율동적인 느낌을 한창 느끼고 있는데 침착하고 저음의 낯선 전음이 들려왔다.

　[은 소저, 제갈 소저가 있는 방향으로 맞게 가고 있습니까?]

　갑자기 들려온 전음에 '웬 놈이냐?' 란 소리가 튀어나올 뻔했으나 곧 전음을 보낸 사람이 주작단장인 헌준이라는 것을 깨달았다.

　가마가 흔들리는 느낌이 재미있어 그 느낌에 취해 있느라 마법진을 형성해 놓지도 않고 있다가 허둥지둥 재빨리 손바닥 위에 만들어놓은 다음 거리를 가늠해 보았다.

　[아… 음… 그러니까… 대충 방향은 맞게 가고 있네요. 이대로 쭈욱 가면 될 것 같아요.]

　그런데 무림맹에서 예측했던 제갈준희와의 거리가 절반이 넘게 줄어들었을 때였다. 비록 약간씩 꼬불꼬불거리긴 했지만—아마도 도시의 길을 따라가다 보니 직선으로 가지 못하는 거겠지만—어긋나지 않게 잘 가고 있는데 갑자기 방향을 옆으로 틀어서 가고 있는 거였다.

　처음에는 또 다른 집이 가로막고 있어 그런가 보다 하고 있었는데 어째 가도 가도 방향이 다시 원위치할 생각을 않고 있는 거였다. 결국 의아함을 참다못한 나는 내 앞을 가리고 있는 가마의 휘장을 옆으로 젖혔다. 그러자 가마 옆에서 걸어가고 있던 유가 무슨 일이냐는 듯이 돌아보았지만 나는 유의 시선을 무시한 채 그의 반대쪽만을 바라보고 있었다. 그리고 그제야 왜 자꾸 어긋난 방향으로 가고 있는지 알 수 있었다.

 뒤는 보지 못하기 때문에 알 수 없었지만 앞쪽으로는 약간 과장을 보태 끝이 안 보이는 담벼락이 쫘악 이어져 있었던 것이다.

 '와우! 우리 세가 장원도 꽤 큰 곳이라 알고 있었는데 뉘 집인지 몰라도 울 세가만큼 크잖아? 아냐, 혹시 더 클지도 몰라.'

 앞장서서 가고 있을 주작단장 헌준이 어느새 가마 옆으로 오더니 내 시선이 향한 곳을 보고는 설명해 줬다.

 "하남상단의 장원입니다. 우리 무림맹에 협력을 아끼지 않은 상단 중의 하나죠."

 "장원이 꽤 큰 것 같은데요? 상단이 큰가 보죠?"

 주작단장에게 시선을 돌리며 묻자 그가 살짝 고개를 끄덕이며 말했다.

 "열 손가락 안에 꼽힌다고 말할 정도는 아니지만 그 위치를 바라보는 상단이라고 말할 수 있죠. 자, 이제 들어가시는 것이 어떻습니까? 이렇게 가마 밖으로 고개를 내밀고 있는 건 위험합니다."

 '쳇, 딱딱거리긴.'

 속으로는 그렇게 꽁알댔지만 나는 별말없이 순순히 가마 안으로 들어갔다.

 그와 지내면서 알게 된 거지만, 그는 실력도 꽤 있고 나쁜 사람은 아닌데 너무 원칙적으로 굴어서 문제였다.

 엄청 긴 담장을 보니 이 장원을 돌아가는 데 시간이 꽤 걸릴 것 같았다.

 '아아… 가마도 오래 타고 있으니 지루하네. 이렇게 재미없을 줄 알았다면 민이랑 같이 오는 건데. 하기야 민이가 돌아온 지 얼마 안 되었으니 어른들이 순순히 보내줄 리도 없겠지만.'

어차피 보고 있는 사람도 없으니 입이 찢어져라 하품을 하면서 다시 한 번 손바닥 위의 마법진을 바라보았다.

이미 방향과는 한참이나 어긋나 있었지만 방향을 잃어버린 것이 아니라 장애물을 돌아가는 것이니 염려할 것은 없었다.

'아… 심심하다. 이럴 때 휴대용 오락기라도 있었으면. 나 예전에 한국에 있었을 때 테트리스 무지 잘했는데. 음, 어쩜 마법으로 만들 수 있지 않을라나? 돌아가면 할아버지한테 한번 말해 봐야겠다. 마법으로 만든 오락기라… 훗, 가능할지도 몰라.'

너무 심심한 나머지 그런 쓸데없는 생각까지 하며 온몸을 비비꼬다 못해 가마의 흔들거림에 취해 솔솔 찾아드는 잠에 몸을 맡겨 한창 꾸벅꾸벅 잘 졸고 있을 때 내 단잠을 깨우는 유의 전음이 날아왔다.

[주군, 제가 보기에는 이 장원 뒤에는 제갈 소저를 가두고 있을 건물은 없는 것 같습니다만… 이곳에 제갈 소저가 있는 것이 맞습니까?]

우려가 가득 담긴 그의 전음에 퍼뜩 깨어보니 가마는 전진을 멈추고 땅에 내려지고 있었다. 그리고 곧 휘장이 걷히고는 염려스러운 표정의 유와 의심스러운 표정의 주작단장이 얼굴을 드러내었다.

"은 소저, 우리가 제대로 온 것이 맞소?"

주작단장이 물어왔지만 마법진을 보고 있지 않았으니 내가 알 턱이 없었다.

"잠시만 비켜주시겠어요?"

그러나 모른다고 대답할 수는 없었기에 나는 가마에서 천천히 내리면서 얼른 손바닥에 마법진을 형성시켰다. 그리하여 내가 가마 밖으로 나와 주변을 살필 수 있을 즈음에는 이미 내 손바닥에 마법진이 형성되어 제갈준희의 위치를 표시하고 있었다.

가마는 하남상단 장원의 뒷문으로 보이는 곳에서 좀 떨어진 곳에 내려져 있었다. 그리고 그 뒤쪽으로는 성벽이 있는 곳까지 잡풀만이 무성한 공터가 위치해 있었다.

나는 그런 주위를 둘러보면서 손바닥 위의 마법진이 표시하고 있는 제갈준희의 위치를 확인했다. 그런데 어쩐지 제갈준희의 위치가 이상했다.

'흐음… 왠지 뭔가가… 준희 언니는 성 밖으로 다시 옮긴 건가? 으응? 아닌데? 이런, 지나쳐 왔잖아!'

내 손바닥 위의 마법진에서 깜박거리는 제갈준희의 위치는 분명 우리가 지나온 방향에 있었다.

"저… 지나쳐 왔는데요?"

내가 졸고 있느라 지나치는 줄도 모르고 있었으니, 이건 내 실책이었다. 그랬기에 내 목소리는 약간의 미안함이 섞여 기가 죽어 있을 수밖에 없었다.

내 말에 주작단장 헌준의 얼굴이 굳어지며 눈썹이 약간 치켜 올라갔다. 하지만 그렇다고 호통은 치지 못한 채 다시 정중히 물어왔지만 분노는 참을 수 없었는지 그 말투가 마치 씹어 내뱉는 듯했다.

"얼마나 지나쳐 왔습니까?"

"에… 그렇게 많이 지나쳐 오지는 않았군요. 조금만 뒤로 가면 되겠는데요?"

내가 그렇게 말하며 마법진에 나타난 방향으로 시선을 돌리며 손을 들어 가리키려다가 힘없이 다시 손을 내리고 말았다.

내 주위에 있던 사람들도 내 시선이 가는 방향을 따라 같이 시선을 돌리다가 황망함을 감추지 못한 채 서로 마주 보고 있었다.

그리고 잠시 후 내가 가마에 내릴 때 곁에 와 있던 청룡단장이 믿을 수 없다는 목소리로 물어왔다.

"설마… 저 장원 안에 제갈 소저가 있다는 소리입니까?"

하남상단은 무림맹에 지원을 아끼지 않는 상단 중의 하나라고 했으니 그가 믿지 못하는 것도 무리는 아니었다. 하지만 마법진에서 깜빡거리는 표시에 의하면 분명 제갈준희가 있는 곳은 바로 하남상단의 장원 안이었다. 물론 장원 안의 어디 있는지는 모르겠지만.

하지만 난 이거 하나만은 자신있게 말할 수 있었다.

"예, 준희 언니는 분명 저 안에 있어요."

내 말을 어찌 받아들여야 할지 모르겠다는 얼굴로 청룡단장은 주작단장을 바라보았다. 청룡단장의 시선을 받은 주작단장은 '나라고 별수있겠느냐'라는 표정으로 어깨를 한번 으쓱해 보이더니 침착한 어조로 입을 열었다.

"우선 맹으로 돌아가는 것이 좋겠습니다. 제갈 소저가 하남상단 장원 안에 있다고 하니 보고는 올려야 하지 않겠습니까?"

달리 할 수 있는 일도 없었던 일행은 그의 말을 받아들여 무림맹으로 향하기 시작했다. 하지만 왠지 분위기들이 쫘악 가라앉은 것이, 단단히 각오를 하고 적이 있다는 산을 향해 줄기차게 올라갔다가 다 올라가서는 대장의 '흐미, 이 산이 아닌가베…'란 소리를 들은 쫄병들 모습 같았다.

'이거이거, 분위기를 보아하니 무림맹에서도 내 말을 안 믿어줄 것 같은데?'

그냥 내 말을 믿기 힘들어하는 반응은 그나마 양호했다. 성질 급한 XX는 내가 앞에 있음에도 불구하고 어린애 말을 믿다가 제갈준희를 그들의 손에 넘겼다고 펄펄 뛰었고, 그보다 더 아주 모오오오~옷된 XX들은 나보고 사악한 주술을 쓸 때부터 알아봤다느니, 그들의 첩자가 분명하다느니 말들이 많았다.
　그 XX들은 모두 무림맹의 장로들로서 잠깐 무림맹의 제일 윗 시스템을 설명하자면 무림맹주가 제일 위에 있고 그 바로 밑에는 9대 문파와 8대 세가, 그리고 1방의 사람들이었다. 그러나 말로는 맹주를 제일 위라고 치지만 무림맹이라는 것이 큰 문파들을 중심으로 한 연합이다 보니 맹주 말을 큰 비중으로 여기지 않았다. 게다가 맹주 또한 그들이 거대 문파를 뒷배경으로 하고 있다 보니 함부로 무시하지도 못하는 실정이었다(이건 다 들은 이야기다).
　그러니 맹주가 하고 싶어도 장로들이 반대하면 못하는 거고, 맹주가 하기 싫어도 장로들이 빡빡 우기면 하는 시스템이니 무림맹주라는 무림상 최고의 자리도 그렇게 좋은 건 아닌 모양이었다.
　지금 날 앞에 두고 무림맹주를 가운데 앉히고 좌우에서 시끄럽게 떠드는 노인들이 바로 그 무림맹의 장로들인데, 안타까운 일은 9대 문파 사람들이 일방적으로 회의를 빙자한 말싸움을 주도하고 있었다.
　그도 그럴 것이, 9대 문파와 맞서는 8대 세가들의 주축이라고 할 수 있는 5대 세가 출신의 장로들이 거의 참석을 못하고 있었기 때문이다.
　은씨 세가는 원래 장로 직을 울 할아버지가 가주 자리와 같이 담당하고 있었는데 나 때문에 저 자리에 참여하지 못한 채 내 옆에 있었고, 단목세가는 전에 그 약 먹은 낭인 무사들 때문에 집안이 풍비박산나서 참석 못했고, 모용세가는 봉문을 선언했었기에 참여하지 못하고 있었다.

오로지 참여한 세가는 남궁세가와 사천당가뿐인데 그들과 나머지 세 세가의 사람들을 합쳐 봤자 겨우 다섯. 그냥 싸우더라도 밀릴 숫자인데 그들 또한 내 말을 신용하지 못하는 눈치였기에 아주 일방적으로 밀릴 수밖에 없었다.

그도 그럴 것이, 이 하남상단이라는 곳이 20여 년 전에 처음 생겨 착실히 번창하여 지금의 상황에 이른 상단인데, 이 상단이 처음 생길 때부터 무림맹에 많은 자금을 대주고 있었고 무림맹 또한 이 상단을 지원해 주는, 이른바 돈과 무력의 상부상조 관계를 처음부터 지금까지 유지해 온 상단이라고 했다.

그런데 갑자기 어린 계집애—그들 눈으로 보기에는—하나가 나타나서 그 상단이 본래는 무림맹을 적대시하는 적의 본거지라고 주장하니—비록 난 주장은 안 했지만서도… 말인즉 그렇다는 거다—믿기 힘든 것도 무리는 아니었다.

그러나 다행이라고 해야 할지 회의를 빙자한 말싸움이 8대 세가 쪽의 완벽한 패배로 끝나지는 않았다. 9대 문파의 사람들이 나를 꼬투리 삼아 8대 세가를 다 싸잡아 깎아내리는 데에 화가 난 사천당가의 장로 당월교가 탁자를 치고 일어나며 외친 것이 방향 전환점이 되었던 것이다.

"그렇다면 정말로 제갈 소저가 그곳에 있으면 어쩔 것이오? 제갈 소저가 그곳에 정말 없다고 장담할 수 있겠소?"

옛말에 하던 짓도 멍석 펴놓으면 안 한다고, 당월교의 그 말에 9대 문파의 장로들은 약속이라도 한 듯 동시에 입을 다물었다.

그에 말할 기회를 얻었는지 그동안 입을 다물고 묵묵히 지켜보고만 있던 무림맹주가 말을 꺼냈다.

"정확히 하자면 은 소저는 그곳에 제갈 소저가 있다고만 했지 그곳이 적의 본거지란 말은 하지도 않았소. 그렇게 따지자면 적들이 자신들의 본래 목적을 속이곤 평소 상단과 가까이 하고 있다가 이번에도 우리의 이목을 피하기 위해 그들의 그늘 밑으로 잠시 몸을 피한 것일 수도 있지 않겠소?"

맹주 헌원패의 말이 끝나자 8대 세가 쪽은 지극히 옳은 말이라는 듯 희색을 띤 얼굴로 고개들을 끄덕거리고 있었고 9대 문파들은 꼬투리 잡을 걸 잃게 되었기 때문인지 못마땅한 표정으로 입을 다물고 있었다.

그러다가 종남파의 출신 장로가 못마땅한 표정 그대로 입을 열었다.

"하지만 맹주의 말씀이 옳다고 해도 증거가 없지 않소이까? 그런데 오랜 시간 동안 친분을 쌓아온 그 상단에 무작정 가서 '은씨 세가의 소저 한 명이 이곳에 제갈 소저가 있다고 했으니 조사 좀 하겠소이다' 할 수는 없는 일 아니오?"

아주 말 한마디 한마디에 못마땅하다는 기색이 구구절절이 배어 있는 말투였다. 하지만 맹주의 입장상 '그 입 다물라!'라고 소리칠 수도 없었던 터였기에 그냥 고개를 끄덕여 수긍을 나타내는 수밖에 없었다.

"물론 그 말씀도 옳소. 하나 제갈 소저를 찾는 방법이 꼭 우리가 무사들을 이끌고 가 상단 안을 샅샅이 뒤져 보는 방법만 있는 것은 아니라고 생각하오."

"그럼 또 무슨 방법이 있단 말입니까? 지금 맹주는 야밤에 몰래 무사들을 침투시키기라도 할 작정이시오?"

인상을 팍 찡그리며 이번에는 곤륜파 장로가 시비조로 물었다.

"물론 그러지는 않을 것이외다. 난 단지 은 소저가 제갈 소저가 어디 있는지 알아낼 수 있다 하니 은 소저를 상단 안으로 들여보내면 되지 않을까 생각했을 뿐이오."

"무슨 방법으로 그런단 말입니까?"

"그걸 이제부터 찾아봐야지 않겠소이까?"

그러자 9대 문파 장로들 중 그나마 노골적으로 못마땅한 표정을 짓지 않고 있던 화산파의 장로가 나섰다.

"맹주께선 은 소저의 말대로 제갈 소저가 하남상단 안에 있다고 생각하시는 것이오?"

그의 질문에 맹주는 우리 쪽을 한번 힐끔 보더니 침착하게 입을 열었다.

"본좌는 은 소저가 허언을 했다고 생각지 않을 뿐이외다. 하나 하남상단이 적의 본거지라고 생각하기도 어려운 일이니 우선은 확인해 보는 것이 옳다고 생각하외다."

"확인은 무슨 확인! 까딱 잘못했다간 하남상단과의 사이에 틈이 생기는 것은 물론이요, 우리 무림맹이 어린 계집의 말 하나를 듣고 움직였다는 소리를 듣고 싶으신 게요? 나는 이런 일로 의논한다고 우리 장로들을 모집한 맹주도 이해가 가질 않소이다. 척 보면 모르시겠소? 저 아이가 잘못 안 게 아니오? 어린 계집애 하나를 믿고 호남에서 여기까지 달려온 청룡단이나 주작단이나… 그냥 얌전히 제갈 소저나 무림맹으로 데려올 것이지, 뭐 하러 일을 이렇게 벌려놔서… 에잉, 우리 무림맹이 언제 이렇게 가볍게 변했단 말이오? 내참, 한심스러워서."

무당파의 장로였다. 첫인상부터 나를 되게 깔보는 듯해 보이더니만 사실인지 아닌지도 모르는 꼬투리 하나를 잡더니 아주 깔아 뭉개고 있었다. 요즘 무당파가 마공 비급 조각을 지킨 몇 안 되는 문파 중 하나가 되더니만 그거 믿고 더 날뛰는 것 같았다.

하기사 아까 말싸움할 때도 저 사람이 제일 앞장서서 우리를 비난했었다.

'그래, 너, 나한테 찍혔어!!'

속으로 그렇게 이를 빠드득 갈면서 분을 삭이고 있는 중에 맹주의 말이 다시금 들려왔다.

"하나 이번에는 그렇게 쉽게 단정하고 넘어갈 수가 없는 것이, 개방의 정보에 의하면 은 소저가 적들이 이곳 남양에 들어왔다고 한 날에 수상한 마차가 하남상단의 뒷문으로 몰래 들어갔다고 하더이다. 떳떳했다면 대낮에 정문이 활짝 열려 있었을 텐데 뭣 하러 남들 눈을 피해 뒷문을 이용했겠소이까?"

"글쎄, 뭔가 그들만의 사정이 있었겠지요."

"그 사정이 제갈 소저에 대한 것일 수도 있지 않겠소이까?"

"허어, 어린 계집의 말도 모자라 이제는 거지의 말 때문에 움직이자는 겁니까?"

"뭐시여? 이 말코 도사놈이! 아니, 거지 놈 말은 말도 아니라는 거냐?"

그동안 입을 딱 다물고 앉아만 있던 거지 차림의 장로가 탁자를 치고 일어나 삿대질을 하며 외치자 무례한 말을 했던 무당파 장로는 무지 못마땅한 표정으로 입을 다물고 고개를 돌렸다. 마치 '똥이 무서워서 피하냐? 더러워서 피하지!' 라는 태도였다.

물론 개방의 장로도 더 이상 뭐라 하지 않고 그냥 자리에 앉았지만 내가 보기에 무당파 장로의 개방에 대한 태도는 우리 세가를 대하는 태도보다 더 무례했다. 솔직히 내가 이곳에 들어왔을 때부터 맹주를 비롯한 소수의 몇몇만이 개방의 장로와 이야기를 나누었을 뿐 나머지 사람들은 개방의 장로가 아예 없는 것처럼 무시하고 있었다.

그도 그럴 것이 개방은 이곳에 있는, 아니, 전 무림을 통틀어 가장 많은 문도 수와 거대한 조직망을 가지고 있다 알려져 있지만 그들을 조직한 이들이 거지라는 이유 때문에 제일 큰 문파임에도 불구하고 중소 문파 취급을 받고 있다 했다.

무림맹에서도 개방의 빠르고 방대한 정보망 때문에 무림맹 장로 직의 한자리를 주었을 뿐 그 외에는 무림맹 안의 다른 요직에는 개방의 문도가 없었다. 단지 장로 직속에 몇몇 있었을 뿐이다.

그래도 지금은 그나마 장로로 앉아 있는 개방의 원로가 현 무림 5대 고수 중 한 명인 광견추노개 노원이고, 그의 별호에서 봤듯이 그의 성격이 뭐뭐 같았기에—한번 뒤집히면 엄청난 피해가 생겼기에—예의를 지키는 시늉이라도 하지, 사파와의 싸움에서 승리를 거둔 뒤 무림맹을 비롯하여 각각의 문파만의 고유 정보망이 생겨 더 이상 전적으로 개방의 정보에 의지하지 않게 되자 개방의 위치는 점점 하락하게 되었던 것이다.

뭐, 그나마 아직까지는 개방 정보의 우수성(?)을 따라갈 수 있는 곳이 없었기에 개방이 그래도 대접은 받고 있다고 하지만.

개방 장로의 걸걸한 말로 인하여 좌중에 다시 침묵이 감돌자 그동안 내 옆에 묵묵히 앉아 있던 할아버지가 이곳에 들어와 처음으로 입을 열었다.

"이번 일은… 내 손녀에 의해 여기까지 온 것이니, 만약 제갈 소저가 하남상단에 없다면 우리 세가가 책임을 지고 제갈 소저를 찾아서 무림맹으로 데려오도록 하겠소이다."

그러자 종남파의 장로가 나섰다.

"당연히 은씨 세가에서 책임을 져야 하외다. 하나 지금 은 가주께선 제갈 소저가 왜 중요한지 잊고 계신 것 같소이다. 제갈 소저는 제갈 전 가주의 인질이 되기 때문에 중요하단 말이외다. 한데 이번 일로 제갈 소저를 잃어버려서 나중에 은씨 세가에서 그녀를 되찾는다 하더라도 그사이에 제갈 전 가주에게 협박이 된다면 그건 어찌 책임을 지시겠소이까?"

그의 말에 할아버지가 뭐라 한마디 하려고 했다. 하지만 그보다도 먼저 맹주가 입을 열었다.

"그건 하남상단 안에 제갈 소저가 없다고 밝혀진 뒤에나 의논해야 옳은 순서일 것 같소이다. 그리고 장로께서도 뭔가 한 가지를 잊고 계신 것 같소이다. 우리가 제갈 소저와 함께 제갈 전 가주가 납치당한 뒤 아무런 단서도 알아내지 못해 막막해하고 있을 때 제갈 소저를 구해내고 제갈 전 가주가 누구의 손안에 있는지 알아낸 것이 누구였소이까? 바로 은씨 세가가 아니었소이까?"

그 말에 종남파의 장로는 할 말이 없는 듯 입을 다물었다. 그 모습을 고소하게 생각하고 있는데 소림사 출신의 장로가 불호를 외며 입을 열었다.

"아미타불… 맹주의 말씀이 옳소이다. 그럼 맹주께선 하남상단에 은 소저를 들여보내어 살펴보게 할 좋은 생각이 있으신 게요?"

회의를 빙자한 말싸움을 종식시키고 이번 안건에 대하여 회의를 진행시키는 훌륭한 발언이었지만 소림사의 말을 들은 8대 세가 쪽 장로들은 뭐 씹은 표정들이었다. 그도 그럴 것이 소림사 장로의 발언은 8대 세가 쪽 장로들이 맹주의 말로 인하여 그동안 밀리고 밀렸던 말싸움에서 드디어 승리를 잡아 9대 문파의 장로들에게 반박을 하려는 찰나 교묘하다고 할 만큼 그들의 말을 막아 버리는 꼴이 되었던 것이다.

게다가 회의를 한 단계 더 진행시켜 버렸으니, 이제는 그 일로 반박할 기회도 영영 사라지게 된 것이었다.

9파 장로들의 일방적인 말싸움이 진행되는 동안은 말리지 않았다가 이제 와서 말리는 걸 보면 그 의도가 참으로 의심스러웠다.

하지만 그렇더라도 말싸움은 소강 상태로 접어들었고, 회의는 끝나기 전에 멈추지 않는 법이었으므로 내가 그 안으로 들어갈 방법이 착착 의논되었다.

뭐, 그 방법이라는 것이 특별한 것이 아니고 아빠와 배 숙부가 하남상단을 방문해 그 둘을 쫓아간 내가 지루한 사업 이야기가 오가는 동안 상단 안을 구경하러 다니는 척하면서 제갈준회가 어디 있는지 알아낸다는 거였다.

설사 금지된 구역에 잘못 들어갔다 하더라도 세가의 여식이니 함부로는 못할 것이라는 걸 계산하여 그렇게 된 것이었다.

이번에도 작전(?)에 참가하지 못하게 된 민이는 또 한 번 부루퉁해했지만 할아버지를 비롯하여 세가의 모든 사람들이 적극적으로 말리는 통에 또 한 번 단념해야 했다.

"에혀, 한번 잡혀갔다 왔다고 너무 감싸고 도는 거 아니? 처음에는 그럴 수도 있겠다고 생각했는데 계속 그러니까 지금은 너무 답답해. 이럴 줄 알았으면 괜히 잡혀줬어."

이번에도 가지 말라는 말에 어쩔 수 없이 고개를 끄덕이기는 했지만 덕분에 서운함이 많이 쌓였는지 하남상단에 가려고 준비하는 나에게 와서 자신의 심정을 토로했다. 물론 엄마가 내 준비를 도와주는 바람에 메시지로 보냈지만.

하지만 나는 민이의 그런 어리광 같은 마음을 받아주고 싶은 마음이 눈곱만큼도 없었다. 이건 분명히 말해 두지만 전에 민이의 버릇없는 행동 때문에 아직도 마음이 안 풀린 건 절대 아니었다. 그때 일은 벌써 깨끗이 잊었으니까.

"웃기고 있네. 내가 너 잡혀간 뒤로 집안의 분위기 때문에 얼마나 숨이 막혔는 줄 알아? 너도 그런 분위기를 한번 당해봐야 해! 이 정도로 그렇게 답답해하다니… 내가 숨죽이고 산 거에 비하면 이건 약과야, 약과!"

"우웅… 너무해, 누나. 그렇더라도 누나까지 그렇게 매정하게 외면할 거야? 나 같은 인재를 사용하지 않고 그냥 놔두는 건 낭비라고!"

"어이구, 됐네! 솔직히 이번 일도 나 혼자서도 충분해. 내 마법이면 장땡인데, 아빠랑 배 숙부가 달라붙어서 더 번거롭다구."

"에에… 누나, 아빠랑 배 숙부는 몰라도 나는 도움이 되면 됐지 절대 혹은 아니다 뭐."

"몰라. 그래도 네 도움은 별로 필요없어. 나중에 네 도움이 필요하면 말하마."

준비를 끝낸 나는 엄마의 시선을 피해 민이에게 혀를 한번 쏘옥 내밀어 보인 후 재빨리 아빠와 배 숙부에게로 향했고, 민이도 내 뒤를 따라오면서 마지막으로 투덜거리는 메시지를 날렸다.

"체엣… 그래, 누나 혼자 잘해봐라."

하남상단 안으로 들어가는 것은 그렇게 크게 어려운 일은 아니었다. 원래 아는 사이든 모르는 사이든 하남상단과 거래를 하려는 사람들이 하루에도 수십씩은 정문을 드나들었으므로 들어가는 데엔 별다른 제지가 없었던 것이다.

게다가 은씨 세가란 명함은 꽤나 큰 효력을 발휘하는 것이었기에 정문을 지나 손님 접대를 담당하는 남자에게 말하자마자 우리는 일반 손님들을 모시는 건물을 지나쳐 좀 더 안쪽에 있는 건물로 안내될 수 있었다.

'흐음, 덕분에 제갈준희에게 조금 더 가까이 다가가는군.'

꽤나 화려하게 장식된 접대실에 앉아 내어준 차를 채 반도 마시기 전에 염소수염을 기른, 40대쯤으로 보이는 남자가 빠른 발걸음으로 접대실에 들어왔다.

"어서 오십시오, 배 대협, 은 대협. 오신다고 미리 연락이라도 주셨으면 이렇게 기다리게 하는 무례를 저지르지 않았을 텐데요."

미안함이 가득 담긴 표정으로 허리를 깊숙이 숙여 인사하는 그를 향해 배 숙부가 우리 대표로 한 걸음 나서서 포권을 취해 보이며 답했다.

"별말씀을. 아무런 연락 없이 이렇게 불쑥 찾아온 우리를 환대해 주시니 감사합니다. 예의를 따진다면 사전에 용무와 방문 날짜를 통보해야 할 터이나 저희가 남양에 온 것도 예상에 없었던 일이라 이리 무례를 무릅쓰게 되었습니다."

"아닙니다, 아닙니다. 언제든지 환영합니다. 오히려 접대가 소홀할까 걱정입니다. 자, 그럼 상주께서 기다리시니 자세한 이야기는 그곳에 가서 하실까요?"

그가 가자는 뜻으로 팔을 문 쪽을 향해 뻗어 보였는데, 아빠가 그러한 그를 살짝 제지하며 이곳에 온 진짜 목적을 실행하기 위하여 입을 열었다.
"아, 그전에 이쪽은 내 딸인데 우리가 하남상단에 간다는 말을 듣고 그 위명이 쟁쟁한 상단에 가고 싶다고 졸라서 데려오긴 했습니다만 사업 이야기를 얌전히 듣고 있을 아이가 아니라서 말입니다. 괜찮다면 상단 내를 구경하게 해줬으면 좋겠는데……."

거절하면 환영 마법을 써서라도 몸을 빼내고 상단 안을 뒤져보려고 결심하고 있었는데 그는 그렇게 크게 어려운 일도 아니라는 듯 쉽게 고개를 끄덕여 흔쾌히 허락했다.

"아이고, 제가 아가씨를 미처 배려 못해 드렸군요. 물론입니다. 아, 처음 오시는 분은 상단 안을 복잡하게 보시니까 제가 안내인을 하나 붙여 드리지요."

"배려 감사드립니다."

그리하여 나는 아빠, 배 숙부와 헤어진 채 시녀 차림을 하고 있는 어떤 아가씨의 안내를 받아 상단 안을 돌아다니게 되었다.

그녀는 단아하게 생겨 남자들의 시선을 끌 것 같아 보였는데 상단에서 일하고 있어서 그런지 되게 상냥하고 사근사근했다.

몸매도 늘씬한 편이어서 그녀의 가는 팔로는 힘껏 때린다 해도 아플 것 같지도 않아 보였다.

그러나 이곳에 제갈준희가 있다는 걸 알고 있는 나는 여자라 해도 방심하지 않고 그녀가 가지고 있는 내공을 살펴보았다. 그러자 놀랍게도 내공이 거의 유와 비슷한 양이었다. 척 보기에 그녀는 많아봐야 20대 중반이나 후반쯤인 듯한데 자신보다 10년쯤 연상인 유와 비슷한 내공 수위인 것이다.

[와우~ 유, 덕, 조심해야겠는걸? 저 여자 내공이 유와 비슷해!]

비록 유가 무척 뛰어나다는 말은 듣지 못해도 꽤 한다는 소리는 듣는 수준인데, 그런 유와 비슷한 내공을 가지고 있다면 저 여자는 어쩜 무공 실력이 유와 비슷할지도 모른다는 소리였다.

'그냥 안내만 해주는 시녀의 무공이 왜 저리 높아? 내가 돌아다니는 것을 주의하는 거야, 아니면 원래 다 이 상단의 사람들은 시녀까지 저리 무공 실력이 좋은 거야?'

그것이 무엇이 되었든 이곳이 정말 만만치 않다는 것만은 틀림없었기에 나는 더욱더 긴장의 끝을 조였다.

하지만 그것도 쉬운 일은 아니었다.

아빠, 배 숙부와 헤어진 뒤 나는 만의의 사태에 대비하여 주위에 마나를 퍼뜨리고 있었던 것이다. 손바닥의 마법진을 유지하며 가끔가다 힐끔힐끔 보랴, 대기에 퍼진 마나가 보내주는 자극의 정보(?)를 분석하랴, 내 앞에 가면서 계속해서 이야기를 늘어놓는 그 시녀의 이야기에 맞장구쳐 주랴 정신이 하나도 없었다.

'으읏… 이럴 줄 알았으면 민이를 데리고 오는 건데. 유나 덕이에게 이 여자 상대하라고 할 수도 없고……'

하지만 그 와중에서도 나는 모습을 숨긴 채 우리를 은밀히 따라다니는 세 명의 기운을 감지했다. 처음에는 하도 사람들이 많이 왔다 갔다 거려서 눈치 못 챘지만 계속 돌아다니다 보니 떨어지지 않고 일정한 거리를 유지한 채 끝까지 따라붙는 마나덩어리들의 기운이 수상하다고 대기에 퍼뜨린 내 마나가 쿡쿡 찔러왔던 것이다.

'뭐야, 나라서 경계하는 거야, 아니면 구경 다닌다고 돌아다니는 모든 사람들을 이렇게 경계하는 거야? 어쨌든 이렇게 예민하게 구는 거 보면 뭐가 있긴 있어.'

그렇게 상단 안을 돌아다니고 있는 와중에 나는 좀 놀라운 광경을 하나 목격했다.

장원 안에 떡하니 동산이 버티고 서 있는 것이었다. 아마 산책로로 만들어놓은 듯 잘 꾸며진 정원 가운데 있는 인공 호수에 흘러 들어가는 작은 폭포까지 만들어져 있었다.

"와우~"

도대체 무슨 재주로 이렇게 만들었는지는 몰라도 정말 대단했다.

우리가 바라보고 있는 곳이 동산의 앞쪽이라면 동산의 뒤쪽은 다른 건물과의 경계를 짓는 담벼락과 맞붙어 있었다.

내가 놀라움과 감탄을 숨기지 않자 나를 안내하는 시녀가 어깨를 으쓱거리며 설명했다.

"이곳은 상주님이 가장 좋아하시고, 또 손님들께 자랑으로 보여주시는 곳이지요. 사실 제 생각에도 이처럼 멋있는 정원이 또 있을까 싶네요."

그녀의 말대로 나는 장원 안의 정원 중에 동산에 폭포까지 만들어놓은 정원은 한 번도 본 적이 없었다.

"정말 대단해요. 폭포까지 만들어놓다니 신기하네요."

그리고는 시녀에게 감탄사를 늘어놓으며 그녀의 시선을 피해 다시 한 번 살짝 손바닥의 마법진을 살펴보았다.

아까부터 제갈 소저가 있는 곳에 가까이 가지 못하고 그 주위만 맴도는 것 같아 조금씩 초조해지고 있던 참이어서 뭔가 다른 수를 강구하려고 했었다. 하지만 그동안 돌아다니는 곳은 항상 우리 일행 말고도 다른 사람들이 그 자리에 같이 있었기에 뭘 하려고 해도 그들 때문에 실행에 옮길 수가 없었다.

그러나 이곳은 상주가 아끼는 정원이라 그런지, 아님 때를 잘 맞췄는지 우리와 우리를 은밀히 뒤따르고 있는 세 명의 정체 불명의 사람들뿐이었기에 일을 벌이기에는 안성맞춤이었다.

뭐, 그렇다고 해서 그들을 죽이는 건 아니었고 내가 제갈준희가 있는 장소를 찾아내고 돌아오는 동안만 정신을 잃게 한 뒤 나중에 내가 돌아와선 기억을 조작할 생각이었다. 때마침 나에게는 울 아빠가 알려준 '순간 포착 필살 최면술' 능력이 있었으므로 어려울 건 없다고 생각했다.

그런 계획을 유와 덕에게 말하기 전에 마법진을 살펴본 것은 일을 시작하기 전에 그냥 한 번 더 확인하려는 별 생각 없는 행동이었다. 하지만 그때 본 마법진은 당황스럽게도 제갈준희가 이 근처에 있다고 알려주고 있었다.

'여기란 말이야? 하지만 어디?'

마법진에 표시된 방향으로 시선을 돌리니 그쪽에는 동산이 떡하니 버티고 있었다.

'동산?'

거기까지 알아낸 나는 우리를 안내하는 시녀에게 물었다.

"저기, 동산 위에 한번 올라가 보면 안 될까요?"

그 위로 올라가 보면 좀 더 확실하게 알 수 있을 것 같아서였기 때문이다.

"동산이요? 저기요?"

약간은 어리둥절한 얼굴로 나와 동산을 번갈아 바라보며 묻는 시녀에게 나는 고개를 끄덕였다.

"예. 아, 혹시 올라가지 못하게 되어 있나요?"

"아, 아뇨, 저 위에도 길은 나 있습니다. 그럼 한번 가보죠 뭐."

그곳에 뭔가가 있을 것 같아 나는 시녀가 못 올라가게 하거나 아니면 조금은 놀라기라도 할 줄 알았다. 하지만 아무것도 없는 양 순순히 안내해 주는 그녀의 등을 보면서 내가 잘못 짚은 건 아닌지 의심이 들었다.

'뭐, 어쨌든 올라가 보면 알겠지.'

동산에는 위에서 내려다보면 T 자 형으로 오솔길이 나 있었다. 만약 동산과 담장이 맞붙어 있지 않았다면 + 식의 길이 나 있었을 터였다. 그리고 그 길 양 옆을 따라 사람의 무릎 정도 오는 관목들이 주르르 심어져 있었고 간간이 꽃밭이 가꾸어져 있었다. 하지만 사람의 손길이 계속해서 닿는 곳은 오솔길의 양 옆뿐인 듯 그 너머로는 일반 산들처럼 여러 가지 나무와 풀들이 사람 손길이 닿지 않은 자연스러운 상태로 자라나고 있었다.

뭐, 키 큰 나무들은 처음에 일부러 가져다 심어놓은 것 같지만, 그 나무들과 풀들이 제법 무성하고 큰 것으로 보아 이 동산은 인공적으로 만들어졌다 하더라도 만들어진 지 꽤 오래된 듯했다.

그 위에 난 길을 천천히 따라 올라가면서 나는 연신 주위를 두리번거리며 수상한 점은 없는지 살펴보았지만 사람들이 꾸준히 가꾼다는 점을 제외하면 별 이상한 점을 찾아볼 수가 없었다.

'으음… 역시 동산은 아닌가?'

고개를 갸웃하며 시녀의 시선을 피해 다시 한 번 손바닥 위의 마법진을 살펴보는 순간 웬걸, 제갈 소저를 나타내는 점은 바로 내가 서 있는 곳과 일치하고 있었다.

'이곳? 이곳이란 말야? 그렇다면 혹시… 동산 속?'

하지만 그렇다 하더라도 동산 주변에는 동산 속으로 들어가게끔 만들어진 입구 같은 것은 전혀 보이지 않았다. 단지 동산으로

부터 시작되는 잘 꾸며진 정원이 있을 뿐이었다.

'뭐야, 그럼 비밀 장치라도 있다는 거야? 으음… 혹시 인공 폭포 속인가?'

동산에 붙어진 장치라면 그것뿐이었다. 그렇게 보니 보통 영화에서 보면 폭포 뒤에 비밀 문이라든지, 아니면 동굴 같은 장치가 있는 경우가 많았었다.

'에… 그럼 혹시 여기에도?'

분명 살펴볼 여지가 있었다. 하지만 저 시녀가 보고 있는 와중에 폭포 속으로 뛰어들 수도 없는 일이었다.

'흐음, 일을 벌일 시간이 되었어.'

처음에는 유와 덕이에게 계획을 설명하여 같이 움직이려고 했지만 일일이 다 설명하자니 귀찮았다. 그래서 그냥 마법 한 방으로 처리하기로 했다.

'이럴 때 마법을 안 써먹으면 언제 써먹겠어? 어차피 이 주위에는 우리밖에 없으니까 슬립 마법 정도면 괜찮을 거야. 어디 보자… 우릴 쫓아온 사람들까지 범위를 설정하고, 유하고 덕이까지 잠들면 안 되니까 둘에게는 마나가 미치지 않게 하고… 에혀, 이 것도 꽤 까다로운 작업이네.'

그렇게 기초 작업을 끝내고 나는 다시 한 번 주위를 살펴 이 정원 안에는 우리밖에 없다는 사실을 확인한 다음 중얼거렸다.

"슬립."

이들이 제갈준희를 데리고 간 적들과 한패라면—아마 거의 확한 것 같지만—내가 주술 쓴다는 것을 알고 있을 터였다. 하지만 이렇게 잠재우는 마법도 있다는 것은 모를 테니 이런 마법에 대해서는 무방비 상태였을 것이다.

내 예상이 맞았는지 갑자기 알아들을 수 없는 말을 중얼거리는 날 이상하다는 눈으로 쳐다보던 시녀는 곧 눈에 초점이 사라지면서 그대로 옆으로 쓰러져 잠이 들고 말았다. 덕이와 유가 어리둥절한 표정으로 쓰러진 그녀를 살피는 동안 나는 우리를 쫓던 그 정체 모를 세 사람들이 있는 곳으로 가 그들이 잠들었다는 것을 확인한 다음 유와 덕이를 시켜 우리를 안내한 시녀와 그들을 사람들 눈에 띄지 않는 곳에 숨기게 했다.

그리고 나는 곧장 가장 수상했던 인공 폭포 쪽으로 가봤다.

하지만 기껏 거친 물살을 헤치며 들어간 폭포 뒤쪽에는 탄탄한 바위 벽만 있을 뿐 내가 생각했던 동산 안으로 들어가는 입구는 어디에도 보이지 않았다. 혹시 사람들의 눈을 속이기 위하여 바위 벽만 있는 것처럼 꾸며놓은 건 아닐까 싶어 두드려도 보았지만 이런 데 전문 지식이 있는 게 아닌 나로서는 전혀 알아볼 수가 없었다.

나중에 유가 와서 살펴보았지만 그도 바위만 있을 뿐 입구는 없는 것 같다고 했다.

[으음, 준희 언니는 이 안에 있단 말이야.]

폭포에 입구가 없는 것 같자 나와 유, 덕이는 셋이 흩어져 동산 주위를 맴돌며 찾아보기로 했다. 그러나 아무리 봐도 입구는커녕 그 비슷한 것도 안 보이자 덕이가 허탈한 표정으로 머리를 긁으며 전음을 보냈다.

[에롭네요잉(어렵네요)~ 입구가 어디관데 암만 봐도 안 보인다요? 기냥 뽀사 버릴 수도 없고.]

[으음, 분명히 입구가 있을 텐데… 도대체 어디다 어떻게 만들어놓은 거야? 시간도 별로 없는데…….]

마법진에 표시된 방향만 따라가면 쉽게 찾을 수 있을 줄 알았던 나는 생각지도 못한 벽에 부딪치자 되게 난감했다. 마법진은 단지 방향과 거리만 가르쳐 줄 뿐 제갈준희가 갇혀 있을 건물의 모형도는 전혀 보여주지 못하기 때문이다.

'에잉, 돌아가면 할아버지께 이것도 한번 말해 봐야겠어. 길까지 가르쳐 주는 방법 없나? 그렇다고 제갈준희가 있는 곳이 어떤 곳인지도 모르는데 무턱대고 공간 이동할 수도 없고.'

나와 덕이가 한숨만 푹푹 쉬며 애꿎은 동산만을 째려보고 있는데 우리가 투덜대는 동안 아무 말 없이 묵묵히 있던 유가 갑자기 전음을 보냈다.

[저기에 있는 담 말입니다. 동산과 딱 붙어 있군요. 그리고 그 담 바로 앞에는 단층 건물이 바로 붙어 있고요. 이상하지 않습니까? 보통 담과 건물은 붙어 있지 않는데 말입니다.]

그러면서 유는 그 담 가까이 걸어가기 시작했다.

[조심해, 유. 그 건물은 사람들이 지키고 있단 말야.]

[괜찮습니다.]

내 걱정스러운 말에 유는 걱정 말라는 몸짓을 해 보이고는 담에 딱 붙어 섰다. 그러자 그렇게 높게 여겨지지 않았던 담이 유의 키를 훨씬 넘어버리는 거였다. 장원 전체를 둘러싸는 담이면 몰라도 장원 안의 건물과 건물의 경계를 짓는 담은 사람의 키를 넘지 않거나 넘더라도 2m까지는 안 되는 게 보통이었다. 하지만 이곳의 담은 2m는 그냥 넘을 것처럼 높아 보였다. 유가 가까이 가보지 않았더라면 동산 때문에 상대적으로 작게 보여 전혀 몰랐을 거였다.

[어떻습니까, 굉장히 높죠? 저 정도의 높이라면 어지간한 입구

는 담 속에 충분히 들어갈 것 같지 않습니까?]

　유는 단지 담의 높이를 보여주고 싶었을 뿐인 듯 덕이와 내가 담의 높음을 알아차리자 곧바로 담에서 떨어져 우리 곁으로 다가와 전음을 보냈다.

　[이상하다고 생각되지 않으십니까? 저렇게 딱 붙어 있다가 동산에서 흙이라도 흘러내리면 그냥 건물 지붕 위로 떨어져 내릴 텐데, 그런 걱정은 안 하나 보군요.]

　동산과 맞붙어 있는 높이가 2m를 넘는 담. 그리고 그 담과 그대로 붙어 있는 단층 건물.

　[그러니까 유의 말은 저 건물이 동산 안으로 들어가는 입구 같다는 말이지?]

　[예. 보통 단층 건물은 일반 잡동사니 창고로 많이 쓰이지 않습니까? 그런데 이 상단에서는 저 창고를 중요하게 여기는가 봐요. 아가씨께서 저 건물에는 지키는 사람이 있다고 하지 않으셨습니까?]

　[그래, 꽤 많아. 바깥에도 건물을 빙 둘러서서 5명이나 지키고 있고 안에도 3명이나 더 있어.]

　덕분에 그 사람들이 우리 목소리를 들을까 봐 우리는 전음으로 대화를 주고받고 있었다.

　[유의 말대로 수상하네. 알아봐야겠어.]

　내가 즉시 그쪽으로 몸을 움직이려 하자 유가 나를 말렸다.

　[다음 기회로 미루시는 것이 좋을 것 같은데요. 시간이 너무 지체되었습니다. 더 이곳에 있다가는 저들이 수상히 여길 겁니다.]

　[아, 그것도 그렇군. 좋아, 그럼 다음에.]

　오늘 밤 민이와 둘이 같이 쳐들어올 것을 다짐한 나는 몸을 돌려 그 시녀와 수상한 세 사람 쪽으로 갔다. 이제 그들을 깨워 기억을 조작하기 위해서였다.

기억 조작은 간단하게 끝났다. 우선 정체불명의 세 사람을 깨워 그들이 잠들어 있었다는 것을 지우고 그 다음 시녀를 깨워 기억을 지웠다. 나에 비해 내력이 적은 그들인데다 잠에서 덜 깬 상태였기에 최면술에 쉽게 걸려들었고, 유와 덕이는 그 모습에 무지 놀라워했다.

"흐미~ 주군은 별별 재주를 다 가지고 계시네요잉~"

잠시 후 정신을 차린 시녀의 안내를 받으며 정원을 빠져나가다 슬쩍 물어본 바에 의하면 담 너머에 있는 건물은 상주의 자식이 살고 있는 별채라고 했다.

'흥, 그런 데 창고가 있냐?'

아빠와 배 숙부가 끌어주기로 한 시간이 다 되었는지 시녀가 우리를 안내하여 들어간 건물 안에는 상주로 보이는 중년의 남자와 아빠, 배 숙부가 한가롭게 앉아 차를 마시며 담소를 나누고 있었다.

"진아, 어서 오너라. 구경은 잘 했느냐?"

아빠의 의미있는 질문에 나는 환하게 웃으며 고개를 끄덕였다.

"예, 아빠. 특히 이곳 정원은 굉장했어요. 동산도 있는 데다 거기에서 폭포도 떨어지던걸요?"

그러자 상주로 보이는 자가 호탕하게 웃으며 답했다.

"껄껄, 아, 내가 제일 좋아하는 정원을 말씀하시는 거군요. 하긴 그곳을 보신 모든 분들이 감탄을 하지요. 그곳을 만들기 위해 많은 돈을 들였거든요."

"정말 멋있었어요. 감탄이 절로 나오더군요."

그를 향해 방긋 웃으며 말하자 그는 기분 좋은 듯 고개를 끄덕거렸다.

그 몸짓을 신호로 앉아 있던 세 사람은 일제히 일어났다. 그리고 배 숙부가 대표로 상주에게 작별을 고했다.

"바쁘실 텐데 시간을 내주셔서 정말 감사했습니다."

"아닙니다. 두 분께는 얼마든지 시간을 내드려야지요."

"그럼 저희는 이만."

"안녕히 가십시오. 업무로 인하여 멀리 배웅은 못해 드리겠습니다."

"시간을 내주신 것만 해도 감사한 일입니다. 그럼 안녕히 계십시오."

상단을 나와 어느 정도 거리가 멀어졌을 때쯤 아빠와 배 숙부는 나에게 물어왔다.

"그래, 제갈 소저는 거기 있더냐?"

아까 내가 환히 웃어 보인 탓인지 그렇게 걱정스러운 표정은 아니었다. 하지만 나는 그 질문에 자신있게 대답할 수 없었다. 제갈준희를 직접 보지 못한 탓 때문이다. 나야 내 마법에 대해 무지 자신있지만 무림맹의 장로들, 특히 9대 문파 출신의 장로들은 내 실력을 전혀 믿으려 하지 않으니 문제였다.

"언니가 어디 있는지는 찾아냈어요. 상단 안의 정원에 있는 동산 속에 있어요. 제 생각에는 그 동산을 인공적으로 만들고 그 속에 어떠한 시설을 해놓은 듯싶어요. 입구로 보이는 곳에는 경비가 심했거든요. 그래서 들어가 언니를 직접 보지는 못했어요."

내 말에 아빠와 배 숙부는 서로 마주 보더니 걱정스러운 눈빛을 주고받았다.

"흐음… 그거참."

"하나 만약 그곳에 제갈 소저가 감금되어 있는 것이라면 진이가 쉽게 들어갈 수 있을 리가 없지. 문제는 그걸로 또 9파 출신의 장로들이 꼬투릴 잡으려 들 거라는 거지."

"차라리 오늘 밤에라도 제가 직접 가봐야 할 것 같습니다. 이 두 눈으로 제갈 소저를 직접 보고 온다면 그들이 뭐라 하지는 못하겠지요."

"그렇게 성급하게 굴었다가는 자네까지 잡힐 위험이 크네. 자네는 상단 안의 위치도 잘 모르는 데다 진이가 말한 그 동산 속의 지리도 모를 거 아닌가?"

"후우, 답답하군요."

배 숙부의 말이 옳았기에 아빠는 뭐라 더 말하지 못했다.

우리가 상단에서 돌아오자 곧 맹주의 명에 의하여 장로 회의가 소집되었다. 아빠와 배 숙부는 직접 가본 사람이었으므로 할아버지와 함께 그 회의에 참여하였지만 나는 오가는 이야기가 뻔할 것 같아 참석하지 않았다. 대신 민이의 방에 가서 오늘 밤 계획에 관하여 의논하기 시작했다. 뭐, 의논이라고 할 것은 없고, 그냥 일방적인 통보를 한 후 계획에 참여할 것인지 빠질 것인지 민이의 의견을 듣는 것뿐이었지만.

"오늘 밤에 상단 안으로 침입하자고?"

"그래, 솔직히 내 생각에는 오늘 밤도 너무 늦는 게 아닌가 싶어서 걱정이야. 제갈 언니가 이곳에 들어온 지도 오늘이 벌써 3일째니까. 만약 그곳에 제갈 전 가주가 있다면 벌써 협박하기 시작하고도 남았을 거야."

"흐음… 그래서 누나랑 나 둘이만 가자고?"

"그래. 너, 요즘 어른들이 싸고 돌아서 갑갑했다며? 그러니 이 기회에 갑갑함도 풀고, 어디 특별 수련(?)한 성과도 나에게 좀 보여봐."

"그런데 누나, 나중에 뒷감당은 어떻게 하려고?"

"훗, 어른들에게 혼나는 건 이제 이골이 났다. 게다가 넌 납치됐다 돌아왔으니 크게 혼내지는 않을 거야."

"좋아. 그럼 오늘 밤 자정?"

"그래, 내가 네 방으로 갈게 준비하고 있어."

"알았어."

회의에 갔었던 할아버지를 비롯하여 아빠와 숙부는 저녁 늦게 돌아왔다. 저녁이 되기 한참 전에 회의하러 갔던 것을 생각하면 이번 회의도 엄청나게 길어진 듯했다. 그런데 의아한 것은 회의 내용에 대해 민이와 나에게 한마디 말도 안 해주는 거였다. 단지 나에게 그동안 수고했고 내가 할 일은 이제 끝났다고 하는 거였다.

"에… 그럼 제갈 누님을 찾는 건 어떻게 되는 겁니까? 설마 상단 안에 제갈 누님이 없다고 결론난 건 아니겠지요?"

민이가 걱정스러운 눈빛으로 물어봤지만 회의에 갔다 온 세 사람은 괜히 시선을 피하면서 말을 돌렸다.

"허허, 아직 결론이 난 것은 아니란다. 내일 또다시 회의를 할 거야. 그런데 너희들, 저녁은 먹었느냐?"

"아직 안 먹었어요. 세 분이 안 오셨는데 어떻게 먼저 먹겠습니까? 그나저나 할아버지, 회의를 내일 또 한다고요? 그럼 상단으로 안 쳐들어가는 건가요?"

그래도 집요하게 물고늘어지는 민이를 향해 이제는 엄마가 나섰다.

"저런. 민아, 할아버지께서 막 회의를 끝내고 오셔서 피곤하실 텐데 자꾸 그러면 못써요. 어련히 너에게 말씀 안 하실까 봐? 아직 완전한 결론이 나지 않았다고 하시잖니. 결론이 나면 말씀해 주실 거야."

그러자 배 숙부도 얼른 맞장구쳤다.

"그래그래. 얘들아, 오랜 시간 동안 회의하느라 좀 피곤하구나. 미안하지만 나는 간단하게 먹고 좀 자야겠으니 식사는 같이 못하겠다."

그렇게 배 숙부가 식사에 빠지겠다고 하자 아빠와 할아버지도 식사에 빠지겠다고 하고는 서둘러 자신들의 방으로 가버렸다. 그 모습에 민이가 의아해했지만 내 제지에 그냥 넘어가기로 했다.

"그만 해. 어차피 우리가 오늘 상단 안으로 침투해 들어가면 결론은 나는 거 아냐? 그냥 우리끼리 먹자. 배고파 죽겠다."

"누나는 아까 간식 먹었잖아."

"간식은 간식이고 식사는 식사야."

"에혀, 도대체 드래곤의 배는 얼마나 큰 거야?"

"너네 용보다는 클걸? 척 보기에도 너네는 뱀이고 우리는 도마뱀이잖아."

"허, 그거 말 되네."

그날 밤, 마치 도둑처럼 남들 모르게 조용히 내 방을 빠져나온 나는 뒤꿈치를 들고 살금살금 걸어 민이의 방에 도착해 조용히 문을 열었다. 민이와 이야기가 되어 있어서인지 방문은 잠겨 있지 않아 쉽게 열렸다. 물론 불은 켜 있지 않았지만 열린 창을 통해 들어오는 달빛 덕에 방 안 풍경을 볼 수 있었다.

"어이, 준비됐어?"

자는 척하고 있는 건지 침대 위에 웅크리고 있는 민이를 향해 메시지를 보내자 엉뚱하게도 민이는 침대 밑에서 빠져나오며 대꾸했다.

"물론이야. 누나가 오길 기다리고 있었어."

그 모습에 황당해진 나는 침대 밑에서 빠져나오는 민이와 침대 위에서 웅크리고 누워 있는 형상을 번갈아 보며 물었다.

"아, 저건 뭐야? 난 네가 위에 있는 줄 알았잖아."

그러자 민이는 회심의 미소를 지으며 위에 누워 있는 형상을 다시 한 번 매만지며 대꾸했다.

"훗, 보시다시피 눈속임이지. 혹시라도 엄마나 아빠가 내 방에 들어와 나 자는지 확인하면 끝장이잖아."

그 모습에 나는 한숨을 내쉬며 말했다.

"민아, 이건 내 생각인데 말이지, 엄마나 아빠라면 직접 방문을 여는 대신 밖에서 네 기척이 느껴지나 안 느껴지나를 알아볼 것 같은데 말이지. 저건 눈속임은 되지만 기척 속임은 안 되잖아?"

내 말에 민이는 행동을 멈칫하더니 고개를 끄덕였다.

"아, 맞다. 그러고 보니 그렇네. 전혀 소용없잖아?"

그러면서 그 형상을 치우려고 하는 걸 내가 말렸다.

"아, 아, 그냥 가자. 그거 언제 또 치우고 가냐?"

"그럴까? 하지만 기껏 만들었는데 소용없다고 생각하니 열받네."

그렇게 말하면서도 민이는 기어코 이불을 벗겨내고 그 안에 똘똘 뭉친 베개를 치워 버렸다.

"으이그, 그냥 가자니까."

그 모습에 나는 고개를 설레설레 젓곤 창밖으로 몸을 내밀며 마법을 시전했다.

"레비테이션!"

그냥 단순 부유 마법으로 낮은 서클의 마법이라 지금의 나로서는 마나의 파동을 아주 적게 하고도 사용할 수 있었기에 사용했다. 내 마법에 의한 마나의 파장 때문에 우리가 몰래 나가는 걸 들키고 싶지 않았기 때문이다.

우리가 머물고 있는 건물 지붕을 지나 한참 위로 올라가 있으려니 곧 민이가 뒤따라 날아왔다.

"자, 그럼 갈까?"

"좋아!"

방향은 낮에 상단을 다녀온 내가 알고 있었기에 내가 앞장을 섰고 민이가 뒤를 따랐다. 상단에서 돌아올 때부터 이럴 결심을 하고 방향을 자세히 알아놨기 때문에 헤매지 않고 곧장 상가 쪽으로 날아갈 수 있었다.

하늘 위에서 바라보니 상가 장원의 중앙 쪽에 있는 동산이 쉽게 눈에 띄었다.

"저기야?"

낮에 내가 상단 갔다 온 이야기를 민이에게 했기에 민이도 그곳을 보자마자 곧 알아차렸다.

"응. 그리고 유가 말한 담이 바로 저거야."

"아하, 역시 동산이랑 붙어 있는 담 바로 뒤에 건물이 있네."

"그치?"

낮에는 나도 담에 가로막혀 있고 지키는 사람이 있어 보지 못했는데 지금 보니 기껏해야 10평도 안 돼 보이는 건물이었다. 칸이 두 개 있고 개수대가 있는 약간 널찍한 화장실만하다고나 할까(비유를 들어도 꼭…)?

그 건물 위로 조금 고도를 낮추며 내려와 살펴본 바에 의하면 낮에 알아낸 것과 같은 수의—밖에는 다섯 명, 안에는 세 명—인원이 여전히 그 건물을 지키고 있었다.

"누나, 어떻게 들어갈 거야?"

"글쎄… 투명화 마법으로 들어가고 싶지만 아무도 없는데 문이 열렸다 닫히면 저들이 이상하게 생각하겠지?"

"그냥 다 재우고 들어가면 어떨까?"

"하지만 누가 와서 그걸 보면 어떡해?"

"그러니까 안 자는 것처럼 세워놓고 들어가야지."

"아냐, 차라리 정지 마법을 걸어놓고 들어가는 게 낫겠다."

"아, 아, 그럴 거면 내가 혈을 짚을게. 나 그런 거 한번 해보고 싶었어."

"좋아. 그럼 밖에 있는 녀석들은 네가 처리해. 안에 있는 녀석들은 내가 그냥 재워놓지 뭐."

그렇게 결정한 뒤로 막 움직이려는 찰나, 나는 좀 더 재미있는 생각이 떠올랐다.

"아, 아, 민아, 잠깐만. 나에게 좋은 생각이 떠올랐어. 솔직히 이렇게 몰래 침입할 때는 복면을 쓰는 거잖아. 그래야 들켜도 누가 침입했는지 모르니까. 하지만 우리는 복면을 쓰지 않았으니 우리 오랜만에 본래 모습으로 하구 쳐들어가지 않을래? 그럼 들켜도 누군지 모를 거 아냐?"

생각만 해도 무지 재미있을 것 같아 나는 입이 저절로 벌어져 피식피식 웃었다. 그걸 본 민이가 한심스럽다는 듯한 표정으로 대꾸했다.

"으이그… 솔직히 말해 봐. 우리의 정체가 드러나는 걸 걱정한 것보다는 재미있을 것 같아서 그러자는 거지?"

"훗, 겸사겸사. 어차피 저들이 우리 정체를 모르는 이상 맘대로 휘젓고 다닐 수 있잖아. 안 그래?"

그러자 민이도 귀가 솔깃한 모양이었다.

"흐음… 하긴 나도 내 모습으로 한 번쯤은 돌아가 보고 싶기도 했어."

"그치, 그치? 좋아. 그럼 본래 모습으로 돌아가는 거다?"

본래 모습으로 돌아가는 건 간단했다. 나야 다시 한 번 폴리모프하면 땡이었고 민이에게는 마법 해제를 해주면 만사 오케이였다.

"호오… 청명아, 오랜만에 만나는구나."

모습이 변하자 곧바로 호칭까지도 바뀌었다.

"그러게. 지금 보니까 누나 모습은 확실히 화려하다. 빨간 머리에 빨간 눈이라니… 옷까지 빨간색으로 갖춰 입어보지 그래?"

"쳇, 내가 본래 모습으로 돌아갈 줄 알았으면 빨간 옷을 입고 왔을 거다. 자, 그럼 시작하자."

"좋아!!"

청명이가 먼저 앞장서서 밑으로 내려가 밖에서 지키는 사람들을 처리하는 동안 나는 지붕 위로 내려가 누가 오지는 않는지, 근처에 누가 없는지 살펴보았다.

"누나, 끝났어."

하지만 10분도 채 안 돼 청명이 목소리가 들려왔기에 나는 땅으로 내려가야 했다. 밖에서 지키는 사람들도 유 못지 않은 내공을 가진 자들이었는데, 비록 기습을 한 거지만 그런 자들을 10분도 채 안 되는 시간에 다섯이나 처리한 민이, 아니, 청명이의 실력에 나는 새삼 놀라웠다.

"이야, 너, 정말 제법이다? 저 사람들을 순식간에 처리하다니 말야."

그러자 청명이가 잘난 체하는 표정을 지으며 씨익 웃었다.

"누나, 잊고 있나 본데 난 용이라고. 대기와 물을 다스릴 수 있다는 거 몰라? 수련을 했더니만 좀 멀리 있는 사람도 대기를 이용해 혈을 짚을 수 있게 됐어."

"호오, 대단한걸? 자, 그럼 내 차례인가?"

청명이의 잘난 체를 슬쩍 받아 띄워주면서 나는 건물을 향해 시선을 돌렸다. 들어가기 전에 안에서 지키고 있을 그들을 잠재울 생각이었다. 건물 전체를 내 마나로 둘러싼 다음 나는 조용히 중얼거렸다.

"슬립."

"자, 그럼 들어가 볼까?"

건물은 창고처럼 위장하기 위함이었는지 약간은 낡아 있었고 문도 보통의 나무 문이었다. 평소 지키는 사람들 때문에 잠겨 있지는 않았는지 슬쩍 밀었는데도 손쉽게 문이 열렸다.

안에는 불이 켜져 있지 않아 어두컴컴했다. 창이 하나도 없어서 달빛조차 들어오지 않아 나는 다시 한 번 마법을 시전했다.

"라이트!"

내 손바닥 위에서 자그마한 빛의 구체가 형성되어 주위를 환하게 밝히자 막 문을 닫고 들어오던 청명이가 화들짝 놀라서 날 바라봤다.

"누나, 뭐 하는 짓이야!? 들키면 어쩌려고?"

하지만 나는 태연했다.

"뭐 어떠냐? 이 주위에는 우리에게 제압당한 사람들뿐이고, 창문도 없어서 너무 어둡잖아. 게다가 들켜봤자 여차하면 공간 이동으로 튀면 되는 거고."

본래 모습으로 돌아오니까 마음까지 대담해지는 건지 왠지 나는 마음이 들떠 막 나가고 있었다. 지금 같아서는 적들에게 들켜도 아무렇지도 않을 것 같았다.

"누나, 왠지 막 나가는 것 같아. 하지만 뭐… 괜찮겠지."

청명이가 걱정스런 어조로 말했지만 자신도 약간 흥분이 되는지 곧 걱정을 지우고는 눈을 빛내며 사방을 살펴보았다. 분명 건물 안에는 내 마법에 의하여 잠들어 있는 사람이 세 명이 있을 텐데 금방 눈에 뜨이지 않는 걸 보면 아무래도 숨어서 지키고 있었던 듯싶었다. 건물 안에는 텅 빈 창고처럼 바닥에는 짚과 겨 같은 것만 조금 쌓여 있을 뿐 아무것도 없었다.

"호오, 사람들 저기 있네? 저러다 떨어지지는 않을까?"

청명이가 가리키는 쪽을 향해 시선을 돌리니 천장에 있는 대들보 역할을 하는 나무 위의 여기저기에 세 남자가 누워서 자고 있었다.

"훗, 저기들 있었군. 어쨌든 상관없어. 어서 가기나 하자고."

나는 곧 그곳에서 시선을 돌리고 건물의 뒤쪽, 그러니까 담이 있고 동산이 있는 쪽으로 걸음을 옮겼다. 그곳에는 되게 지저분하고 낡아 보이는 긴 천이 벽을 가리고 있었는데 그것을 치우자 이번에는 제법 단단해 보이는 나무 문이 가로막고 있었다. 그리고 거기에는 내 주먹만한 자물쇠가 달려 있었고 당연하겠지만 잠겨 있었다.

"흐음… 잠겨 있네."

내가 그것을 보고 피식 웃을 때 청명이가 청명검을 빼어 들고 나섰다.

"비켜봐. 내가 잘라낼게."

그러나 나는 그런 청명이에게 자리를 비켜주기보다는 그 자리에 서서 청명검만을 뚫어져라 바라보았다.

"아, 너, 그 검 가져왔나?"

"당연하지. 그럼 여기 침입하는데 아무런 무기도 안 가져왔게? 누나도 검 가지고 왔네."

"그게 아니라 네가 청명검 가지고 있다는 건 이들도 알고 있을 텐데, 그거 휘두르면 네 정체가 탄로나잖아? 그걸 생각해야지."

"아……!"

"으이그, 이리 줘봐. 내가 보통 검처럼 보이게 환영 마법을 걸어줄게."

청명이가 건네준 청명검에 내가 가볍게 환영 마법을 걸자 그건 멋진 자태를 자랑하는 보검이 아니라 주위에서 흔히 볼 수 있는 검은 검집에 강철로 만들어진 보통 장검일 뿐이었다.

"좋아. 그럼 이제 자물쇠를 자르게 좀 비켜서 봐."

또다시 보통 장검처럼 보이는 청명검을 빼어 들고 청명이가 나섰지만 나는 이번에도 비켜주지 않았다.

"기다려. 그냥 내가 간단하게 열 테니까."

그리고는 손을 자물쇠 위로 가져간 나는 시동어를 중얼거렸다.

"언록!"

그러자 찰칵 하는 소리와 함께 자물쇠가 열렸다.

"어라? 어라? 이런 주술도 있었어?"

"훗훗훗, 내가 있던 곳은 주술이 많이 발달되어 있다고 했잖아. 별의별 주술이 다 있어."

청명이의 놀란 모습을 보자 괜히 으쓱해진 나는 실실 웃으면서 열린 자물쇠를 빼낸 다음 문을 열고 들어갔다. 그곳은 어른 두셋이 어깨를 나란히 하고 들어갈 수 있는 크기의 통로였는데 길이를 보아하니 우리가 드디어 동산 속으로 들어온 듯했다.

통로는 그렇게 길지 않아 얼마 가지 않아 우리는 곧 새로운 문 앞에 당도했다. 이번 문은 철로 만들어져 있었고 가운데에는 밖을 내다볼 수 있는 자그마한 창이 있었다. 그걸 보아하니 아마 철문 바로 뒤에는 누군가가 지키고 있는 모양이었다.

"뒤에 누가 있는 것 같은데? 잠깐만……."

나는 그 즉시 마나를 풀어 그 뒤에 몇 명이나 있는지, 그들의 실력은 어느 정도나 되는지 확인했다. 그런데 의아하게도 딱 한 명의 기운만이 느껴지는 거였다. 하지만 동산 속 시설 전체에 마나를 퍼뜨린 것도 아닌 데다 저 철문 뒤의 형태가 어떻게 돼 있는 건지 몰라 철문을 열지 않고 뒤로 물러나 청명이를 돌아보았다.

"에… 단 한 명이 있긴 한데 도대체 구조가 어떤 구조인지 알 수가 있어야지."

그러자 청명이가 자신있게 나섰다.

"잠시만, 내가 한번 알아볼게."

그리고는 철문에 손을 가져다 대더니 가만히 눈을 감는 것이었다. 혹시 투시술이라도 펼치는 줄 알고 가만히 바라보고 있자니 그의 몸 주위를 약한 바람이 휘감고 있었다. 청명이는 그 상태로 잠시 가만히 있더니 곧 철문에서 눈을 떼고 나를 바라보았다.

"작은 방이 있는데 다른 공간으로 나가는 입구에 문은 없고 뚫려 있네. 그리고 그 뒤에는 또 다른 공간이 있는 것 같아."

"그래? 그곳에는 사람이 있어?"

"몰라. 나는 그런 건 잘 모르거든."

"알았어. 비켜봐. 이젠 내가 해볼게."

청명이가 비켜준 철문에 다가간 나는 청명이가 했던 그대로 철문에 손을 얹고 마나를 풀었다. 그냥 놀면서 마나를 풀어도 되는데 왜 이런 행동을 하는지 스스로도 의아해했지만 지금 이 행동을 풀면 그것도 웃길 것 같아서 그냥 그대로 눈을 감고 마나가 보내주는 감각에 정신을 집중했다.

"으음… 있네. 꽤 멀리에 하나, 둘… 음… 다섯? 아니, 아니다. 일곱인데?"

더 훑어봐도 그 외에는 없는 것 같아 나는 철문에서 손을 떼고 청명이를 돌아보았다.

"일곱이나 있는데 어쩌지? 그냥 박차고 들어갈까?"

"으음… 그보다도 누나, 제갈 누님이 어디 있는지 확인해 보는 게 어때? 지금 여기까지 오면서 한 번도 확인 안 했잖아?"

"아, 맞다. 잠깐만."

오랜만에 본모습으로—물론 진짜 모습은 아니지만서도—돌아와 마법도 마음대로 쓰며 활약할 수 있다는 생각에 흥분해서는 이곳에 온 진정한 목적은 까맣게 잊고 있다 청명이 덕에 이제야 생각났던 것이다.

"에혀~ 내 정신 하고는……."

고개를 살래살래 저으며 손바닥에 마법진을 형성시키자 곧 익숙한 제갈준희의 위치를 나타내는 빛이 깜빡이고 있었다.

"음, 역시 준희 언니가 여기 있네. 제대로 왔어."

"그럼 조심스럽게 들어가야 하지 않아? 우리가 철문 바로 앞의 사람을 처리하는 동안 안쪽에 있는 사람들이 우리가 쳐들어온 것을 알아채고 제갈 누님을 인질로 삼으면 큰일이잖아."

"에, 하지만 지금 우리 모습은 은씨 세가의 은진, 은민이 아니잖아. 그러니 저들이 우리가 준희 언니랑 관련이 있는지 아닌지 어떻게 알아? 그냥 쳐들어가는 것이……."

"하지만 나쁜 사람들은 아무나 잡고 인질로 세울지 어떻게 알아? 우선 조심스럽게 철문 앞에 있는 사람부터 처리하고 보자."

뭘 그리 걱정하는지 모르겠지만 그래도 청명이의 신중설이 더 옳은 것 같아 나는 그냥 내 의견을 접고 고개를 끄덕였다.

"그래그래, 하지만 내가 철문을 마법, 아니, 주술로 조용히 연다고 해도 바로 앞의 사람을 처리 못하면 말짱 도루묵 아냐? 그냥 마법으로 잠재울까? 아, 아니다. 방법이 있지. 훗훗."

나는 의미심장하게 웃으면서 철문을 톡톡 두드렸다. 그러자 잠시 후에 달칵 하는 소리와 함께 철문 가운데에 난 자그마한 창문이 열리고 두 눈이 빼꼼 나타났다.

"뭐야?"

하지만 그 두 눈은 철문 밖에 있는 우리의 모습을 확인하자 황당함에 물들어갔다. 그 순간을 놓치지 않고 나는 그의 눈앞으로 얼굴을 쏙 들이민 후 아빠에게 배운, 일명 '순간 포착 필살 최면술'을 시행했다. 두 눈에 마나를 듬뿍 담아서 힘을 팍 주며 속으로 '걸려들어라, 걸려들어라' 라며 주문을 외우는 사이 잘되었는지 철문 중간에 나타난 두 눈이 흐리멍덩해지기 시작했다.

'오케이!!'

그 모습에 기분이 좋아진 나는 씨익 웃으면서 물었다.

"너는 이제부터 내 노예다. 알겠느냐?"

그러자 남자 목소리가 느린 템포로 흘러나왔다.

"예, 주인님……."

"좋아, 너에게 명령한다. 이 철문을 조용히 열도록 해라. 아무도 눈치 채지 못하도록."

"예."

그 대답과 함께 두 눈이 사라지며 창이 닫히는가 싶더니 곧 철컥 하는 소리가 들리고는 철문이 조용히 열렸다. 아마 평소에 관리를 잘해놓은 듯 그 무거워 보이는 철문이 열리는 데도 불구하고 소음이 거의 나지 않았다.

"오, 누나, 대단한데?"

"훗훗훗, 울 아버지가 가르쳐 준 거야. 제법 써먹을 데가 많더군."

나는 기분 좋은 미소를 흘리며 이제 내 노예가 된 사람이 열어 준 문 안으로 조용히 들어갔다. 그곳은 과연 청명이의 말대로 작은 공간이 있었고 철문과 90도로 마주 보는 벽에 다른 곳으로 통하는 입구가 뚫려 있었다. 비록 문은 달려 있지 않았지만 철문과 수평이 아니었고, 그 뒤로 복도가 있어 그 너머에 있는 사람들은 누가 들어오는지 보지 못하게 되어 있었다. 물론 들어온 우리도 그 너머에 누가 있는지 알 수 없었다.

"좋아. 이제 가볼까?"

내가 씨익 웃으면서 청명이를 돌아보자 청명이도 마주 웃어 보였다.

"훗, 과연 어떠한 상황이 우리를 기다리고 있을지……."

"기척은 자신이 알아서 감추기!"

"알았어!"

예전에는 내가 마법으로 녀석과 내 기척을 함께 감췄는데, 이제는 저렇게 자신있게 대답하는 걸 보니 녀석 스스로 기척을 감출 수 있게 된 모양이었다.

"내가 앞장설까?"

청명이가 무지 그러고 싶다는 표정으로 나를 돌아보며 물었다.

"푸핫, 그래그래, 이번에는 네가 앞장서라."

그리고 나는 나의 노예가 된 자에게 한 번 더 명령을 내렸다.

"우리가 올 때까지는 아무도 들여보내지 말거라."

"알겠습니다, 주인님."

어차피 작은 공간에 불을 밝히고 있었고 복도에도 간간이 횃불이 걸려 있는 모양이었기에 내가 만들어낸 빛의 구는 필요없었다.

청명이가 자신의 검을 빼어 들고 조심스레 다른 곳으로 통하는 복도로 들어가자 나도 두근거리는 가슴을 부여잡고 그 뒤를 따랐다.

물론 내 노예가 된 자는 그곳에 두고 말이다. 그에게 이 너머에 무엇이 있냐고 물어볼 수도 있었지만 청명이와 나는 묻질 않았다. 아마 둘 다 자신감에 차서 간뎅이가 부은 탓인 듯했다.

복도에 횃불이 걸려 있는 걸 보니 아마 밖에서 공기가 들어올 수 있는 시설이 되어 있는 모양이었다. 그 복도를 따라 쭈욱 걸어 들어가자 다시 직각으로 꺾이면서 복도가 끝나고 대신 복도 양 옆 벽으로 하나씩 문이 나 있었다.

두 문은 둘 다 나무 문이었는데 무척 튼튼하고 두꺼워 보였다. 이게 방음 장치도 되는지 우리가 발소리를 죽이고 걸어 왔음에도 불구하고 방 안에서는 아무 소리도 들리지 않았다.

"흐음… 요즘 시대에도 방음 장치가 있었다니… 어디로 가지?"

청명이를 돌아보면서 묻자 청명이가 한심하다는 듯한 눈으로 봤다.

"어디긴 어디야, 제갈 누님이 있는 곳으로 가야지!"

"아, 맞다. 자꾸 깜빡하네."

나는 또 한 번 손바닥 위의 마법진을 잊고 있었다는 걸 순순히 시인하면서 마법진을 들여다봤다. 그랬더니 마법진에서 반짝이는 제갈준희의 위치가 아까와는 정반대 쪽에서 반짝이고 있었다.

"이쪽이야."

오른쪽 문을 가리키면서 말하자 청명이가 다시 한 번 물었다.

"안에 몇 명이 있는지 알 수 있겠어?"

청명이의 질문에 그 문 안쪽으로 마나를 흘려보내며 집중을 하자, 아까 내가 느꼈던 7명의 느낌이 고스란히 느껴졌다. 그리고 뭔가 다른 생명체가 있는 듯 아주 자그마한 마나들도 느껴졌지만 정확히 몰랐으므로 그냥 무시해 버렸다.

"7명. 아까 내가 느낀 사람들이 다 이쪽에 있는 사람들이었나 봐."

"어쩔까? 몰래 들어가 볼까?"

"몰래는 무슨… 쳐들어가자! 문 부수는 것은 너에게 양보할게!"

내가 흥분된 어조로 말하자 청명이도 씨익 웃어 보였다.

"좋아. 그럼 간다!!"

청명이도 솔직히 한 번은 날뛰고 싶었던 거다. 그는 빼 들고 왔던 청명검을 치켜들더니 가볍게 검기를 형성하여 문을 향해 휘둘렸다.

쉬익~ 서걱, 서걱.

그러자 꽤나 두껍고 단단해 보이는—비록 나무로 되어 있지만서도—문이 마치 가위에 종이 잘려 나가듯 나가떨어졌다.

청명이와 나는 그 네 조각난 나무를 박차고 들어갔고, 그와 함께 기다렸다는 듯 어느 여인의 찢어지는 듯한 비명 소리가 들려왔다. 덕분에 습격하려고 뛰어들어 간 나와 청명이가 화들짝 놀라 안으로 몇 걸음 들어가지 못하고 그 자리에 굳어져 버렸다.

그제야 나는 그 방 안의 광경을 볼 수 있었다. 그곳은 아마도 고문실이었는지 비릿한 피 냄새가 진동을 하고 있었고, 습한 벽과 바닥에는 곰팡이가 피어 있었다. 벽마다 공간을 밝히려는 횃불이 걸려 있었지만 그 횃불이 자아내는 진한 그림자들 때문에 방 안이 더욱 음침해 보였다.

그리고 한쪽 탁자에는 고문 기구들로 보이는 도구들이 주르르 놓여 있었고, 그 옆에는 청동 화로가 있었다. 그 안에서 타오르고 있는 숯 속에 찔러 넣어진 것들도 아마 고문 도구들이리라. 그리고 그 옆벽에는 고문을 당하고 있던 듯한 사람이 쇠사슬로 벽에 결박되어 있었는데 나이가 많은 사람인지 봉두난발된 머리카락이—비록 피와 먼지로 뒤범벅되어 있었지만—하얗게 세어 있었다. 그는 꼼짝 못하도록 결박된 상태에서도 마구 몸부림을 치며 다 쉰 목소리로 누군가를 애타게 부르고 있었다.

그의 시선이 향한 곳에는 그 널찍한 방 안의 중앙이었는데 그곳에는 정사각형 모양으로 구덩이가 파여 있었고, 그 안에는 한 여자가 꼼짝 못하도록 묶인 채 떨어져 있었다. 한데 그 여자를 향해 한 떼의 징그러운 뱀이 달려들고 있었다.

비명은 그 여자가 지르고 있었던 것이다.
너무나 다급한 상황에 나는 나도 모르게 용언으로 외쳤다.
"움직이지 마! 움직이면 죽을 줄 알아!!"
그런데 다급한 마음은 청명이도 마찬가지였는지 그도 나와 동시에 용언으로 외쳤다.
"멈춰라!!"
그러자 거의 여자의 몸에 다달았던 뱀들이 마치 약속이라도 한 듯 그 자리에 딱 멈추더니 문가에 서 있던 청명이와 나에게 보일 정도로 부르르 떠는 거였다. 그 모습에 내가 안도의 한숨을 쉬는 동안 청명이는 다시 한 번 용언으로 소리쳤다.
"그 여자에게서 떨어져라!"
그의 명에 따라 뱀들이 마치 파도가 밀려 나가듯 주르르 밀려나 여자가 있는 곳 반대 편의 벽에 가서 뭉치더니만 서로 여자로부터 가장 멀리 떨어지려고 뒤엉키는 것이었다.
"헤에~ 네 동족이라서 그런지 네 말 되게 잘 듣는다!?"
일단 발등의 불을 꺼뜨려서 그런지 나는 청명이에게 농담을 던졌는데 이 녀석이 날 보지도 않은 채 달려가면서 말했다.
"지금 농담할 때라고 생각해?"
방 안에 있던 피해자를 제외한 가해자 다섯 명이 우리를 향해 누구냐고 소리쳤는데도 불구하고 우리가 완전히 무시하고 있자 화가 나서 검을 빼어 들고 달려들고 있었던 것이다.
"물론 아니란 거 알아. 아, 공중으로 날아올라!"
청명이는 갑작스러운 내 요구에도 불구하고 아무런 의혹의 시선을 보내지 않은 채 그들에게 달려가던 그대로 위로 뛰어올랐다. 그리고 나는 청명이가 허공으로 뛰어오르는 타임을 맞춰 외쳤다.

"스네어!"

그러자 우리에게 달려오던 다섯 남자 모두 주르르 미끄러지면서 중심을 잃고 허둥댔다. 하지만 그들은 유와 비슷하거나, 아니면 좀 낮거나 높은 내력을 지닌 이들이었기에 미끄러진 것에 당황하지 않고 재빨리 몸을 다시 세우려고 했다. 하지만 가엽게도 그들은 내 마법에 걸린 상황이었기에 발을 땅에 딛고 서려고 하는 족족 미끄러지며 넘어졌다.

"이 색목인 계집애야. 도대체 무슨 사술을 쓴 거냐?"

자꾸만 미끄러지자 이 상황을 도저히 참을 수 없었던지 한 남자가 외쳤지만 내가 친절하게 '스네어라는 미끄러지게 하는 마법을 썼답니다'라고 이야기해 줄 리 만무했다. 단지 비웃음을 날리며 녀석들은 거들떠보지도 않은 가운데 구덩이에 빠져 있는 여인에게 달려갔다. 비록 머리가 뒤엉켜 얼굴을 가리고 있었고 그녀의 마나 기운이 많이 약해져 있었지만 그녀의 몸에서는 내가 건 마법의 기운이 풍겨지고 있었던 것이다.

'준희 언니!!'

라고 외치며 달려가 그녀의 감격과 고마움에 뒤엉킨 표정을 보고 싶었지만 지금 내가 어떤 모습을 하고 있는지 잘 알고 있었기에 단지 달려가서 그녀를 묶고 있던 포박을 풀어주었을 뿐이다.

우리에게 달려들다가 내 마법에 걸려 제대로 서서 걷지도 못하는 남자들은 내가 또 나서지 않아도 청명이 혼자 잘 해결하고 있었다.

"풍!"

'기특한 것. 많이 컸다니까.'

속으로 흐뭇함을 느끼며 제갈준희를 부축하여 그 뱀으로 가득 찬 구덩이를 빠져나오며 물었다.

"괜찮으세요?"

그녀는 상처는 없는 것 같았지만 뱀 떼가 달려들던 것 때문에 너무 놀라서 그런지 제대로 걷지도 못해 나에게 거의 매달리다시피 해서 겨우 걸음을 떼고 있었다. 하지만 그럼에도 불구하고 내 말에 어리둥절한 눈으로 날 바라보면서도 얼결에 대답했다.

"예, 예······."

구덩이를 다 빠져나오자 그녀는 곧바로 벽에 쇠사슬로 결박되어 있는 그 노인에게 향하려고 하면서 중얼댔다.

"할아버지··· 할아버지······."

'역시 저 사람이 제갈 전 가주였군.'

비록 직접 본 적은 없지만 이 상황에서 척 하면 착이었기에 짐작은 하고 있었던 것이다.

"여기 가만히 있어요. 제가 가서 풀어드릴게요."

제갈준희의 목소리는 무지 안타까웠지만 그녀 자신도 제 몸 하나 가누기 힘든데 할아버지에게 데리고 가려면 내가 귀찮았기에 나는 그녀를 구덩이 곁에 두고 처참한 모습으로 벽에 결박당한 그 노인에게 다가갔다.

그러자 제갈 전 가주는 처참한 몰골임에도 불구하고 경계 어린 눈빛으로 날 똑바로 바라보며 묻는 거였다.

"소저는 누구지? 누구길래 우리를 도와주는 거지?"

이런 상황에서 날 경계하는 그가 우습기도 하고 또 측은하기도 해서 그냥 싱긋 웃어 보였다.

"훗, 그냥 지나가는 과객··· 이라고 하기는 그렇고. 음··· 정의의 사도라고나 할까요?"

그러자 저쪽 구석에서 그 다섯 남자를 다 처리하고 이쪽으로 오던 청명이가 비웃음을 날렸다.

"누나, 정의의 사도는 저번에도 써먹은 거 아냐?"

"시꺼! 몇 년 전에 한 번 써먹은 거 가지고."

제갈 전 가주의 모습은 처참했다. 우선 무공을 못 쓰게 제압하려고 양 어깨의 쇄골을 쇠꼬챙이로 뚫어놓은 데다 피투성이가 된 옷은 갈기갈기 찢어져서 중요한 부분만 겨우 가리고 있는 걸레가 되어 있었다. 덕분에 드러난 피부는 찢겨지고, 소금 뿌려지고, 지져진 몰골이 그대로 나타났다.

나중에 안 일이지만, 무공을 가진 사람은 단전만 파괴당하지 않으면 내력이 스스로 몸을 보호하기 때문에 웬만한 고문에는 목숨을 잃지 않는다고 한다. 어떻게 보면 금방 죽지 않고 오랜 시간 그러고 있는 게 잔인한 일이기는 하지만. 그래서 무공을 가진 사람을 고문할 때는 무공을 쓰지 못하도록 쇄골만 제압할 뿐 내력이 담긴 단전은 그대로 놔둔다고 한다. 오래 살려두기 위해(단전을 파괴당한 무인은 내력으로 힘을 내던 것이 내력을 다 잃게 되기 때문에 오히려 보통 사람보다 더 약해진다고 한다).

"으음… 보기 안 좋네. 우선 결박을 풀어드린 뒤에 치료해 드릴게요. 청명아~"

결박 풀어준다고 해놓고선 손도 안 대고 뒤의 동생을 부르자 제갈 전 가주가 의아한 표정으로 바라봤지만 아무 말도 하지 않았다. 아직도 나를 경계하는 것 같았다.

청명이도 의아한지 나에게 다가서며 물어왔다.

"왜? 안 풀어드리고 뭐 해?"

"그게, 이분이 쇠사슬에 묶여 계시잖니. 쇠사슬 좀 끊으라고."

"쳇, 누나도 할 수 있으면서 뭐 하러 날 불러?"
 청명이는 그렇게 궁시렁궁시렁대면서도 청명검을 사용할 수 있어서 기분 좋은지 머뭇거리지 않고 그대로 검을 들어 제갈 전 가주를 벽에 붙게 하고 있는 쇠사슬을 마치 식칼로 무 자르듯 싹둑싹둑 잘랐다.
 "훗훗, 역시 잘한다니까."
 쇠사슬이 다 잘려져 앞으로 고꾸라지는 제갈 전 가주를 받아 안으면서 은근히 청명이를 띄워주자 청명이는 그다지 싫지는 않은지 피식 웃으면서 검을 검집에 밀어 넣었다.
 그동안 나는 제갈 전 가주를 바닥에 반듯이 눕히고는 우선은 쇄골을 꿰뚫고 있는 두 쇠꼬챙이를 뽑아낸 다음 몸을 감고 있는 쇠사슬을 풀러낸 뒤 마법을 시전했다.
 "우선 회복 마법부터… 리커버리!"
 제갈 전 가주의 가슴에 손바닥을 올려놓자 그가 놀라 움찔거렸지만 그에 상관하지 않고 시동어를 중얼거리자 내 손바닥으로부터 은은한 빛이 흘러나와 그의 몸을 감싸다가 서서히 스며들어 갔다. 제갈 전 가주는 계속해서 긴장하고 있었지만 빛이 자신의 몸으로 스며든 후 몸에 기운이 돌자 의아한 모양이었다.
 "나에게 무슨 짓을 한 거지?"
 '도와줬는데 '짓'이라니…….'
 기분이 별로였지만 돕던 걸 그만둘 순 없었기에 나는 다음 주문을 외웠다.
 "워터!"
 치유 주문을 외워야 했지만 그의 몸에 소금이 뿌려져 있는 데다 예전에 흘러나온 피들이 굳어져 달라붙어 있었고, 간간이 고름이 나오는 데도 있었기에 먼저 씻으려 했던 것이다. 하지만 제갈 전 가주가 호의를 베푸는데도 자꾸 경계를 하고 있어서 기분이 안 좋아져 있었는데 그게 마법의 효력에 반영되었는지 욕조에 가득 담긴 물의 양 정도 되는 것이 그의 몸 위로 폭포처럼 쏟아져 버렸다.

"어푸푸~! 어푸푸~!"

제갈 전 가주는 예상치 못했던 갑작스런 물벼락을 고스란히 받고는 허둥대며 몸을 일으켰고, 그 모습에 청명이와 저쪽에 주저앉아 있던 제갈준희의 눈이 뚱그레졌다.

"누나, 무슨 짓이야!"

"무슨 짓은. 치료해 드리기 전에 씻겨 드린 것뿐이야."

솔직히 씻는 것만 한다면 그냥 깨끗하게 하는 '클리어' 주문이 있었지만 말이다.

그리고 그제야 조금 깨끗해지고 소금기도 지워진 그를 바라보며 나는 이번에야말로 치유 주문을 외웠다.

"힐링!"

그러자 그의 몸에 나 있는 보기 안 좋은 흉터들이 눈에 보이는 속도로 빠르게 아물어갔다. 덕분에 앉은 상태에서 자신의 몸에 난 상처들이 아무는 장면을 목격한 제갈 전 가주는 입이 떡 벌어져서는 나를 바라보았다.

"도, 도대체… 무슨 일을 한 게요?"

너무 놀라서 경계하는 것도 잊은 모양이었다. 하지만 나는 그에게 단지 씨익 웃어주고는 몸을 일으켰다.

"자, 그럼 다른 데 가볼까나?"

그러자 청명이가 다시 어벙벙하게 물어왔다.

"어딜?"

"어디긴 어디야, 다른 방이지. 우리가 이곳에 온 목적을 잊었어? 여기에 잘 감춰놓은 보물들을 찾으러 온 거잖아, 청.명.아."

그렇게 엉뚱한 말을 하며 나는 청명이에게 눈을 찡긋거렸다. 유난히 그의 이름을 강조해서 부른 탓인지 청명이는 내가 한 말 뜻을 금방 알아차렸다. 우린 지금 진이, 민이 모습이 아니었기에 딴 목적으로 이곳에 들어온 척했던 것이다.

"아, 그렇군. 거기 두 분은 여기서 잠시 기다리세요. 목적을 달성한 뒤 이곳에서 나갈 때 같이 나가도록 하죠."

그러자 제갈 전 가주가 허둥지둥 자리에서 일어나며 다급하게 말했다.

"잠시만 기다리시오. 우리도 같이 갑시다."

하지만 그렇게 급하게 일어난 그는 곧 얼굴이 붉어져서는 어쩔 줄 몰라 했다. 그도 그럴 것이 그는 거의 걸레 조각이나 다름없이 찢겨진 옷을 걸친 채였는데 그게 아까 내가 물벼락을 내려서 다 젖은 데다 지금 급하게 일어나는 바람에 주르르 흘러내린 거였다.

"옷부터 입으셔야겠네요."

청명이가 그렇게 친절하게 말하며 그가 제압한 사람들 중에서 한 명을 골라잡아 그가 입은 장포를 벗겨 건네주자 제갈 전 가주는 감히 눈도 마주치지 못한 채 감사를 표했다.

"아, 아… 고, 고맙소."

그리고는 후닥닥 그 장포를 걸쳐 몸을 가렸다.

그 모습을 피식피식 바라보던 나는 몸을 돌리며 말했다.

"자, 이제 가볼까요?"

아직 다리가 풀려 제대로 걷지 못하는 제갈준희는 제갈 전 가주가 부축을 하고 나와 청명이는 그들을 보호하는 형식으로 그 방을 빠져나왔다. 그리고 맞은편에 있는 문을 벌컥 열었다. 그 안에 사람들이 있을지도 몰랐지만 청명이나 나나 충분히 처리할 수 있다 생각했기에 거리낌은 없었다. 어차피 살기도 느껴지지 않았기에 그랬던 것이지만.

하지만 그 안은 텅 비어 있었다. 아마 이곳을 지키는 사람들이 머무는 곳인지 2인용으로 보이는 침대 두 개가 양 벽에 붙어 있었으며 벽에는 옷가지들이 걸려 있었고 침대 위에는 이불들이 놓여 있었다.

그런데 우리가 들어온 문 맞은편에는 또 다른 문이 있는 거였다.

"어? 문이 또 있네? 저건 어디로 통하는 거지?"

그러자 우리 뒤를 따라왔던 제갈 전 가주가 대답했다.

"저긴 우리가 갇혀 있던 지하 감옥으로 통하는 길이오."

아마도 감옥에서 죄수들이 탈출할 경우 금방 알아차리고 대응하기 위해 간수(?)들이 머무는 곳이 그 입구에 있는 듯했다. 이게 효과가 있는 건지는 모르겠지만.

"에… 그럼 이곳에는 보물 창고가 없다는 말인가요?"

나는 일부러 약간 과장되게 실망스럽다는 표정으로 물었고, 그러자 제갈 전 가주가 미안한 표정으로 고개를 끄덕이며 대답했다.

"그렇소. 이곳은 보물을 숨겨두는 비밀 장소가 아니라 우리 같은 사람들을 무림맹 몰래 가둬두는 비밀 감옥이라오. 하나 당신들의 수고는 헛되지 않을 것이오. 이곳을 나가는 즉시 우리 세가에서 당신들에게 충분한 포상을 해줄 것이니 너무 걱정 마시오. 그래서 부탁이 있는데……."

그가 말끝을 흐리며 우리를 바라보자 청명이가 나섰다.

"뭔데 그러세요? 포상까지 해주신다는데 쉬운 부탁 한두 개쯤은 들어드리죠."

"고맙소. 사실은 우리처럼 지하 감옥에 갇힌 사람이 또 있다오. 몇 명인지는 모르겠으나 그들도 구해주지 않겠소?"

"어려운 것도 아니니 그렇게 하도록 하죠."

청명이는 쉽게 고개를 끄덕이더니 그대로 지하 감옥으로 가는 문으로 향했다.

그 문도 자물쇠로 잠겨 있었기에 내가 나서서 다시 한 번 마법을 사용하려고 했는데 그보다도 먼저 청명이가 검을 들어 자물쇠를 싹둑 잘라 버렸다.

"에? 뭐야, 내가 하려고 했는데……."

그러자 청명이가 씨익 웃으며 자신의 검을 들어 보였다.

"뭐, 누나까지 나설 필요 있어? 그냥 내가 한 번만 쓰윽 하면 되는데."

"쳇."

하지만 문을 열고 밑으로 내려가려니 내가 다시 한 번 나서야 했다. 그곳은 죄수—비록 그들이 정말 죄를 짓고 갇힌 건 아니지만—를 위한 배려가 전혀 안 되어 있어서 감옥 안을 밝히는 불이 전혀 없었던 것이다.

"라이트!"

물론 맨 앞으로 나서지는 않았고, 내가 만들어낸 빛의 구를 청명이의 머리 위로 보내주었을 뿐이다.

하지만 그게 제갈 전 가주와 제갈준희를 놀라게 한 모양이었다. 다시 한 번 놀란 표정으로 나와 빛의 구를 번갈아 바라보던 제갈 전 가주는 고개를 설레설레 저으며 중얼거렸다.

"오늘은 정말 몇 번이나 놀라게 되는군."

밑으로 내려가니 기다란 복도가 있었고 복도의 한쪽으로는 감옥의 전형적인 모습처럼 일정한 간격으로 문이 달려 있었는데 간격이 그다지 넓지 않은 걸 보아 감옥 안은 독방으로 사용될 정도로 작은 모양이었다. 그리고 그렇게 작은 감옥도 10개 남짓밖에 없었다. 하기사 동산 안에 있는 시설로 동산이 내리누르는 무게를 버티게 하기 위해 벽과 천장을 튼튼히 지어야 했을 테니 안의 시설이 그렇게 넓을 수는 없을 터였다.

청명이는 내가 만들어준 빛의 구를 머리 위에 올려놓은 채 각 감옥의 문을 모조리 잘라서 열어젖혔다. 의아하게도 감옥은 안에 아무도 가두어놓지 않았어도 모두 자물쇠로 문을 잠가놓고 있었기에 일일이 자물쇠를 잘라야 했던 것이다.

그리고 그 모든 문을 열어본 결과 복도 맨 끝의 감옥과 그 다음 감옥에 갇혀 있던 사람을 구할 수 있었다. 얼마나 오래 갇혀 있었는지 엄청 꼬질꼬질하고 머리는 뒤엉키고 떡이 져서 사람의 얼굴을 알아볼 수가 없을 지경이었다. 게다가 먹을 것도 제대로 주지 않았는지 두 사람 다 뼈 위에 가죽 한 꺼풀만 덮어씌운 것처럼 빼빼 말라서 제대로 걷지도 못했다.

냄새도 엄청 고약했지만 그들 앞에서 내색을 할 수가 없었다. 생각 같아서는 그들에게도 물벼락을 한번 내리면 어떨까 싶었지만 그들이 너무 빼빼 말라서 톡 건드리면 부러질 것 같았기에 그럴 수도 없었고, 그렇다고 '클리어'를 사용하자니 아까 제갈 전 가주에게는 그 마법을 안 써주고 그냥 물벼락을 내린 것이 걸려서 그러지도 못했다.

'쳇, 이럴 줄 알았으면 아까 그냥 '클리어'를 써주는 건데······.'
 다행인 것은 그들을 직접 부축하지는 않아도 된다는 거였다. 이곳을 나갈 때를 대비하여 청명이와 내가 자유로워야 했기에 그 둘은 청명이가 자신이 부리는 대기를 이용하여 허공에 둥둥 띄운 뒤 날았(?)다.
 다시 위층으로 올라와 간수(?)들이 머무는 방을 지나 복도로 나가자 그 맞은편 방 안에 제압해 둔 다섯 명의 사람들이 생각났다.
 "음… 저 사람들은 어쩌지?"
 그러자 청명이가 어깨를 으쓱해 보였다.
 "어쩌긴 뭘 어째? 그냥 냅둬. 혈도를 짚어서 당분간은 움직이지 못하겠지만 나중에 자기 동료들이 와서 구해주겠지 뭐."
 "그래그래, 뭘 어쩌기도 그렇다."
 제갈 전 가주와 제갈준희가 황당해하는 게 눈에 보였지만 그들은 우리의 의견에 아무런 이의도 제기하지 못하고 가만있었다.
 복도를 지나 이곳으로 들어올 때 가장 먼저 왔었던 철문 바로 다음 방에서는 나의 노예가 된 자가 충성스럽게도 누군가가 철문을 쿵쿵 두드리고 발로 차고 있는데도 굳게 잠근 채 열어주지 않고 있었다.
 "훗, 청명아, 벌써 우리가 온 게 들킨 모양이다?"
 "하기야, 안 들키면 그게 이상한 거지. 밖에서 지키고 있던 자들을 혈도만 짚고 내버려 뒀으니까. 내가 나설까, 아니면 누나가 나설래?"
 청명이가 나에게 그렇게 묻기는 했지만 자기가 나서고 싶어하는 기색이 역력했다. 하지만 솔직히 나도 나서고 싶었기에 나는 이렇게 제안했다.

"가위바위보로 정하자."

"좋아. 그럼 진 사람이 문 열어주고 이긴 사람이 밖에 있는 사람들 처리하는 거다?"

"당근이지. 자, 감, 밤, 보!"

내가 보, 청명이가 주먹을 냈다.

"앗싸~ 그럼 내가 처리한다. 청명이 네가 문 열어."

문은 안쪽으로 열리게 되어 있었으므로 청명이로서는 문을 당겨서 열어야 했다. 잘못 열다가는 벽과 문 사이에 낄 위험이 큰 작업이었다.

"쳇, 이럴 줄 알았으면 가위를 낼걸."

청명이는 그렇게 투덜거리면서 문을 굳게 잠그고 있던 잠금쇠를 풀고 나를 바라봤다.

"셋에 문 연다. 하나, 둘, 세엣!"

청명이의 숫자가 끝나고 문을 여는 동시에 나는 밖에 있는 자들을 한꺼번에 날려 버리기 위하여 바람으로 만들어진 거대한 주먹을 날리려고 했다. 하지만 밖에 있는 자들이 누구인지 알아보자 급히 마법을 멈추기 위하여 입을 다물다 혀를 깨물고 말았다.

"윈디 위더 피… 으갸갸갸……."

어쩐지 전에도 한번 이런 일이 있었던 것 같았다는 생각을 해 보면서.

밖에는 다급한 표정의 엄마와 아빠, 그리고 유와 덕이가 떡 버티고 있었던 것이다. 그러니 어떻게 공격을 하겠는가.

밖에 있던 사람들도 문이 열리자마자 급하게 뛰어들어 왔지만 우리가 떡 버티고 서 있는 걸 보고 어리둥절하여 그 자리에 멈춰 섰다. 그런 대치 상태에서 청명이는 문 뒤에 있다가 내가 아무런 공격도 하지 않자 어리둥절했는지 슬그머니 나오다가 자신의 바로 앞에 있는 사람들을 보고는 놀라서 녀석답지 않은 실수를 해 버렸다.

"힉? 어, 어머… 합!"

생각지도 못한 사람을 만나서 그랬던 것 같다. 그런데 미처 '어머니'란 소리를 다 하지 않았는데도 불구하고 엄마의 고개가 청명이에게 휙 돌아가더니 의아한 표정으로 청명이의 위아래를 훑어보다가 입을 열었다.

"민이니?"

어머니는 위대하다라는 걸 다시 한 번 보여주는 그 한마디에 기겁을 한 나는 청명이에게 한마디 던지고 그대로 뒤돌아서 달렸다.

"야, 튀어!"

청명이가 뒤따라서 같이 달렸지만 곧바로 엄마의 매서운 음성이 날아왔기에 우리는 복도도 채 다 달리지 못하고 멈춰야만 했다.

"지금 안 돌아오면 너희들 집에 가서 근신할 줄 알아!"

"젠장, 이렇게 빨리 들키다니……"

나는 투덜투덜대며 돌아서서는 다시 진이의 모습으로 폴리모프하고 청명이도 민이의 모습으로 변하게 해준 뒤 터덜터덜 그 방으로 돌아갔다. 그곳에는 엄마가 눈이 매섭게 치켜 올라간 채로 버티고 서 있다가 우리가 모습을 드러내자 마치 눈에서 레이저 광선이라도 내뿜을 것처럼 노려보았지만, 다른 사람들이 같이 있어서 그런지 이 한마디만을 남기고 뒤돌아섰다.

"너희들, 돌아가서 보자."

"에거~ 죽었네……."

"그러게."

"근데… 이번에는 좀 재밌지 않았냐?"

"쿡쿡쿡… 맞아, 동감이야."

다시 민이와 진이가 된 우리는 조금 걱정이 되기는 했지만 그렇게 크게 혼나지는 않을 거라 여기곤 농담을 주고받으며 부모님의 뒤를 따라 그곳을 나왔다. 그런데 밖의 상황은 민이와 나의 농담을 쏘옥 들어가게 할 정도로 살벌하고 급박한 상황이었다. 아마도 우리를 찾으려고 상단을 습격했음인지 동산으로 들어가는 입구인 허름한 건물 앞에는 우리 할아버지를 비롯하여 무림맹에 왔던 은씨 세가 무사들과 청룡단, 주작단 전체가 건물을 포위하고 있었고 그 앞에는 상단의 무사들이 포진하고 있었다.

우리 팀은 건물을 사수하기 위하여, 그리고 상단의 무사들은 이 건물을 탈취하기 위하여 치열하게 싸움을 벌이고 있었다.

"에고… 이거 좀 심각한데?"

"그냥 넘어가지 않을 것 같아."

생각보다 일이 커졌다는 생각에 민이와 찔끔해져서는 말을 주고받으며 뒤에 가만히 서 있는데 누군가가 우리와 같이 있던 제갈 전 가주와 제갈준희를 봤는지 크게 소리쳤다.

"봐라, 하남상단 사람들이여! 이곳에 제갈 전 가주가 갇혀 있지 않았느냐! 이것으로 너희들이 불온한 무리라는 것이 밝혀졌으니 순순히 항복하라! 너희는 밖에서 무림맹의 무사들이 포위하고 있다는 것을 모르느냐?"

'음… 주작단장의 목소리군.'

그리고 그와 함께 우리 편 사람들 사이에서 밤하늘 높이 신호탄이 쏟아져 올라갔다.

"항복하라! 항복하는 자는 살려주겠다!"

다시 한 번 주작단장의 말이 울려 퍼지고, 그 말은 상단 무사들의 마음을 흔들어놓았는지 그들은 잠시 공격을 멈추고 머뭇거렸다. 하지만 윗사람은 그렇지 못했는지 그들 쪽에서 커다란 목소리가 터져 나왔다.

"저자들의 말을 믿지 마라! 밖에는 아무도 없다! 저들은 지금 살기 위해 거짓말을 하는 것이다! 망설이지 말고 쳐라!!"

그 목소리에 힘입어 상단 사람들이 다시 공격을 시행하려 할 때 내 옆에서 다 쉰 목소리가 터져 나왔다.

"잠시만 기다리시오!"

비록 그렇게 큰 목소리는 아니었지만 막 공격이 멈췄다가 다시 시작되려는, 그러니까 사방이 시끄럽지 않은 차였기에 그 목소리는 사람들에게 전달될 수 있었다. 그리고 그의 말 덕분에 양 방의 사람들이 다시 한 번 멈칫거리자 쉰 목소리로 외쳤던, 그러니까 우리가 지하 감옥에서 구해냈던 얼굴을 알아볼 수 없는 사람들 중 한 사람이 민이에게 다급한 목소리로 말했다.

"나, 나 좀… 나 좀 앞으로 나가가 해주시오."

지금 그는 민이가 허공에 둥둥 띄우고 있는 상태였기에 자신 스스로 움직일 수가 없었던 것이다. 그래서 민이가 그를 앞으로 밀어주자 사람들이 그 모습을 보더니 눈이 뚱그레져 민이와 그를 바라보았다.

"서, 설마… 허공섭물(내공을 이용하여 멀리 떨어져 있어도 물건을 마음대로 움직이는 수법, 내공이 많은 고수들이나 할 수 있다)?"

그렇게 공중에 떠서 앞으로 나간 그는 상단 사람들을 향하더니

다시 쉰 목소리로 입을 열었다.

"진아, 진아… 여기 있느냐?"

그러자 상단 사람들 중 한 사람이 놀란 기색으로 뛰쳐나왔다. 그는 약 20대 후반에서 30대 초반 사이로 보는 남자였는데 비단 옷을 입고 고급스럽게 장식된 검을 가진 걸 보니 지위가 높은 사람인 듯했다.

"누, 누구십니까? 어떻게 제 아명(어릴 때 부르는 이름)을 아시는 겁니까?"

앞으로 나선 그는 허공에 둥둥 뜬 상태에서도 어떻게든 그 남자에게 다가가려는 듯 손을 휘저으며 안타깝게 입을 열었다.

"나를 모르겠느냐? 날 못 알아보겠느냐? 진아, 네 아버지도 못 알아보겠느냐?"

그 사람의 말에 상단 사람들은 크게 동요했다. 진아라고 불린 그 젊은 남자도 크게 놀라며 입을 열었다.

"그, 그게 무슨 소리요? 내 아버지라니? 내 아버지는 뒤쪽에 계시오!"

"그는 가짜다. 그는 가짜야. 나를 저기에 가둬둔 놈이란 말이다. 진아, 날 모르겠느냐?"

앞으로 나선 아버지라고 주장하는 남자가 절실하게 말했지만 젊은 남자가 믿지 못하는 기색을 보이자 남자는 다시 고개를 휘휘 돌리더니 원하는 사람을 찾았는지 그를 바라보며 다시 입을 열었다.

"사 대협, 사 대협, 당신은 나를 알아볼 수 있겠지요? 내가 누구인지 말 좀 해주시구려."

상단 사람들 사이로 또 다른 남자가 천천히 걸어나왔다. 그는

40대 중반에서 후반쯤으로 보이는 남자인데 균형 잡힌 몸에 절도 있는 걸음걸이, 날카로운 눈빛을 가진 걸로 보아 제법 실력있는 무사인 모양이었다. 그는 서두르지 않는 걸음걸이로 허공에 둥둥 떠 있는 남자를 뚫어져라 쳐다보며 다가오더니 침중한 목소리로 입을 열었다.

"상주… 이시오?"

그 한마디가 그렇게 고마웠는지 허공에 둥둥 뜬 남자는 다짜고짜로 사 대협이라는 사람의 손을 잡고 눈물을 흘리며 입을 열었다.

"역시, 역시 사 대협은 나를 알아보시는구려. 나를 알아봐……."

그러자 옆에 놀란 얼굴로 서 있던 젊은 남자가 사 대협이라는 사람을 보고 물었다.

"스승님, 그게 무슨 소리이십니까? 이 사람, 아니, 이분이 제 아버지란 말씀이십니까?"

그 질문에는 상주라는 사람과 함께 구출되었던 또 다른 사람이 대답했다.

"그분은 주인님이 맞으십니다, 도련님. 주인님께선 저곳에 오랜 시간 동안 갇혀 고초를 당해서 그렇게 변하신 겁니다. 이 늙은이도 그렇구요."

그자를 본 사 대협이라는 남자는 그가 누구인지도 알아맞혔다.

"총관이셨군."

젊은 남자의 커다래진 눈이 한 번 더 커다래졌다.

"총관이라고? 그, 그럼 저쪽에 있는… 서, 설마……."

젊은 남자는 상단 쪽 사람들을 헤치고 뒤쪽으로 달려갔고, 그 뒤를 몇몇 남자들이 따라 달려갔다. 덕분에 싸움은 완전히 중지되었고, 양쪽 진영의 사람들은 그 틈을 타서 부상자를 치유하고 시체를 수습하느라 분주하게 움직이며 다음 싸움에 대한 대비를 하기 시작했다. 그러나 한참 뒤에 그 젊은 남자가 얼빠진 표정으로 달려옴으로 인하여 사태는 그대로 종결될 수 있었다.

민이와 나는 사건이 종결되는 기미가 보이자마자 그대로 끌려갔기에 뒤처리 과정은 그 자리에서 보지 못했지만 나중에 어찌 된 연유인지는 들을 수 있었다.

민이와 내가 지하 감옥에서 구출했던 자들은 그들의 주장대로 진짜 하남상단의 상주와 총관임이 밝혀졌다. 그들의 말에 의하면 원래 그 동산 밑에 있는 시설은 상주가 비밀 금고로 사용하기 위해 만들어놓은 것이라고 했다. 그러나 7년 전 상주가 괴한들에게 납치당하고 가짜 상주가 대신 상주 노릇을 할 때 비밀 감옥으로 개조된 것이고, 감옥으로 개조되자 제일 먼저 그곳에 갇힌 것이 진짜 상주였다고 한다.

총관은 갑자기 상주가 자신과 의논도 안 하고 신분도 불분명한 사람들을 대량으로 고용하는 한편, 자신과 함께해 오던 금전 관리의 절반 이상이나 되는 분량을 자신을 제외한 새로 고용한 사람들과 처리하기에 수상쩍게 여기고 몰래 상주를 감시하고 있던 와중 상단에서 벌어들이는 수입 중 엄청난 양을 이상한 곳으로 빼돌리는 증거를 확보하여 상주의 아들과(그 진아라고 불리던 젊은 청년, 원래 이름은 포혁진이다) 사 대협(이름은 사문소로 하남상단 무사들의 대장인데다 포혁진의 무공 스승이다)에게 알리려다가 그들에게 들켜서 잡히는 처지가 되었다고 한다. 그리고 그때부터 총관도 가짜가 활동하기 시작하게 되었다.

그런데 총관만이 상주를 수상하게 여기고 있었던 건 아니라고 했다. 사문소라는 사람도 상주와 총관을 미심쩍게 여기고 있었는데 그는 다행인지 불행인지 상단의 일에는 관여하지 않고 있었기에 그들이 가짜라는 증거를 확보하지 못해 가만있을 수밖에 없다고 했다. 뭐, 그 덕분에 진짜 상주가 나타났을 때 아들은 못 알아봐도 그는 알아볼 수 있었던 거겠지만.

게다가 고수들은 얼굴에 때가 두텁게 깔려 있어도 상대방이 누구인지 알아낼 수 있다고 했다. 뭐, 민이는 원래 상주라는 사람을 본 적이 없었고 나는 가짜 상주 얼굴을 보기야 했지만 관심도 없었으니 몰랐던 거지만.

돌아온 상주는 그동안 자신이 비밀 금고에 모아두었던 비싼 보물들과 7여 년 동안 상단의 엄청난 돈들이 싸그리 그들 손으로 넘어갔다는 사실을 알고 거품을 물고 기절한 뒤로 한 달 내내 끙끙 앓았다고 한다. 그래도 그가 변한 것이 하나 있었다고 하는데, 지하 감옥에 갇힌 뒤로 식사를 하루에 한 끼, 그것도 겨우 굶어 죽지 않을 정도만 줬기에—물론 그가 삐쩍 마른 걸 보고 짐작은 했지만—난생처음 심한 굶주림에 시달려 본 그가 배고픔의 처절함을 알았기 때문인지 그 뒤로 가뭄이나 홍수로 인하여 굶주리는 난민이 생기면 제일 먼저 발 벗고 나서서 돕게 되었다고 한다. 그러면서 재미있는 건 거지는 절대로 안 도왔다고 한다. 뭐, 전에도 안 돕기는 했지만. 그래서 아들이 왜 난민은 도우면서 거지는 안 돕느냐고 묻자 상주가 하는 말이,

'일하지 않는 자는 먹지도 말라고 했다!'

였다고 한다. 뭐, 이건 훗날의 여담이지만 말이다.

아, 그리고 한 가지 더.

내가 말한, 제갈준희가 하남상단 안에 있다는 것을 잘못 안 것

이라는 둥, 어린 계집아이의 말을 왜 듣느냐는 둥 믿지도 않고 확인하려 하지도 않고 그걸 꼬투리 잡아 8대 세가를 깔아뭉개려고 했던 9대 문파의 장로들은 입이 쏘옥 들어갔다고 했다. 이럴 줄 알았으면 그때 내기라도 해서 제갈준희가 그곳에 있을 경우 그들 전체가 열 손가락에 장이라도 지지겠다는 선언을 받아둘 걸 그랬다. 그리고 내 덕분에 8대 세가의, 특히 울 할아버지의 어깨에 힘이 쫘악 들어갔다는 사실!

게다가 이번 일 덕분에 하남상단과 우리 은씨 세가 사이가 전보다 더욱더 돈독해졌다는 것은 두말할 것도 없었다.

하지만 이 모든 건 그 일이 있던 밤이 밝자마자 끌려오다시피 은씨 세가로 와서 근신이라는 벌을 받고 있던 중에 들은 거였다.

"엄마도 참 냉정하시지… 아니, 솔직히 말하면 우리가 공을 세운 거 아니냐? 근데 왜 벌을 받아야 하는 거야?"

이걸 근신이라고 할 수 있는지는 모르겠지만 민이와 나는 내 방에 갇혀서 단 한 발자국도 나갈 수가 없었다. 2주일 내내. 특히나 나는 요상한 주술을 사용해서 몰래 방 밖으로 나가는 것이 들키는 날에는 기간이 한 달로 늘어날 것이라는 협박을 받은 뒤였기에 얌전히 내 방에 콕 처박혀 있었다. 하지만 민이와 만나지는 못해도 대화는 할 수 있었기에 그렇게 못 견딜 정도는 아니었다.

"동감이야. 나도 솔직히 우리가 없어졌다고 부모님이랑 할아버지께서 세가의 무사들을 몽땅 이끌고 상단으로 쳐들어올 줄은 몰랐어. 그거 보고 무척 놀랐다니까?"

"체엣, 이렇게 벌받는 중에도 왜 수련은 중단하지 않는 건데? 수련까지 중단한다면 2주간 잠이나 잘 텐데."

"수련뿐이야? 나는 근신 중이라 또 소가주로 발표되는 것이 미루어졌지만 일은 지금부터 배워야 한다고 해서 그것까지 하고 있단 말야."

"너만 하냐? 나도 하고 있다. 윽! 또 온다. 이번에는 아마 세가의 일거리일 거야."

"행운을 빌어, 누나."

"너도."

제40화
사파 연합

사과 연합

허거걱?! 잠깐, 잠깐만아안~! 도대체 이게 무슨 소리예요? 정인이라니?
누가? 혹시 저 몰래 정략결혼 건수라도 만들어놓으신 거예요?

하지만 다행이랄지 불행이랄지 민이와 나는 일주일 하고 하루가 지나자 근신령이 풀렸다. 이유인즉슨 다시 짐을 싸서 무림맹으로 달려가야 한다는 거였다. 뭐, 이유야 어찌 됐든 벌을 다 받기도 전에 중도에서 멈췄다는 사실에 민이와 나는 환호성을 지르며 기뻐하고 싶었지만 그러질 못했다.

근신을 중단하고 무림맹으로 갈 채비를 하라고 말하는 할아버지의 옆에 서 있던 엄마의 얼굴은 잔뜩 굳어 있었기 때문이다. 그래서 마음 놓고 기뻐하지도 못한 채 눈치만 보면서 슬금슬금 도망치듯 그곳을 빠져나왔다.

"에… 엄마가 왜 저렇게 기분이 안 좋으신 거지?"

그 방을 나와 멀리까지 걸어오자 그제야 나는 민이에게 말을 걸었다. 혹시라도 그 가까이에서 이야기를 했다간 할아버지나 부모님 귀에 들어갈 것 같았기 때문이다. 엄마의 표정 때문에 얼마나 긴장을 하고 있었던지 민이에게 메시지를 보내도 된다는 걸 깜빡하고 있을 정도였다.

"글쎄, 혹시 우리가 2주일을 다 채우지도 않고 근신을 그만둬서 그런 걸까?"

"설마… 그거 가지고 쩨쩨하게 그럴까?"

"걱정되어서 그러시는 걸 겁니다."

민이와 나의 대화 사이에 갑자기 끼어든 인물은 예성구였다. 아까 우리가 근신 중단을 선언받은 곳에 총관이랑 같이 있더니만 우리가 나올 때 같이 따라온 모양이었다.

"걱정? 아, 또 일 저지를까 봐 그러시는 건가?"

내 말에 예성구는 고개를 한번 갸웃하더니 알겠다는 듯 고개를 끄덕이며 입을 열었다.

"아, 아직 소식을 못 들으신 모양이군요. 이번에 무림맹에 가는 것은 비단 저희 세가뿐만이 아니라 9대 문파와 8대 세가를 비롯하여 웬만한 중소 문파가 모두 갈 겁니다. 무림맹첩이 돌았거든요."

"무림맹첩?"

처음 들어보는 단어에 어리둥절해진 얼굴로 민이와 내가 예성구를 쳐다보자 예성구가 알아서 처음부터 설명하기 시작했다.

"무림맹첩이라는 것은 맹주의 직인이 찍힌 공문으로 아주 중요하고 급할 때만 정파에 소속된 문파와 세가에 전달되지요. 협조를 구하는 차원이긴 하지만 무림맹에 소속된 문파나 세가에서는 무시하지 못한답니다."

"흐음… 그럼 그 무림맹첩이 왜 왔는데?"

내 질문에 예성구는 아주 중요한 이야기를 하려는 듯 심각하고 잔뜩 낮춘 어조로 속삭이듯 말했다.

"그곳에 적혀 있기를, 그동안 숨죽이며 지내왔던 사파들이 우리처럼 연합을 한다고 합니다. 아마 요즘 정파 중에서도 기둥이라고 할 수 있는 9대 문파와 8대 세가에서 안 좋은 일들을 겪자 우리들의 힘이 약해진 것이리라 생각한 거겠지요."

"뭐야, 그럼 이 시점에서 무림맹에서 사람들을 끌어 모은다는 건 사파가 일어나는 것을 대비해 정파 쪽이 아직 건재하다는 것을 보여주려는 거야?"

민이의 말을 뒤이어 나도 덧붙였다.

"뻔하지 뭐. 하여간 어떻게 보면 어른들도 어린애 같은 면이 있다니까. 그렇게 얕보이기 싫어하는 걸 보면. 게다가 이 기회를 통해서 모여든 정파들도 자신의 문파가 다른 문파보다 더 뛰어나다는 걸 보이기 위해 애를 쓸걸? 어차피 진정한 힘은 그렇게 드러내려 하지 않아도 드러나는 법인데."

그러자 예성구가 난처한 얼굴로 웃어 보였다.

"아.하.하.하… 그거야 이 세계를 움직이는 기준이 아무래도 힘이다 보니……."

"그래그래, 그건 나도 알아. 하지만 너무 힘을 나타내 보이는 데 집착하는 게 웃긴다는 거지."

"그럼… 이번 무림맹에 안 가실 겁니까?"

내 말이 너무 힐난조였는지 예성구가 조심스레 물었다. 그래서 나는 피식 웃으며 대답해 줬다.

"무슨 소리! 내가 그런 재미있는 구경을 놓칠 것 같아? 당연히 가서 구경해야지."

무림맹첩에 되도록 빨리 와달라고 적혀 있기라도 했는지 무림맹에 갈 채비는 빠르게 착착 진행되어 우리의 근신이 풀린 바로 다음날 출발할 수 있었다. 이번에는 어찌 된 것이 전에 민이와 제갈준희를 교환하러 갈 때보다 좀 더 적은 인원이 무림맹을 향했다.

민이를 구하러 갈 때 동참했었던 배 숙부는 이번에 세가 내에 남게 되었고 대신 예철이 같이 가게 되었다. 그렇게 그때보다는 같이 가는 세가의 무사 수도 10여 명이나 줄어들었다. 그렇지만 항상 같이 갔던 희여송은 이번에도 같이 갔고, 그의 사제인 지원과 포능곽, 그리고 예성구도 합세했다. 하지만 무림대회에 같이 갔었던 예은과 예필은 이번 무림행에서 빠졌다.

이번 무림맹첩이 사파 연합이 생기는 것을 대비하여 '무림맹의 결속을 좀 더 단단히 다지고 힘을 기르자'. 뭐, 이런 취지인 줄로만 알았던 나는 그냥 나들이 가는 기분으로 너무 많은 인원이 가는 것이 아닌가 하는 생각을 가지고 세가를 나섰는데 웬걸, 무림맹에 도착하고 보니 우리 세가에서 온 사람들은 다른 9대 문파와 8대 세가에서 온 사람들에 비해 너무 적은 숫자인 것이다.

게다가 그곳은 각지에서 몰려온 중소 문파를 다 수용하지 못해 곳곳의 빈터에다 천막을 치고 그들을 머물게 하고 있었는데 무슨 전쟁이라도 할 생각인지 분위기가 살벌한 데다 여기저기에서는 가볍게 몸 풀기 대련을 하거나 무기를 손질하는 모습을 흔히 볼 수가 있었다.

"허참, 이게 도대체 무슨 일이래? 설마 사파가 연합한다니까 그들 연합하고 한판 붙으려는 건 아니겠지?"

그 모습을 둘러보며 내가 질린 듯 중얼거리자 옆에 있던 민이가 대답했다.

"누나, 아무래도 그런 것 같은데?"

"어휴… 너무 성급한 거 아냐?"

내 말에 같이 있던 예성구가 대답했다.

"물론 그런 감이 없지 않아 있겠지만 그래도 이번에 사파들에게 본때를 보여준다면 그들이 다시 연합할 생각은 하지 않겠지요. 잡초는 싹이 날 때 뿌리째 뽑아버려야 하듯이 말입니다. 그리고 이번 일로 우리 정파들의 사이도 새로 다질 수 있겠지요."

"그래, 뭐… 물론 그 말도 옳긴 하지만 너무 서두르는 것 같아. 솔직히 우리가 전에 준희 언니 일 때문에 이곳에 왔을 때 그런 이야기가 나오지 않은 걸로 봐서 아무래도 사파 연합에 대한 이야기가 나온 건 얼마 안 된 것 같은데… 아직 그들이 정말로 연합한다는 증거는 물론 그들의 전력이 얼마인지, 누가 주동인지 하는 건 전혀 모르는 상태 아니야? 그런데도 연합한다는 소식이 있자 다짜고짜 사람들을 끌어 모아서 한바탕하려고 하다니……."

"에이, 누나도 다 생각하는 걸 무림맹의 어른들이 생각 못할까? 아마 그런 정보들은 극비이기 때문에 알려지지 않았을 뿐이겠지. 적을 알지 못하는데 어떻게 칠 생각부터 하겠어?"

민이의 말에 나를 제외한 우리와 같이 있던 이들이 고개를 끄덕였다. 그런데 나는 민이의 말에 동의 여부를 떠나 그의 말에 들어간 한 단어가 맘에 안 들었다.

"민아, 다 좋은데… 왜 거기서 '누나도'란 말이 나오냐? 앙?! 너, 그거 무슨 뜻으로 한 말이야?"

내 눈이 하늘로 치켜 올라가자 민이가 얼른 발뺌을 했다.

"아니, 그게… 그러니까 너무나 상식적인 일이라는 거지."

"근데 그 상식적인 말을 하는데 왜 내가 비유로 들어가느냔 말이지. 꼭 내가 그 늙은이들보다 못하다는 것처럼 들리잖아?!"
"아니지, 왜 누나가 그들보다 못하겠어? 더 잘났으면 잘났지. 나는 그냥 그전에 그 말을 한 게 누나다 보니 그냥 나온 것뿐이야."
"그런 게 아닌 것 같은데? 혹시 평소에도 그렇게 생각하고 있던 거 아냐?"
"아니라니까."
"진짜야?"
"그러엄~!!"
그렇게 나와 민이가 투닥이면서 길을 가는데 우리는 마주 오던 어떤 한 무리의 사람들과 마주쳤다. 그리고 그들 중 한 사람이 우리를 먼저 봤는지 아는 체를 해왔다.
"아니, 이게 누구십니까? 은씨 세가 분들이 아니십니까?"
누구길래 저렇게 친근하게 구는지 의아하게 생각하며 그들 일행을 훑어보는 도중, 나는 그들 중에 아주 아아아아~주우우우~ 잘 아는 인물을 한 명 발견할 수 있었다.
'어라라? 저 지지배가 여기는 왜 있는 거야?'
누구인고 하니, 내 옆구리에 칼침 놓은 지지배로 모용세가의 딸내미이자 나와 같은 무림화 중의 한 명인 모용소소였다. 그리고 그 옆에는 모용세가의 봉문으로 인해 잠시 집으로 돌아갔다가 아직까지 돌아오지 않고 있는 사형 모용소취가 나와 눈이 마주치자 빙긋 웃으며 눈인사를 해왔다.
"이거 모용세가의 분들이 아니십니까? 역시 모용세가에서도 오셨군요."
우리를 이끌고 있던 예철이 앞으로 나서서 답했다. 아마 맨 먼저 나선 이가 현 모용세가의 가주 바로 밑의 동생인가 할 것이다.

그러고 보니 저번 결혼식 날에 망신이란 망신은 다 당했던 그 신랑은 보이지 않았다.

"하하하, 예. 무림맹첩이 왔는데 근신 중이라고는 하나 가만히 있을 수가 있겠습니까? 그래서 이렇게 달려왔습니다."

"당연히 그러셔야지요. 모용세가가 정파에서 얼마나 든든한 기둥인데 이런 시기에 빠지신단 말입니까? 정말 반갑습니다."

"하하하, 과찬의 말씀을. 은씨 세가야말로 정파의 든든한 기둥이 아닙니까? 가주님을 비롯하여 이번에 제갈 전 가주님과 제갈 소저를 구출하는 데 크나큰 공헌을 한 두 남매가 있으니 말입니다. 가주님께서 정말 든든해하시겠습니다."

"하하하, 그 이야기를 벌써 들으셨습니까?"

"어이구~ 서로의 얼굴에 금칠해 주는군. 이럴 거면 어디 들어가서나 할 것이지, 뭐 하러 이렇게 길거리에 서서 저런담?"

예철과 모용세가의 아들내미와의 이야기가 점점 길어지는 듯하자 뒤에 가만히 서 있는 나는 조금씩 지루해지기 시작해서 민이에게 메시지를 보냈다.

"동감이야. 아무래도 이번에 9대 문파와 8대 세가의 패싸움이 있을 것 같으니 8대 세가끼리는 친하다는 걸 사람들에게 보여주고 싶은 건 이해하겠는데 좀 심한 것 같군."

"좀이 아니야, 좀이. 너무한 거라고."

아까 민이와 투닥거렸던 것은 벌써 다 잊고 둘이서 호박씨를 까고 있는데 아까부터 조금씩 따끔따끔거리는 얼굴이 시간이 지날수록 점점 더 따끔따끔거리는 거였다. 처음에는 무시하고 있었는데 자꾸 신경이 쓰여 그쪽으로 시선을 돌리니 모용소소가 눈에 불을 켜고 날 노려보고 있었다. 그러다 나와 눈이 마주치자 노골적인 비웃음을 싸악 지어 보이더니 전음을 날려왔다.
 [훗, 나에게 찔린 옆구리는 이제 괜찮으신지? 다음부터는 찔리지 않게 조심하길 바래.]
 '저게 언제 나랑 친했다고 반말이야?'
 이대로 당할 수 없던 나는 곧장 맞받아쳐 줬다.
 [뭐야, 내가 뒤돌아설 때까지 검도 뽑지 못했던 주제에 잘난 척은. 이번에는 비겁하게 등 뒤에서 난리 치지 말고 내 앞에서 검이라도 뽑아 무라도 썰어보길 바래.]
 그러자 모용소소의 눈이 하늘 높이 치켜 올라가더니 분노로 인해 파들파들 떨렸다. 하지만 곧 진정하고 다시 전음을 날렸다.
 [그러지. 이번에는 네 앞에서 네 잘난 면상을 날려주겠어.]
 [가능하면 해봐라, 기꺼이 기다려 주지. 단, 내가 죽기 전에는 해주길 바래.]
 그러면서 씨익 웃어 보이자 모용소소의 눈썹뿐만이 아니라 그녀의 꽉 쥐어진 주먹까지 파들파들 떨렸다.
 [그래, 좋아! 어디 두고 보자. 요즘 공 좀 세웠다고 잘난 척하는데, 그게 어디까지 가는지 어디 두고 보겠어!]
 [두고 봐! 누가 보지 말랬나?]
 [그래, 지금은 얼마든지 잘난 척해봐라.]
 살살 약 올리는데도 검을 빼어 들고 달려들기보다는 꾸욱 참는 걸 보니 이번에 뭔가 결심을 단단히 하고 온 모양이었다.
 '그래 봤자.'
 라고 생각한 나는 그냥 무심하게 넘어갔지만 말이다.
 모용소소와 나의 대화가 그렇게 끝날 즈음, 드디어 예철과 모용세가의 그 아들내미의 대화도 끝났는지 작별 인사를 하고 있었다.

"하하하, 예 대협, 우리 나중에 다시 만나 술이라도 한잔하십시다."

"그때를 기대하지요. 자, 그럼."

"예, 그럼."

숙소에 도착해서 보니 아빠와 엄마만이 우리를 반겨줄 뿐 아까 무림맹 장로 회의에 간 할아버지는 아직도 돌아오지 않았다. 무림맹에 온 뒤로 벌써 3일째 계속 회의만 하고 있는 걸 보면 뭔가 의견이 안 맞아서 계속 싸우고 있는 모양이었다. 무림맹 장로 회의를 엿보고 싶긴 했지만 회의가 항상 낮에만 이루어지는 데다 그때는 우리 곁에 항상 누군가가 같이 있었기 때문에 볼 수가 없어 궁금증은 커져만 가고 있었다.

"할아버지는 아직도 안 오셨어요?"

민이의 질문에 아빠가 가볍게 한숨을 내쉬며 대꾸했다.

"그래, 오늘도 회의가 길어지시나 보다."

"그렇게 의견 조율을 못 맞출 거면 차라리 의견 조율을 다 맞춘 뒤에 사람들을 불러 모을 것이지, 너무한 거 아냐? 사람들은 계속 모여드는데 아직까지 결정을 못 내리고 있다니."

내가 낮은 목소리로 투덜대자 엄마가 내 이마를 손가락으로 톡 치며 말했다.

"이런이런, 말버릇 하고는. 아무리 그래도 그렇지 그렇게 함부로 말해도 돼? 게다가 이번 회의가 무척 중요하니까 함부로 결정할 수가 없어서 심사숙고한다고 생각하면 되잖니."

"그래도……"

내가 못마땅한 기색을 지우지 않고 있자 엄마가 씨익 웃으며 물었다.
"그렇게 기다리기 지루하면 세가로 돌아갈래?"
나는 화들짝 놀라서 입을 열었다.
"엄마는, 내가 언제 지루하다고 했어요? 단지 회의에서 의견 차가 안 좁혀지는 것 같으니까 답답하다고 한 거지."
"호호호, 그런 거였어?"
"예, 그런 거였어요."
'왠지… 아까 민이와의 상황이 다시 재현된 것 같은 기분이……'

할아버지는 저녁이 다 되어서야 돌아왔다. 무공의 고수이다 보니 오랜 시간 회의를 하고 돌아왔지만 전혀 피곤한 기색을 보이지 않았다. 단지 오늘도 회의 결과가 안 나왔음인지 무척 기분이 안 좋은 모양이셨다.
덕분에 세가의 사람들은 할아버지의 눈치만 살피면서 할아버지가 먼저 입을 열길 기다리고 있었다. 하지만 할아버지가 내온 차만 홀짝홀짝 마시면서 도통 입을 안 열자 참다못했음인지 아빠가 조심스레 물었다.
"회의를… 오늘도 끝내지 못하셨습니까?"
그러자 할아버지는 차를 한 모금 더 마신 뒤 찻잔을 내려놓더니 길게 한숨을 한 번 내쉬고는 드디어 입을 열었다.
"아니다, 오늘로써 모든 사항이 결정되었다."
"그렇습니까?"
할아버지의 대답에 아빠의 얼굴이 약간 어두워졌다.
지금에 와서야 이야기하는 거지만 나는 우리 세가에 온 무림맹첩의 내용을 몰랐다. 단지 예성구가 여기저기에서 엿들은 것을 종합해서 말해 준 것만 알고 있을 뿐이었다. 물론 이곳에 와서 사파 연합과 한바탕할 분위기라서 그것도 무림맹첩의 내용인가보다라고 가만히 추측해 볼 뿐이었지만. 덕분에 할아버지가 참석하는 무림맹 장로 회의도 주제가 이번 일과 관련이 있다는 것만 대충 짐작할 뿐 정확하게는 무엇인지 알지 못했다. 눈치를 보아하니 아마도 그에 대한 내용은 할아버지와 아빠만 알 뿐 아직 아무도 모르는 듯했다.

그러니 아빠가 약간 어두운 얼굴을 하자 민이와 나는 어리둥절한 시선을 주고받으면서 할아버지와 아빠가 계속 대화하기를 기다렸다.

"어리석어… 어리석어……. 아무리 사파가 몇십 년 동안 우리 정파에게 눌려 숨죽인 채 살아왔다고 하지만 그들이 약하다고 단정할 수는 없는데……."

아무래도 할아버지가 우리 숙소에 도착하자마자 아무런 말 없이 차만 홀짝홀짝 마신 것은 답답해서 주체할 수 없는 마음을 가라앉히기 위한 행동이었던 듯싶다. 그러다 아빠와 이야기하기 시작하자 다시금 그 답답한 마음이 치솟았는지 탁자 위에 올려놓은 손을 가만두질 못하시고 손가락으로 탁자를 톡톡 두드리기 시작했다.

앞뒤없이 중간만 드러난 할아버지의 말에 우리는 도통 뭔 소리인지 어리둥절해하는데 아빠만은 그게 무슨 소리인지 알아들은 모양이었다.

"그럼… 결국은 사파들이 모여드는 곳을 치게 된 것입니까?"
"그래, 모두들 공을 세우지 못해 안달이 난 사람들이더구나. 참

내, 9대 문파와 8대 세가가 한목소리, 한마음이 된 걸 정말 오랜만에 다시 봤다."

"아무래도 걱정이 됩니다. 그들의 세력이 50여 년 전 정사대전 때보다 현저히 약해졌다고는 하나 자신들이 연합한다는 정보를 우리 쪽에다 흘린 데다 드러내 놓고 사파들이 그쪽으로 이동한다면 그만큼 우리들의 시선을 감당할 수 있다는 이야기일 텐데 말입니다. 섣불리 그들을 잘못 건들다가 긁어 부스럼을 만드는 격이 되는 건 아닌지 모르겠습니다."

"내 말이 바로 그것이다. 아직 그들에 대해 제대로 알고 있는 것은 없어. 단지 그동안 숨죽이고 있던 사파의 무리들이 섬서지방으로 이동을 하는 데다 그동안 멸문했다고 알려지거나 어둠 속으로 숨어들어 갔던 사파들까지 나타나 그쪽으로 향했다는 보고가 있어. 그렇다는 건 사파를 연합하는 주동자가 사파에서 엄청난 영향력을 가지고 있다는 소리인데, 그게 누구인지 전혀 모른다는 것이 너무 꺼림칙해. 짐작조차 가는 인물이 없으니……."

"다른 무림맹 장로들은 그 점을 어떻게 생각하고 있습니까?"

"그들은 사파들이 연합하는 곳을 쳐보면 자연스레 주동자도 알 수 있을 거라 생각하고 있다. 물론 그야 그렇겠지만 너무 무모해. 자신의 힘을 자만하다간 그대로 붕괴될 수도 있는데 말야."

"그럼 앞으로 어떻게 하기로 했습니까?"

"무림맹에서는 사파들이 섬서지방으로 모여든다는 소식을 듣자마자 그쪽으로 조사대를 파견했다고 하더군. 지금 지속적으로 그들에게서 소식이 들어오고 있지. 그걸 토대로 우선은 무림맹의 5개 단과 일반 문파와 세가에서 얼마의 사람들을 뽑아 그들을 지원하기로 했다. 말하자면 선봉이지. 그리고 나머지 사람들로 본대를 이루어 그 뒤를 치기로 했지."

"언제 사파들이 연합한다고 합니까?"

"2주 후라고 하더군. 그래서 내일 당장 선봉대를 보내고 그 다음날에 본진이 출발하기로 했다."

"저희 세가에서도 선봉에 세울 무사를 뽑아야 합니까?"

"훗, 그럴 필요는 없다. 선봉의 지원자는 차고 넘치니까. 후우, 특히나 그동안 세력이 많이 커졌으나 '대' 자를 붙이지 못한 문파나 세가에서는 이번 일로 어떻게 해서든 9대 문파나 8대 세가 축에 끼어들려고 기를 쓰겠지. 하기사 우리 8대 세가에서는 모용세가가 봉문을 했고 단목 세가는 거의 멸문 지경에 이르렀으니 양씨 세가와 곽씨 세가에서 8대 세가 중 한자리를 차지하기 위해 눈에 불을 켜고 있더구나. 우리뿐만이 아니다. 9대 문파 중 공동파는 파문된 제자가 침입하여 문파를 쑥대밭으로 만든 덕에 엄청난 피해를 보았지. 거기에 화산파도 지금 위축된 상태고, 청성파와 점창파도 피해는 없었지만 위신에 흠을 입었으니 이번 기회를 통해 만회하려고 벼르고 있지. 훗, 섬서 쾌도문, 해남파는 9대 문파 자리를 노리고 있고. 어쨌든 이번에는 사파와 싸우는 싸움도 싸움이지만 우리 정파 내에서 자리 다툼도 치열할 듯해. 그러다 분열이 일어나 지리멸렬하지나 않을지."

"그럼 저희 세가는 그냥 본진에 참여할 생각이십니까?"

"그래, 우리 세가는 모두 본진에 참여할 것이다."

그러자 그동안 가만히 듣고만 있던 엄마가 나섰다.

"저어… 그럼 진이와 민이는 어떻게……"

엄마의 걱정스러운 말에 그동안 잔뜩 굳은 표정으로 아빠와 대화를 하고 있던 할아버지의 표정이 간만에 부드럽게 풀렸다.

"물론 데리고 가야지. 아아, 너무 걱정 말거라. 이번에 우리 세가는 전력을 다하지 않을 것이다. 생각 같아서는 본진에 참여하고 싶지도 않지만 무림맹첩까지 나온 뒤라 발을 빼기는 어려우니 그냥 참여하는 시늉만 할 생각이다. 진이와 민이에게는 물론 이번 우리 세가 제자들에게는 훌륭한 경험이 될 것이다."

"저… 아직 애들에게는 좀 이른 경험일 것 같습니다만……"

그러자 할아버지가 엄마에게 조금 더 진한 미소를 지어 보였다.

"그래, 그럴지도 모르지. 하지만 난 저애들을 믿는단다. 게다가 저애들은 미래에 우리 은씨 세가를 이끌어갈 아이들이야. 내가 왜 네 맘을 모르겠니? 나도 너처럼 저애들을 항상 내 그늘 아래 안전하게 두고 싶단다. 하지만 우리가 언제까지 저 아이들 곁에 있어 줄 수는 없는 법. 그때까지는 난 내가 시킬 수 있는 교육과 경험은 다 시킬 생각이란다. 이해해 주겠지?"

"그렇습니까?"

할아버지의 조용조용하고 부드러운 말투에 엄마는 조금 안심된 표정이었지만 그래도 마음은 놓을 수 없었는지 우리를 돌아보며 한마디 하려고 했다. 하지만 설교를 듣고 싶은 마음이 없었던 나는 먼저 선수 쳐서 입을 열었다.

"걱정 마세요, 엄마. 절대 위험한 짓은 안 할게요. 이번에는 정말 얌전히 엄마랑 아빠 곁에만 있을 거예요. 그치, 민아?"

"예, 누나 말이 옳아요. 게다가 이번에는 엄마랑 아빠는 물론 세가 사람들도 같이 있는데 어떻게 경거망동하겠어요? 저희가 날뛰다간 세가 사람들이 무척 힘들어진다는 걸 뻔히 아는데요."

"그럼요, 그럼요. 저번에 준희 언니를 구할 때의 일로 반성도 많이 했다고요."

"저도요."

이제 얼마 있으면 한 사람의 성인이라고 불릴 나이가 되었는데도 엄마 앞에서는 언제나 민이도 나도 어린애가 되는 듯했다. 그렇게 민이와 내가 번갈아가며 다짐에 다짐을 하자 엄마는 그제야 고개를 끄덕였다.

"그래, 나도 너희들을 믿으마."

우리 세가 측이야 본진에 합류하여 무림맹의 지휘를 따라가면 되는 간단한 일이었지만 정작 무림맹 측으로서는 이 모든 일이 절대 간단한 일이 아니었다. 수많은 문파와 무가에서 사람들을 끌어 모아 그들을 이끌고 사파의 사람들을 친다는 것은 여러 가지의 계획과 배려와 돌발 상황을 생각해야만 했던 것이다.

이곳에 모인 사람들은 대충 봐도 2천여 명은 훨씬 넘는 숫자 같았다. 오랜만에 있는 큰 사건이다 보니 이번 기회를 통하여 뭔가 해보려는지 정말 많은 사람들이 우르르 몰려들어 무림맹에서는 그들을 수용하는 일만도 벅차 보였다. 그런 이들 중에서 우선은 이름이 있는 문파와 세가에서 정예들을 추리고 추려 500여 명을 선발대로 뽑았다.

섬서에서는 우선 9대 문파 중 하나인 화산파가 자리하고 있었고, 섬서 쾌도문, 그리고 이번 사파들이 모여든다는 난정과 가장 가까운 곳에 위치한 충남파가 있었다. 이들이 이번 선봉대의 주도권을 가지게 될 터였다.

선봉대는 오늘 남양을 출발하여 섬서로 들어가 제일 먼저 충남파로 향하게 되었다. 그곳이 남양에서 난정과의 직선 거리에서 약간 벗어난 곳에 위치하고 있었기에 그리 되었던 것이다. 섬서에 있는 그 세 문파들은 무림맹이 먼저 파견한 수색대에 협조를 하느라 이번 무림맹에 많은 인원이 오지 못했다. 그 수색대와 선봉대는 충남파에서 만나 나중에 올 본진을 위하여 사파 연합을 칠 기틀을 마련하게 될 것이다.

그리고 나머지 본진은 3진으로 나누었다.

무림맹에서는 이번 사파 연합과의 싸움에—물론 그들이 싸움을 건 것이 아니라 우리가 침략하러 가는 것이지만—많은 힘을 기울였는지 무림맹 산하 5개의 단 중 4개의 단을 투입하였다.

수색에 가장 능한 백호단이 사파 연합 정황을 알아보려는 수색대로 이미 파견되어 있었고 나머지 청룡, 주작, 현무단은 각각 제1본진, 제2본진, 제3본진에 합류하여 진 구축의 중심이 될 예정이었다.

본진 전체를 이끌 역할을 할 제1본진에는 무림맹주를 비롯하여 군사 역할을 담당하게 될 현 제갈 가주도 참여하여 지휘를 맡았고 제2본진은 할아버지가 지휘를 맡게 되었다. 덕분에 은씨 세가 전체는 제2본진에 끼게 되었다. 그리고 제3본진의 지휘는 이번에 많은 무승을 이끌고 달려온 소림사 방장인 정원이 맡았다. 덕분에 제1본진에는 중소 문파가 많이 끼게 되었고, 제2본진에는 8대 세가의 사람들이, 그리고 제3본진에는 9대 문파의 사람들이 끼게 되었다. 그러다 보니 가장 많은 인원이 있는 곳은 제1본진이었다. 뭐, 그곳이 전체 본진을 통괄하는 역할도 겸하였으니 당연한지도 모르겠다.

2본진은 8대 세가의 사람들이 모두 집합했다 하더라도 세가의 대부분 힘을 잃어버린 단목세가는 참여하지 못한 데다 남궁세가와 사천당가 사람들 또한 마궁을 지키기 위함인지 참여하지 않아 그들의 빈자리를 양씨 세가와 곽씨 세가에서 맡게 되었다.

이 두 문파는 창으로 유명한 데다 오랜 세월 동안 전통을 이어오고 있는 유서 깊은 문파였는데 50여 년 전 정사대전 때 몸을 조금 사리는 바람에 세력이 약해졌다고 한다. 그 때문인지 이번 기회를 통해 입지를 넓히려는 듯 많은 제자들을 보내왔다.

3본진에 참여한 9대 문파들 중에서는 무당파가 빠졌다. 아무래도 그들은 마공을 지키기 위해 경비를 철저히 하느라 참여하지 않은 듯했다. 게다가 섬서에서 일이 생기는 바람에 화산에서도 선봉대에는 참여시켰지만 본진에는 참여시키지 못했다. 그리고 곤륜파와 공동파에서는 마공을 잃어버릴 때 문파에 피해가 꽤 있던 탓인지 많은 제자들을 참여시키지 못했다. 그래서 그런 그들의 자리를 해남파와 풍운방에서 메우게 되었다.

뭐, 이런 이야기를 들어봤자 솔직히 나와는 별 상관이 없었기 때문에 관심이 없었다. 단지 왜 하필 같은 8대 세가 사람이라고 나와 같은 본진에 모용소소를 끼어야 했는지 심히 안타까울 뿐이었다.

'저 지지배는 실력도 없는 게 여기서 얌전히 기다릴 것이지 왜 본진에 참여한 거야?'

많은 무리가 모이게 되자 낮에 이동할 때는 모르지만 밤에는 남녀를 구분했다. 그러다 보니 본진에 참여한 사람들 중 여성의 비율이 극히 낮았으므로 나는 모용소소와 자주 마주쳐야만 했다. 물론 나는 엄마랑 항상 같이 있었으므로 그녀와 칼부림이 일어나지는 않았지만 싫어하는 사람은 얼굴만 봐도 하루 종일 재수가 없다는 말이 괜히 나온 건 아닌 모양이었다.

그녀나 나나 서로를 무시하고 지내긴 했지만 하루에도 몇 번씩

이나, 밤에는 거의 내내 붙어 있는 처지였고 주위에서는 그녀와 나 사이의 일을 알고 있는 사람들이 대부분이었으니 혹시나 뭔 일 안 벌어지나… 하는 호기심 어린 눈초리로 쳐다보는데 무슨 동물원의 원숭이가 된 것 같은, 꽤나 기분 나쁜 일이었다.

하지만 정말 모든 일은 무시하면 그만이었으므로 나와 그녀는 별 탈 없이 섬서의 땅에 도착할 수 있었다.

사파 사람들이 모여들고 있다는 곳은 난정이라는 곳이었는데 이곳은 섬서의 맨 남쪽에, 그러니까 사천과의 경계선 근처에 있는 자그마한 성읍이었다. 그러나 이곳은 사파들의 연합 장소로 가기 위해 거치는 마을 중 가장 맨 마지막에 있는 마을이었을 뿐 이곳에서 연합이 벌어지는 것은 아니었다.

진짜 연합이 벌어지는 곳은 섬서와 사천의 경계라고 할 수 있는 대파산맥의 한 자락을 담당하고 있던 산인 것이다.

하지만 난정에도 사파의 사람들이 쫘악 깔려 있는 바람에 우리는 그곳에 머물지 못하고 그보다 조금 멀리 떨어진 이름도 없는 작은 마을에서 선봉대와 합류하여 진을 구축할 수밖에 없었다.

나중에 생각하니 정파 무림맹 사람들이 참으로 미련한 짓을 한 거였다. 솔직히 우리가 우위인 입장이었으니 사파 사람들이 우리의 움직임에 얼마나 촉각을 곤두세우고 있었겠는가? 그런데 우리는 사파 사람들의 연합을 방해하러 가면서 드러내 놓고 사람들을 몰아쳐 들어갔으니 이건 '몇 날 몇 시에 습격하겠다'라고 통보하고 정말 그때 습격하는 것과 무엇이 다르겠는가?

물론 그때도 이걸 알긴 했지만 정파 무림에선 사파 문파들의 힘을 너무나 얕보고 있었기에 이러한 점들을 무시하고 있었던 것이다. 아니, 어쩌면 '우리가 갈 테니 반항할 수 있으면 해봐라' 하는 마음이 있었을지도 모르는 일이다. 한국에서 봤던 모 CF처럼 '따라올 테면 따라와 봐!' 하는 마음이런가?

어쨌든 무림맹에서 진을 치자 다시 한 번 작전 회의가 벌어졌다. 하지만 그 작전 회의는 무림맹에서 출발하기 전에 열렸던 무림맹 장로 회의가 3일에 걸쳐 열렸던 것에 비해 너무 허무하다 할 정도로 금방 끝나 버렸다. 비록 엄마 곁에 있느라 직접 보고 듣지는 못했지만, 아마 이번에도 모두들 그냥 쳐들어가자고 강력하게 주장하는 바람에 반대 의견이 있는 사람들은 말하지도 못하고 그대로 결정되었을 것이다.

그래도 나름대로 작전은 세워져서 회의는 끝났다. 선봉대와 추적대의 조사에 의하면 산에 모여든 사파의 인원은 대충 천여 명 정도로 우리의 절반가량의 인원이었다. 아마 그래서 무림맹 사람들이 더욱더 용기백배한 건지도 모르겠다.

그러나 산으로 올라가지 않고 난정에 남아 있는 사파 인물도 약 4,500가량. 비록 적은 숫자라 하나 우리가 산으로 올라갔을 때 이들이 우리의 뒤를 친다면 그것도 귀찮은 일이었기에 제1본진이 남아 그들을 상대함과 동시에 산 입구를 막아 먼저 내려오는 사파의 인물들이나 혹시 나중에라도 올 사파의 지원군을 막기로 했다. 아마 싸움은 난정의 성읍에서 벗어난 곳에서 이뤄질 것이다. 아무리 명나라의 관아에서 무림의 싸움에는 끼어들지 않는다고 하더라도 일반 백성들이 있는 곳에서 싸움을 벌여 백성들에게 피해가 간다면 관이 나서지 않을 수가 없기 때문이다.

그리고 선봉은 난정을 통과해 그대로 지나쳐 사파인들을 성읍 밖으로 유인해 내 그곳에서 기다리고 있을 제1본진에게 그들을 맡기고는 곧바로 사파의 연합이 벌어진다는 산으로 달려 올라가기로 했다. 그리고 제2본진과 제3본진은 난정을 중심으로 좌우로 갈라져 선봉대를 중심에 둔 채로 뒤쪽과 양 옆에서 지원하기로 했다.

하지만 그 이야기를 다 듣고 난 나는 멋진 작전이라고 감탄할 수가 없었다. 솔직히 우리가 그들에게 선전 포고를 한 다음 양쪽에 진을 쳐놓고 맞대결을 하는 것도 아니고, 그들이 연합한다는 소식을 듣고 우르르 달려가 깽판 놓으려는 건데 기습하는 것도 아니고—솔직히 그동안 달려온 것도 백일하에 다 드러나는 행동이었지만—이렇게 대놓고 달려가는 작전이 성공할는지 심히 의심스러웠다.

"너무 간단한 거 아냐? 솔직히 나 같으면 이렇게 우르르 쳐들어오면 정면 대결을 하기보다는 산에다가 온갖 함정을 파놓고 기다리겠다."

"그것도 좋은 작전이긴 한데 이번에는 그런 건 없는 모양이야. 수색대에서 미리 확인해 봤다더군."

"뭐야, 그럼 저 사파들도 정면 대결을 하기로 결심한 거야? 미쳤군. 설마 우리가 오는 걸 모르고 띵까띵까 하고 있는 건 아닐 테고. 도대체 무슨 생각들인지 원."

"두고 보면 알겠지."

그 다음날 아침, 식사를 든든히 한 후 각 본진별로 출발 준비를 서둘렀다. 우선 제1본진이 난정 성읍을 돌아 그 성읍과 대파산맥 사이에 자리를 잡으면 그 뒤에 선봉대가 난정을 향하여 출발할 것이다. 제2본진과 제3본진의 출발은 그 다음이었다. 출발 지점은 같았지만 진행하는 경로는 현저히 달랐고 어쩌면 도착 지점까지 달라질지도 몰랐다.

어제까지만 해도 이번 일을 오랜만의 행사쯤으로 여기던 사람들도 막상 코앞에 닥친 오늘은 긴장되는 모양이었다.

할아버지가 제2본진에 소속된 사람들의 긴장을 풀고 사기를 돋우려는 일장 연설을 늘어놓았다.

"오늘 우리가 이 자리에 모인 것은……."

왠지 아주 익숙한 문장을 서두로—가만 생각해 보니 저 말은 결혼식 주례사가 흔히 사용하는 말이었다—시작된 말은 우리를 사악한 무리를 토벌하기 위한 정의의 용사들로 포장을 한 뒤 맨 마지막은 '정의는 이긴다'로 장식되었다.

"…그러므로 우리는 정의를 실현하고 새로운 역사를 쓰기 위한 오늘, 이제 힘찬 발걸음을 내디딥시다!!"

"와아~!!"

할아버지의 열정적인 말이 끝나자마자 사람들은 환호인지 고함인지 모를 소리를 질러대어 내 귀를 멍멍하게 만들었다. 우리 쪽의 소리가 잦아들을 즈음 저쪽에서 고함 소리가 다시 한 번 질러지는 걸 보니 제3본진도 연설이 막 끝난 모양이었다.

"할아버지에게 저런 면이 있었다니……."

출발하려고 단상에서 내려오는 할아버지를 바라보며 내가 민이에게 메시지를 보냈다. 그런데 나는 가벼운 마음으로 보낸 것에 비해 민이의 메시지는 제법 심각했다.

"으음… 하지만 사람들을 이끄는 위치에 선 사람에게는 저런 모습 또한 필요할 것 같아. 나도 연설하는 것 좀 배워야 하지 않을까?"

"풋, 그거 진심으로 하는 말이야?"

"생각해 봐, 누나. 난 은씨 세가의 소가주라고. 언젠간 할아버지의 뒤를 이어 우리 세가를 이어받으면 하다못해 세가 사람들을 모아놓고 연설할 일이 있지 않겠어? 그때 멋들어지게 해서 나의 카리스마와 리더십을 보여줘야지. 으음, 역시 가주의 자리란 편한 자리가 아니라니까."
"헐… 네 말이 맞을지도 모르겠다."

 할아버지가 연설을 위한 임시 단상에서 내려와 제2본진의 맨 앞에 서자 우리 본진은 출발하기 시작했다. 어차피 우리 본진의 목적은 선봉의 지원 역할이었으니 급하게 서두를 것은 없었다.
 선봉이 출발한 지 얼마 안 된 데다가 그들은 난정을 한바탕 헤집어 사파들을 이끌고 나오는 역할을 담당해야 했으므로 그들의 시간에 맞춰주려면 너무 빨라서는 안 되었다. 하지만 우리 본진은 난정 성읍을 좀 멀리 돌아가기 때문에 너무 천천히 움직여서도 안 되었다.
 이래저래 그냥 그런 작전 같았지만 이번 작전이 성공하기 위해서는 선공과 뒤에서 지원하는 제2, 3본진과의 타이밍이 잘 맞아떨어지는 것은 필수였다.
 그 때문인지 척후병의 보고를 자주 받으면서 우리가 산 밑에 도착할 즈음에는 마침 선봉대가 우리보다 한발 앞서 산 위로 진격한 뒤였다. 이제 우리도 선봉대처럼 산으로 진격해야만 할 시기였다.
 그러자 그동안 할아버지 옆에서 묵묵히 따라오기만 했던 모용세가의 전 가주가 갑자기 할아버지에게 입을 열었다.
"이보게, 은 가주. 부탁이 있는데……."
"응?"
 할아버지가 돌아보자 모용세가의 전 가주가 조심스레 입을 열었다.

"괜찮다면 우리 모용세가에게 앞장설 기회를 주겠는가?"

선봉이 아니라 뒤에서 받쳐 주는 본진에서라도 맨 앞에 선다면 선봉을 도와 공을 세울 기회가 그만큼 많아지는 법이었다. 모용세가는 많은 세가의 사람들을 데리고 왔음에도 가장 많은 공을 세울 선봉에 세가 사람들을 보내지 않아 의아하게 생각하고 있었는데 이걸 노리고 있던 모양이었다.

하기사 비록 선봉대가 공을 세울 기회가 많다 하나 그렇게 뛰어나지 않은 이상 익숙하지 않은 이들 사이에 있는 것보다는 차라리 익숙한 자신의 세가 사람들이 많은 곳에 있는 것이 더 나을 것이다. 게다가 본진의 맨 앞에 선다면 선봉대만큼이나 공을 세울 기회도 많고 말이다.

그런데 할아버지가 미처 허락의 뜻을 나타내기도 전에 같이 가던 혁련세가와 하북팽가를 이끌고 온 사람들도 나섰다.

"무슨 소리십니까? 저희 혁련세가가 앞장서겠습니다."

"허어, 혁련세가에서는 선봉대에 많은 제자들을 투입시키지 않았습니까? 그러니 본진의 맨 앞은 우리 하북팽가에게 맡겨주시구려."

"그렇게 따지자면 우리 모용세가가 맨 앞을 맡는 것이 가장 온당하지 않겠소이까? 우리 세가의 인원이 가장 많은 데다 선봉대에는 아무도 참여하지 않았으니까요."

그러자 모용세가 가주의 동생도 나섰다.

"난리군, 난리야."

내가 고개를 설레설레 저으면서 민이에게 메시지를 보내자 민이가 피식 웃으며 대꾸해 왔다.

"아무래도 모두 단단히 결심을 하고 온 것 같으니까."
"자자, 그만들두시오. 그렇다면 이렇게 하도록 하겠소. 우선은 맨 앞의 오른쪽은 모용세가가 맡아주시고 왼쪽은 혁련세가와 하북팽가에서 같이 맡아주시오. 혁련세가와 하북팽가는 선봉대에 많은 제자들을 보낸 상태이니 모용세가와의 균형을 맞추려면 그래야 하지 않겠소? 만약 싫으시다면 말씀하시오. 다른 세가와 교체해 드리겠소!"

할아버지가 처음에 이야기할 때는 세 곳에서 앞을 같이 맡아야 한다는 것에 불만을 드러내려 했지만 맨 마지막 말에 할아버지가 특히 힘을 주어 강조하자 세 가문의 지도자들은 입을 꾸욱 다물고 고개를 끄덕여 수긍을 표했다.

말 한마디 잘못해서 가운데나 뒤로 빠지느니 차라리 다른 세가와 같이 있더라도 맨 앞이 좋은 모양이었다. 뭐, 게다가 같이 있는 세가들의 실력도 상당해 공을 조금 적게 세우더라도 마음은 든든할 테니 그것 또한 수용할 만한 모양이었다.

덕분에 지금까지 맨 앞에 있던 우리 은씨 세가 사람들은 본진의 중앙에 위치하였고, 대신 나머지 세 가문의 사람들이 앞쪽으로 이동하더니 곧바로 산으로 진격하기 시작했다.

선봉대를 지원하기 위함이었기에 우리는 먼저 올라간 선봉대를 따라잡기 위해 각자 경공을 발휘해 빠르게 산을 올라가기 시작했다. 하지만 선봉대 또한 경공을 사용한 채 올라가고 있는지 우리가 한 시간여 동안을 빠르게 올라가도 그들의 끝머리조차 보이지 않았다. 그러자 앞장선 세 가문에서는 초조함이 더해졌는지, 아니면 서로 간의 경쟁이라도 붙었는지 한층 더 빠른 속도로 전개를 하기 시작했고 덕분에 그들과 떨어지지 않으려 애쓰는 뒤쪽에 있는 사람들도 속도를 높여야만 했다.

싸우기도 전에, 아니, 그 사파 사람들이랑 마주치기도 전에 산을 뛰어오르다가 힘 다 빼겠다는 생각이 들 무렵 저 멀리서 싸움이 일어났는지 병장기 부딪치는 소리가 들려왔다.

"선봉대다!!"

그 소리를 들은 누군가가 먼저 소리치자 맨 앞에 있던 세 가문의 사람들은 전속력으로 뒤따라갔다. 하지만 그들 중에서도, 또한 뒤쪽에서 따라가던 이들 중에서도 내력이 달려 지친 사람들이 뒤로 처지는 바람에 할아버지는 뒤쪽에서 따라가는 이들에게 그들을 따라가는 대신 속도를 늦추게 하여 뒤처지는 사람들과 같이 속도를 맞추게 했다.

그리고 우리 본진의 후미를 맡은 주작단에게 먼저 달려간 세 가문의 지원을 부탁하며 앞서 보냈다.

덕분에 우리는 먼저 달려간 세 가문과 주작단과 거리가 멀어지고 말았지만 병장기 부딪치는 소리는 계속해서 들려왔으므로 그다지 걱정은 하지 않은 채 천천히 그쪽으로 향했다.

하지만 얼마 가지 못해 할아버지가 갑자기 발걸음을 멈추고 낮은 목소리로 사람들에게 경고했다.

"누가 있소. 조심!"

나는 엄마의 옆에서 붙어 다니느라 전혀 주위에 신경 쓰고 있지 않았기에 못 알아차렸던 것이다.

할아버지의 말에 조금 긴장한 상태로 주위를 둘러보고 있는 찰나 몸을 숨기고 우리를 기다리고 있었던 듯이 숲의 그림자로부터 사람들이 모습을 드러내었다.

"누구냐? 무림맹 연합 무사들이라면 소속과 이름을 밝혀라!"

예철의 외침에도 불구하고 아무 말 없이 불쑥불쑥 모습을 나타내는 그들이 우리를 향해 아무런 말도 없이 병장기를 꺼내어 겨누는 것으로 보아 같은 편은 아닌 모양이었다.

그러나 긴장한 채 그들을 바라보고 있던 우리는 그들이 모습을 다 드러내자 한순간 허탈함과 함께 긴장이 빠져 피식거렸다. 우리가 비록 반으로 갈라지기는 했지만 그래도 인원이 몇백 명인데 비해 나타난 이들의 숫자는 대충 50여 명쯤으로 보였던 것이다.

"뭐야, 사파의 사람들인가?"

우리 쪽 사람들은 숫자적인 우세함 때문인지 나타난 이들을 깔보는 채로 앞으로 나섰다.

"조심하시오. 저들이 무슨 수작을 부릴지 모르오."

할아버지가 그들이 너무 방심한 채 나서는 것을 보고 황급히 경고하였지만 그들은 오히려 웃으면서 할아버지를 안심시키려 했다.

"핫핫핫, 은 가주께선 걱정도 많으십니다. 걱정 마십시오. 비록 우리가 은 가주님에 비해 한가닥 하는 재주는 없으나 이들을 처리할 순 있습니다. 그곳에서 잠시 쉬고 계시면 우리가 금방 처리해 드리겠습니다."

그렇게 자신만만하게 앞으로 나선 사람은 하남예방 사람이었다. 하남예방은 다른 8대 세가 사람들과는 달리 공을 세우기 위해 앞으로 나서기를 자처하지도 않았고, 선봉에 제자들을 보내지 않았기에 저들도 우리 세가처럼 이번 싸움에서 공을 세우려는 마음이 별로 없거나 아니면 신중한 줄 알았더니 그것도 아닌 모양이었다.

그가 앞으로 나서자 먼저 출발했던 세 가문에서 뒤처진 사람들은 자기 세가의 사람들이 없는 탓인지 우리 세가가 있는 사람들 쪽으로 물러났고, 대신 우리와 같이 움직였던 양씨 세가와 곽씨 세가 사람들이 앞으로 나섰다.

그들만 해도 벌써 하남예방, 곽씨 세가, 양씨 세가, 이렇게 세 가문의 사람들이었으므로 우리 앞을 가로막은 사람들보다 훨씬 넘는 숫자인데다, 아무리 살펴봐도 그들 외에 더 이상의 사람들이 없는 것 같아 할아버지도 조금은 안심한 채 그들이 나서는 것을 바라보고만 있었다. 하지만 그렇다고 해서 모든 사람들이 완전히 마음을 놓은 건 아니었고 무슨 일이 일어나기만 하면 당장에라도 달려나갈 수 있도록 몸을 긴장시킨 채였다.

"자, 덤벼라!!"

호기있게 외치며 달려가는 사람들의 뒷모습을 믿음직스럽게 바라보던 우리는 곧 뭔가가 잘못되었다는 것을 깨달았다. 자신들 보다 두 배는 많아 보이는 사람들이 달려드는데도 거의 표정 변화 없이 가만히 바라보고 있던 그들의 눈 흰자위가 점점 빨갛게 물이 들더니만 그 눈에 광기까지 맴돌기 시작하는 거였다.

"할아버지, 뭔가 이상해요!"

민이도 이상함을 알아챘는지 할아버지에게 다급하게 외쳤고, 할아버지를 비롯한 어른들도 사람들이 이상하다는 것을 느꼈는지 다급하게 외쳤다.

"물러나시오! 그들은 뭔가 이상하오! 빨리 뒤로 빠지시오!"

그러나 우리가 그렇게 외칠 때 사파 사람들이 우리 쪽을 향하여 몸을 날려 덤벼오기 시작했으므로 막 앞으로 달려나갔던 세 가문의 사람들은 뒤로 몸을 빼기가 여의치 못해 그대로 그들과 맞서기 시작했다. 할아버지의 말대로 그들과 싸우지 않고 몸을 돌렸다간 그들에게 등을 보이는 꼴이 돼버리기 때문이었다.

챙, 챙, 채챙!

저 멀리서 들리던 것과 비슷한 병장기 부딪치는 소리와 함께 싸움이 시작되었다. 겉보기에는 우리 쪽 사람들이 두 배나 많았으므로 우리 쪽이 훨씬 월등해 보였지만, 그렇게 보이는 건 잠깐이었을 뿐 얼마 지나지 않아 하나둘 사람들이 쓰러지며 사상자가 생기기 시작했는데 그건 대부분 모두 우리 쪽 사람들이었다.

척 보기에 우리와 비슷한 실력을 가진 사파 사람들은 마치 무엇에라도 홀린 것처럼 미친 듯이 검을 휘두르며 광소를 터뜨리는 거였다.

그 모습에 나는 예전의 사건을 떠올릴 수 있었다.

"단목세가 침입 사건!"

비록 직접 보지는 못했지만 단목세가를 침입한 사람들은 세가의 무사들보다 훨씬 실력이 떨어지는 낭인 무사들이었다. 그러나 그들은 수상한 자들이 지급한 약을 먹고는 마치 광인이 된 것처럼 미친 듯이 검을 휘둘렀다고 했다. 더욱이 검에 찔려도 통증을 못 느껴 팔다리가 잘려 움직이지 못할 때까지 계속해서 움직인다고 했다.

지금 눈앞에서 마구 검을 휘두르는 사파의 사람들은 단목세가에서 들었던 그때의 상황을 재현시켜 주는 듯했다.

너무나 일방적인 상황에 나는 뭔가 그들을 도와줄 마법을 사용하려 했지만 적과 아군이 한곳에 너무 밀집된 데다 뒤엉켜 있어 함부로 사용하지 못하고 발만 동동 구르고 있었다.

하지만 우리 쪽도 괜히 이름만 높은 무가의 사람들은 아니었다.

사상자가 많아지자 이대로는 당하기만 할 것이라는 걸 깨달은 그들은 재빨리 각 세가의 지도자들의 지휘를 받으며 뒤쪽으로 무사들을 이동시켜 세가별로 자신들이 익숙한 진형을 짜서 그들을 대항하기 시작했다. 비록 숲 속이라 방해하는 것들이 많았지만 그래도 속수무책으로 당했던 아까의 모습은 많이 사라졌다.

게다가 뒤쪽에서 가만히 지켜보려 했던 나머지 무사들도 속속들이 달려들어 부상자를 구해오는 한편 부상자로 인하여 빈자리를 메워 나가기 시작하자 얼마 지나지 않아 우리 쪽이 승기를 잡고 그들을 몰아붙이기 시작했다.

뭘 어떻게 해도 통증을 느끼지도, 죽지도 않을 것 같던 그들이 하나둘 쓰러져 가기 시작하자 우리 쪽 사람들은 용기백배하여 더욱더 거세게 그들에게 달려들기 시작했다.

전세는 우리에게 유리하게 돌아가기 시작했다. 비록 우리 쪽이 부상자와 사상자가 더 많았지만 결국 승리는 우리 쪽으로 올 것만 같았다. 하지만 그때, 어디선가 날카로운 풀피리 같은 소리가 들려왔고, 그 소리를 들은 사파 사람들은 갑자기 싸움을 멈추더니 번개가 무색할 정도의 빠른 속도로 숲 속으로 사라져 갔다.

몇몇 우리 편 무사들이 그들의 뒤를 쫓으려 했지만 그들을 쫓아갔다간 또 뭔 일을 당할지도 몰랐기에 할아버지는 뒤를 쫓으려는 걸 제지했다.

"멈추시오! 지금은 먼저 간 본진과 합류하는 것이 더 중요하오. 자, 그들이 다시 올지도 모르니 빨리 부상자를 수습하고 출발합시다."

아마 앞서 간 선봉대나 제2본진 사람들도 저들에게 습격당했을 게 틀림없었다.

'뭐? 함정이 없어? 이거 순 함정투성이네!'

가벼운 부상을 당한 사람들은 스스로 일어서 걸었지만 부상이 심한 사람들은 그 자리에서 즉시 만들어진 임시 들것에 실리거나 다른 사람들의 부축을 받으며 전진하기 시작했다. 그리고 죽은 사람들은 같은 세가의 사람들이 그의 유품을 수거해 준 뒤 급하게 땅에 묻어주었다. 지금은 시간이 없어 이렇게 대충 장례를 치르지만 일이 다 끝나면 시신을 수거하여 본 세가로 보내져 다시 정중히 장례를 치러줄 것이었다.

그랬기 때문인지 같은 세가 사람들이 죽었는데도 무사들은 슬퍼하는 기색을 보이지 않았다. 단지 더욱더 긴장하며 주먹을 꽈악 쥘 뿐이었다. 아마도 울어주는 것은 이 싸움이 끝난 뒤에 해줄 듯 했다.

그렇게 대충 상황을 정리한 뒤 먼저 간 사람들이 있을 곳을 향하여 출발하였다.

이번에는 경공을 사용하지 않고 주위를 경계하며 천천히 걸어 약 30분쯤 전진하였을 때 넓은 공터에 마치 우리를 기다리고 있는 듯한, 선발대와 먼저 간 세 세가의 사람들이 보였다. 그들도 한차례의 습격을 받았는지 부상자를 치료하며 휴식을 취하고 있었다.

"여기도 습격을 당한 모양이군. 누군지는 알아냈는가?"

우리가 오는 모습에 제일 먼저 일어나 반기는 모용세가의 전 가주에게 할아버지가 물었다.

"아니, 알아내지 못했네. 아마 약을 먹은 듯하이. 선봉대가 싸우는 소리를 듣고 우리가 부랴부랴 달려와 막 싸우는 장소에 도착하자 갑자기 어디선가 날카로운 피리 소리가 들리더니만 그들이 싸움을 멈추고 숲 속으로 사라져 버렸네. 뒤를 추적할까 했지만 자네 쪽과 거리가 벌어진 것도 마음에 걸리고, 또 그들을 쫓아가다 어떤 함정을 만날지 몰라 이렇게 자네를 기다리고 있었네."

"잘했네. 아마 우리가 습격당한 것과 비슷한 상황이었던 것 같군."

할아버지의 말에 모용세가의 전 가주 눈이 놀라움으로 커졌다.

"뭐라고? 그럼 자네 쪽을 습격한 이들도 약을 취한 사람들이었단 말인가?"

"그래. 아무래도 단목세가를 습격한 낭인 무사들이 먹은 것과 비슷한 약인 듯싶어. 증상이 그때 단목세가의 총관에게 들은 것과 같거든."

"허어… 거참……."

"그뿐만이 아닐세. 저들은 우리의 행동을 손바닥 보듯 훤히 보고 있는 것 같아. 제2본진이 둘로 나뉠 때를 기다렸다가 우리 쪽을 습격한 것 하며, 자네 쪽이 선봉대가 싸우는 곳에 막 도착할 때 놈들을 뒤로 물리게 한 것 하며… 아무래도 생각보다 힘든 싸움이 될 것 같아."

"어쨌든 더 자세한 건 가서 이야기하세나. 선봉대 쪽에서 자네를 기다리고 있네. 앞으로의 일을 의논할 것 같아."

상황이 생각보다 안 좋다면 나 같으면 되돌아가서 상황을 정비한 다음 다시 덤비든지 할 것 같았다. 하지만 회의를 끝내고 돌아온 할아버지의 말에 의하면 계속 전진한다는 거였다.

예전 신라 시대에 화랑에게 있어 다섯 가지 계율 중 하나가 싸움에 임하면 뒤로 물러나지 않는 것이더니만, 이곳에서도 싸우다가 중간에 뒤로 물러나는 걸 되게 수치로 여기고 있었다. 싸우다 죽을지언정 절대 적에게 등을 보이지 않는다고 했다. 도대체 그게 무슨 깡다구인지… 죽으면 수치고 뭐고 다 소용없는 일인데 말이다. 강호 사람들은 너무 목숨을 쉽게 보는 경향이 있다.

하지만 우리가 이곳에 온 목적을 생각한다면 지금 돌아가는 것은 이곳에 온 보람이 없는 거였다. 우리의 목적은 어쨌든 사파들이 연합하는 곳을 깽판 놓는 것이었으니 그들이 연합하는 곳까지는 가서 뭐라 한마디 하고 와야 했던 것이다.

그리하여 위중한 부상자들은 산 밑에서 기다리고 있을 제1본진으로 옮기기로 하고 우리는 다시 전열을 정비하여 올라가기로 했다. 이번에는 또 무슨 일이 있을지 모르니 선봉대와 제2, 3본진이 다 같이 올라가기로 했다. 기실 제3본진도 할아버지가 선봉대를 이끄는 사람들과 한창 회의를 할 무렵 부상자들을 이끌고 우리가 휴식을 취하는 곳에 도착했던 것이다. 그들도 습격을 받은 모양이었는데 조금 억울하게도 제3본진 쪽이 우리 쪽보다 피해가 좀 경미했다.

같은 편이 덜 피해를 받았으면 다행이라고 안도의 숨을 내쉬어야 할 터인데 그동안 9파 사람들에게—특히나 무림맹 장로들에게—쌓인 게 많다 보니 참 고깝게 느껴지는 거였다. 더구나 9파 사람들이 자신들보다 우리 쪽의 피해가 더 많은 걸 알아채고는 은근히 으쓱해하는 것 같자 더욱더 기분이 나빴다.

어쨌든 심각한 부상자들을 실력이 조금은 달리는 사람들 손에 의지해 내려보내고 우리는 다시 전열을 정비하였다.

우선 선봉에는 여전히 선봉대가 섰고 그 뒤를 9대 문파 사람들로 이루어진 제3본진이, 그리고 우리 8대 세가 쪽 사람들이 가장 후미를 맡았다.

사람이 1/3가량 줄어들기는 했지만 그래도 여전히 천여 명은 넘는 숫자였으니 한번 해볼 만하다는 생각도 들었다.

　이번에는 또다시 습격당할 때를 대비해 아까처럼 경공은 펼치지 않고 최대한 주의를 기울이면서 가기는 했지만 그대로 제법 빠른 속도로 전진했다.

　사파가 연합을 한다는 장소는 제법 깊은 골짜기에 자리해 있는 큰 건물이었는데, 건물의 뒤쪽도 양 옆도 아주 높은 깎아지른 듯한 절벽이었다. 그러니 그 건물은 마치 절벽으로 만들어진 분지 가운데에 존재하고 있는 형국이었다. 우리가 지금 앞에 두고 있는 길만 막으면 저 건물로 갈 수 있는 길은 깎아지른 듯한 절벽을 타고 내려가는 길뿐인, 어떻게 보면 천연 요새를 갖추고 있는 모습이었다. 인적도 거의 없는 이곳에다 중장비 같은 것도 없고 마법도 없는 이 시대에 어떻게 저런 큰 건물을 지을 수 있었는지 참으로 미지수였다.

　게다가 이곳까지 올 동안 오솔길도 없는 완전 산속이던데 어떻게 생활 필수품을 조달하는 것인지도 궁금했다.

　그런데 그 건물로 가자면 양쪽이 가파른 골짜기로 되어 있는 길을 가야 했다. 그 길은 그래도 꽤 넓어서 사두마차 두 대가 나란히 지나갈 정도이기는 했지만 문제는 길 양 옆으로 병풍처럼 버티고 서 있는 골짜기가 문제였다. 이전까지는 길이 없는데 이 앞에는 일부러 닦아놓은 것처럼 보이는 길이 있다니. 의아하긴 했지만 아무튼 이곳을 지나가다 위에서 어떠한 공격이라도 받으면 밑에 있는 우리는 크게 당할 게 뻔했다. 그렇다고 이 위에 있을 것이 분명한 적들을 치며 가자니 골짜기를 지나서는 눈앞에 있는 저 거대한 건물에 도착할 길이 없었기에 다시 이쪽으로 내려와 이 길을 통과해서 가야만 했다.

희생을 그냥 감수하고 간다면 우리가 저 건물 안에 들어갔을 때 우리의 배후를 칠 수도 있기에 그냥 내버려 두고 갈 수도 없었다.

"흠… 어쨌든 이곳을 다 정리한 다음 지나가는 게 좋을 듯하니 둘로 나누어 양쪽 골짜기 위를 치도록 합시다."

지형을 쭈욱 살펴본 제3본진을 이끌고 있던 노스님이 말했다. 이 사람도 '정' 자 계열의 방장과 같은 서열이라고 했는데, 그 사람과 직접 인사를 한 적도 없고 이야기도 제대로 듣지 않아 법명은 모르겠다. 단지 소림사에서 무승을 이끌고 달려와 제3본진을 이끄는 역을 맡은 만큼 실력도 있는 데다 지혜로워 보이는 것 같았다.

그 노스님의 말에 할아버지를 비롯한 모든 이들이 기꺼이 찬성을 했고 둘로 나누는 데 기준을 당연하겠지만 제2본진과 제3본진을 정하였다. 그리고 선봉대는 우선 계곡 가운데 길로 달려가 계곡 위에 있는 적들의 시선을 끌어 제2본진과 제3본진이 양쪽 계곡에 있을 적들을 기습하는 걸 도왔다가 다 처리된 다음 그 길로 곧장 계곡 가운데 나 있는 길을 따라 사파인들이 모여 있을 건물로 진격하기로 했다.

저들은 우리의 행동을 꿰뚫어 보고 있으니 계곡 위에 사람들을 배치해 놓고 있다고 해도 건물 주위에도 틀림없이 매복을 해놨거나, 아니면 뭔 함정을 설치해 놨을지도 모르는 일이었다. 그걸 선봉대에서 담당하겠다는 거였다.

지금 우리는 계곡과 그 안쪽에 있는 건물이 얼핏 보이는 곳의 수풀에 숨어 있는 상황이었다. 동전을 던져 누가 어느 쪽을 공격할 것인가를 정했더니만 참으로 안타깝게도 내가 소속된 제2본진이 건너 쪽의 계곡을 맡게 되었다.

덕분에 우리는 뒤쪽으로 더 이동한 뒤에 저들 눈이 미치지 않는 곳에서 건너편으로 넘어간 다음 다시 숲을 이동하여 계곡 위로 올라가야만 했다.

우리가 계곡 밑에서 진격할 준비를 마치면 선봉대가 몸을 숨기고 있는 수풀에서 뛰어나와 곧장 계곡 안으로 들어가서 시선을 끌 것이다.

"자, 그럼 조용히 이동하라!"

수백 명이나 되는 사람들이 할아버지의 명령에 따라 사사삭 거리는 정도의 소리만을 내며 미리 지정해 놨던 대로 건너편 계곡 밑에서 다시 집결하고는 숨을 죽이며 선봉대들이 달려들기를 기다리고 있었다.

할아버지가 우리가 정해진 위치에 도착했다는 것을 건너편에서 대기하고 있는 이들에게 수신호로써 알리자 잠시 후에 와아~! 하는 큰 함성과 함께 미리 약속된 대로 선봉대가 숲 속에서 뛰쳐나와 계곡 사이로 진격해 들어갔다.

그리고 그와 동시에 우리는 선봉대와는 달리 아주 조용하고 은밀하게 계곡 위로 올라가기 시작했다.

선봉대가 계곡의 중간 지점까지 진입하자 역시나 계곡 위에서 준비된 듯한 돌과 화살들이 떨어져 내리기 시작했다. 하지만 그때쯤에는 우리도 계곡 위쪽으로 거의 다 올라온 상태였기에 고함을 지르며 그들에게 달려들었다.

고함을 지른 것은 우선 예상치 못한 공격을 받을 적들을 당황하게 만들려는 거였고, 두 번째로는 밑에서 돌과 화살세례를 받고 있을 선봉대에게 우리가 담당할 테니 공격을 피해 뒤로 물러나라는 신호이기도 했다.

우리가 막 공격해 들어갈 즈음, 건너편의 계곡 위에서도 우리쪽과 비슷한 고함성이 들려왔다. 제3본진도 계곡 위에 있는 적들을 공격하기 시작한 거였다.

아마 제2본진 사람들이나 제3본진 사람들 모두 건너편을 공격하는 다른 본진보다 먼저 처리하려는 생각이 굴뚝같았을 것이다. 그렇기 때문인지 공격해 들어가는 본진 사람들은 전에 없이 살기등등하고 매섭게 공격해 들어가고 있었다. 물론 나와 민이는 유와 덕이에게 붙잡혀 본진 뒤쪽에서 구경만 해야 했고 그 옆에는 희여송과 엄마가 호위를 해주고 있었다.

"이럴 필요는 전혀 없는데 말야. 난 적이라고 해도 사람을 공격하고픈 마음은 별로 없다고. 지킬 필요까지는 없단 말야."

유에게 잡혀 있는 데다 팔자에도 없는 호위까지 받게 되자 내 자신이 왠지 처량해지는 것 같아 민이에게 투덜댔다.

"에휴, 누나 맘이 그렇다 하더라도 누가 믿어주겠어? 아마 우리 주위에 있는 사람들은 자신이 우리 곁에 없다면 우리가 당장이라도 뛰쳐나가 공격의 맨 앞에 설 거라고 생각할걸?"

"아니, 솔직히 그동안 내가 먼저 사람을 공격한 적은 없다고. 몰래 침입한 적은 있었지만. 왜 이렇게 인식이 된 거지?"

"위험한 일에 뛰어들지 말라는 말을 전혀 안 듣는 걸로 인식이 되어 있는 거야. 솔직히 적진에 침입하는 거나 이런 데서 공격하는 거나 둘 모두 위험하기는 마찬가지니까. 이번에도 저 공격에 참여하지 말라는 말을 안 들을 거라 생각하는 거지."

"체엣, 나는 솔직히 이렇게 맞대놓고 검을 휘두르며 싸우는 것에는 흥미없는데 말야. 음… 뭐, 마법, 아니, 주술 싸움이면 몰라도."

"헤에… 역시 누나는 검술에는 별로 흥미가 없나 보지?"

"역시? 내가 그렇게 티를 내고 다녔나? 뭐, 흥미가 아예 없는 건 아닌데, 나는 차라리 주술이 더 재밌다. 그것에 더 익숙해져 있기 때문인 걸까? 검술에는 그렇게 특출난 재능도 없는 것 같고 말야."

"누나가 검술을 배우기 전 주술에 능통해 있었기 때문이 아닐까 싶어. 그러니까 검술을 배울 때 다른 의지하는 게 있으니까 그다지 필사적이지 않아서 그런 게 아닐까? 지금도 급하면 검보다는 주문이 먼저 튀어나오지?"

"헤에, 역시 그게 문제인가 보다. 희 사형도 너랑 같은 말을 했거든. 하지만 나도 열심히 하느라 했는데 말야… 그래도 역시 필사적으로 하게 되지는 않더라."

민이와 내가 뒤에서 하릴없이 잡담을 주고받는 동안 계곡 위의 상황은 거의 정리되고 있었다.

처음에 우리가 달려들었을 때는 적들이 그렇게 크게 당황하지 않고 일부가 우리에게 맞서는 동안 나머지 사람들이 계곡 밑에 있는 선봉대에게 계속해서 공격을 해댔었다. 하지만 할아버지를 중심으로 우리 은씨 세가가 계곡 밑에부터 올라온 쪽을 집중적으로 공격을 퍼부어대는 동안 다른 세가의 사람들이 적의 뒤쪽으로 돌아가 다른 쪽에서 공격을 해댔기에 적들은 계곡 끝에 몰려 포위되어 버렸다.

이것은 적이 우리보다는 숫자가 적었던 데다 이들이 전에 우리를 공격한 사파 사람들처럼 약에 취하지 않은, 그냥 평범한 무사였기에 가능한 일이었다.

하지만 조금은 께름칙하게도 그들은 자신들이 질 걸 미리 예상이라도 한 듯 자신들이 포위되어 패색이 짙어지자 냉큼 병기를 버리고 항복해 버리는 거였다. 그 모습에 우리 쪽 사람들은 황당해했지만 항복하는데 죽일 수도 없었는지 우선은 혈을 눌러 제압을 해놓고 할아버지만 쳐다봤다.

"참 황당하군요. 역시 사파 사람들이라 항복도 쉽게 할 수 있는 걸까요?"

제압한 사람들을 한곳으로 모아놓은 뒤 우리와 함께하고 있는 주작단장이 할아버지에게 다가와 낮게 속삭였다.

"글쎄… 하지만 너무 쉽게 항복했다는 게 마음에 걸리는군. 마치 미리 정해놓은 것처럼 말이야."

"이들이 뭔가 알지도 모르니 고문을 한번 해볼까요?"

곁에 있던 혁련세가의 사람이 물어왔지만 할아버지 대신 모용세가의 전 가주가 고개를 저으며 말렸다.

"소용없을 걸세. 은 가주가 말한 대로 미리 정해놓은 거라면 항복할 이들에게 이 작전 외에 뭔가 다른 걸 알려주지는 않았을 걸세. 그리고 미리 정해놓은 게 아니라 이들이 목숨 잃는 것을 두려워해 항복한 것이라 해도 마찬가지지. 이런 곳에 매복시킨 이들이라면 정예는 아닐세. 그런 이들에게 중요한 사실을 알려줬겠는가? 아마 저들은 살아도 그만 죽어도 그만인 사람들일 걸세."

"흐음… 일리있는 말씀이십니다. 그렇다면 추궁을 해도 소용없겠군요. 어쩔까요? 그냥 죽여 버릴까요?"

하남예방 사람이 정말 죽이기라도 하겠다는 듯 검을 빼 들며 그들에게 다가가려 하자 주작단장이 그를 말렸다.

"일부러 피를 볼 필요가 있습니까? 어차피 잠시 후에 적의 정예를 상대해야 할 테니 검을 아끼시지요. 게다가 저들은 제압당해 앞으로 두세 시진은 꼼짝 못할 테니 뭔 짓거리를 할 걱정도 없고요."

주작단장이 말리자 하남예방 사람이 다른 사람들의 의견을 묻는 듯한 시선으로 돌아보자 할아버지도 주작단장의 편을 들었다.

"꼭 죽일 필요는 없지. 중요한 이들도 아닌데 괜히 검만 무디게 할 뿐인 것 같군."

그리고 다른 사람들도 동의한다는 듯 고개를 끄덕여 보이자 하남예방 사람이 어깨를 한번 으쓱하고는 검을 내렸다.

"여러분들께서 그렇게 생각하신다면야……."

"자, 그럼 결정되었으면 빨리 계곡 밑으로 내려가십시다. 벌써 선봉대가 진격을 하고 있군."

모용세가의 전 가주가 아래를 내려다보며 하는 말에 나도 얼른 밑을 바라보니 위에서 내려오는 공격을 피하느라 잠시 계곡을 벗어났던 선봉대가 다시 계곡 안으로 돌격해 이제 거의 계곡 끝에 다가서고 있었다.

"선봉대 뒤를 받쳐 주려면 서둘러야겠군. 자, 그럼 우리가 먼저 실례하겠소."

혁련세가를 이끌고 왔던 자가 뭐가 그리도 급한지 밑의 모습을 확인하자마자 손을 들어 우리에게 인사차 싱긋 웃어 보이더니만 그대로 몸을 날려 계곡의 가파른 경사를 미끄럼 타듯 달려갔다. 그러자 그 뒤를 혁련세가의 사람들이 우르르 따라 내려갔다. 혁련세가는 아마도 선봉대의 틈에 끼어 공을 세우고 싶었나 보다.

"우리도 서두르자!"

주작단장의 외침에 주작단원들도 서둘러 계곡을 내려가기 시작했고 다른 세가의 사람들도 그 뒤를 따랐다.

건너편을 보니 제3본진 사람들도 계곡을 타고 내려오는 중이었다.

"에잇! 그냥 날아가면 좋을 텐데 사람들 앞에서 그럴 수도 없고."

"투덜대고 싶지는 않지만 이번에는 누나 말에 지극히 동감이야."

나와 민이는 맨 뒤쪽에서 사람들을 따라 계곡을 타고 내려가며 투덜거렸다.

그렇게 제2본진 사람들과 제3본진 사람들은 서둘러 내려오자마자 계곡 밑에서 뒤섞여 그대로 선봉대 뒤를 따라 내달았다.

우리가 계곡 끝까지 도착하고 그와 동시에 선봉대가 건물에 거의 도착하는데도 건물 쪽에서는 아무런 반응이 없었다.

아니, 건물 중앙에 만들어져 있는 거대한 정문이 꼭꼭 닫혀 있었고 그 옆에 난 창문들까지 꼭 닫아놔 방문객을 거부하는 의사만을 밝히고 있을 뿐이었다.

그렇다고 고이 돌아갈 방문객들은 아니었기에 선봉대는 닫힌 정문을 부수고 달려들 태세로 돌격했다.

그런데 막 선봉대의 맨 앞에 선 사람이 정문에 닿을 찰나 갑자기 정문 바로 위쪽, 그러니까 아마도 2층쯤으로 되는 듯한데 그곳에 나 있는 창문이 열리더니 시커먼 구름이 쏟아져 나오기 시작했다. 그 구름은 허공으로 나오자마자 왱왱거리는 귀에 거슬리는 소음을 발하며 허공을 점점 잠식해 나가기 시작했다.

그 검은 구름이란 엄청난 수의 벌 떼였던 것이다. 그리고 그 벌 떼들을 조종하는 듯한 피리 소리가 건물로부터 흘러나오자 벌 떼는 다짜고짜 밑에 있는 사람들에게 달려들었다.

"독벌이다!"

"설마… 묘강에서?!"

"크윽! 빨리 피해라!!"

묘강이란 운남 지방에서 지금까지 꿋꿋이 버티고 있는 거대 사파 중 하나였다. 뭐, 꿋꿋이 버틴다기보다는 정파 쪽에서 어쩌지 못하는 거겠지만.

운남 지방은 지금의 베트남 바로 위쪽에 있는 지방이다. 베트남을 생각하면 알 수 있듯이 그곳은 무더운 데다 습해서 정글이 많이 발달된 곳이다. 그리고 묘강은 그런 정글에서 발생하는 많은 독뱀과 독충 등등을 길러 무기로 사용하는 문파였다. 독문과 비슷한 길을 가고 있다 볼 수도 있겠지만, 독문에서는 독에 관심이 집중되어 있고 묘강에서는 독을 가진 생물체에 관심이 집중되어 있다는 게 다르다. 지금 우리를 공격하고 있는 것은 독을 가진 생물체였으니 묘강이라고 추측하는 것이다.

곧 제일 앞쪽에 선 선발대 사람들은 독벌에 둘러싸이기 시작했고, 그들을 둘러싸고도 남은 독벌들이 뒤쪽에 있던 제2, 3본진 쪽으로 덤벼왔다.

"빨리 뒤쪽으로!!"

유와 덕이가 재빨리 민이와 나를 붙잡고 뒤로 물러나려 했지만 나와 민이는 그들의 손을 뿌리쳤다. 이번에는 우리가 나서야 할 때라는 것을 알고 있었기 때문이다. 그들이 다시 우리의 손을 잡으려 했지만 그런 그들의 손길을 피해 앞으로 내달았다. 은씨 세가 사람들이 당황하며 우리를 막으려 들었지만, 우리가 있는 곳이 제2, 3본진 사람들이 우르르 몰려 있는 곳인데다 그들이 독벌을 피하기 위해 뒤로 이동하고 있는 터였기에 쉽게 다가오지는 못했다.

그런 틈을 타서 민이와 나는 허공으로 날아올라 뒤로 달려가는 사람들의 머리와 어깨를 밟으며 앞으로 달려갔다. 비록 그게 실례인 줄은 알지만 민이와 나도 밑에서 달려가자니 사람들의 물결에 휩쓸려 앞으로 나아가기가 힘들었기 때문이다.

곧 얼마 가지 않아 대부분의 사람들을 벗어나 독벌 떼와 맞닥뜨린 민이와 나는 땅에 내려서면서 외쳤다.

"바람이여, 내 의지를 받들어 휘몰아쳐라!"

"딥 윈드!"

말은 달랐지만 민이와 내가 원한 건 강한 바람이었고, 나의 마법과 민이의 신력이 결합된 너무나 강한 돌풍이 불어 닥쳐와 우리에게 달려드는 독벌을 쓸어가기 시작했다. 물론 민이와 내가 용의 기운을 내뿜으면 저 벌들이 본능적으로 공포를 느끼고 우리에게 다가오지는 않겠지만, 민이와 내가 원하는 건 우리 쪽 사람 모두를 구하는 거였다.

또한 그동안 내 주위에는 곤충들이 몰려들지 않았던 탓에 곤충들에게 용의 기운을 써본 적도 없는 데다 이 벌들은 사람이 키워 훈련시켰기 때문에 용의 기운이 이 벌들에게 얼마나 먹혀들지 몰라서 직접 바람을 생성한 거였다. 하지만 너무 강했는지 우리가 불러일으킨 돌풍은 막 독벌에게 휩싸여 몸부림치는 선봉대들까지 허공으로 날려 보냈다.

하지만 그들은 역시 선발된 사람들답게 천근추—내력을 사용하여 자신의 몸무게를 엄청 무겁게 만드는 수법. 빠른 물살이나 이번 같은 강한 바람에 휩쓸려 가는 걸 막을 수 있다—를 사용하여 하나둘 밑으로 내려왔다. 그러고 보니 이들은 독벌에 휩싸이기까지 했는데도 별다른 피해가 없어 보였다.

"헷, 역시 실력이 있다 이건가? 아마 내력을 온몸에서 뿜어내

벌들이 몸에 붙지 못하도록 막은 것 같은데? 저봐, 몸에 붙은 것처럼 보이는 벌들이 바람에 쉽게 떨어져 나가잖아."

"그러냐? 그나마 다행이네. 자, 빨리 뒤쪽으로 와요!"

"이쪽으로 오세요!"

민이와 나는 바람을 조종하여 독벌이 우리 뒤쪽으로는 가지 못하게 막는 한편, 우리의 앞쪽 허공에 모이도록 했다. 우리가 그렇게 바람을 조종하는 동안 건물 안에서 들려오던 피리 소리의 음률이 급박하게 바뀌고 소리 또한 높아지며 벌들을 어떻게든 조종하려 했지만, 아무리 숫자가 많은 벌 떼라고 해도 민이와 내가 같이 일으키는 돌풍에 저항하지는 못했다. 그리고 그사이 허공으로 날려 올라간 선발대들이 모조리 땅으로 내려와 우리 뒤쪽으로 몸을 피했다. 뭐, 간간이 못 내려와 계속 공중에서 날려 다닌 사람도 몇 있었지만, 그건 민이가 다른 바람을 조종하여 땅으로 끌어내렸다.

"야, 다 됐냐?"

민이가 사람들을 모조리 끌어 내리길 기다렸다 내가 묻자 민이가 고개를 끄덕였다.

"응, 이 사람이 마지막이야!"

"좋아, 그럼 네 바람을 거둬봐. 내가 다른 주술을 사용하게."

"알았어. 셋 세면 거둔다. 하나, 둘, 셋!"

민이가 셋을 세는 것에 맞춰 나는 다시 마법을 외웠다.

"파이어 볼!"

커다란 불덩어리가 독벌들이 모여 있는 곳 가운데로 날아가 터지자 그 불길에 휩싸인 독벌 대부분에 불이 붙어 재가 되어 떨어져 버렸다. 그 가운데서 살아남은 아주 극소수의 벌들은 건물 안으로 돌아갔지만 뭐, 그 정도는 살려줘도 괜찮겠지.

그렇게 민이와 내가 벌 떼들을 해결하고 나자 벌 떼를 피해 계곡 밖으로 나갔던 사람들이 또다시 우르르 몰려왔다.

"고맙네, 두 시주. 덕분에 살았네."

제일 먼저 제3본진을 이끌고 있던 노스님이 다가와 우리를 치하하자 민이가 나서서 겸손하게 화답했다.

"뭘요, 단지 할 일을 했을 뿐입니다."

그 뒤로 할아버지가 다가와 우리의 어깨를 톡톡 두드리며 잘했다고 칭찬했고, 우리는 그 다음에 진이 빠진 듯한 엄마의 품에 안겼다. 아마 엄마는 엄청 놀라고 긴장했다가 우리가 잘 해결하는 걸 보자 그제야 안심한 듯했다.

"이 녀석들… 엄마를 놀라게 하고 있어."

"에헷헷……."

"진이의 주술은 다시 봐도 놀랍구나. 정말 대단한 실력이야."

"뭘요."

선봉대에 소속된 사람들도 우리와 시선이 마주칠 때마다 살짝살짝 고개를 숙여 고마움을 표했고 백호단장은 나중에 와서 정식으로 감사의 인사를 표했다.

"자, 그럼 이 여세를 몰아 저 사악한 무리들을 칩시다!"

독벌로 인하여 흐트러졌던 대열이 다시 원상 복귀되자 그 틈을 놓치지 않고 제3본진을 이끌고 있던 노스님이 강하게 외쳤고, 사람들은 그에 화답하는 고함을 지르면서 건물을 향해 달려갔다.

사파 쪽에서는 독벌을 많이 믿고 있었던 모양인지 우리가 정문에 도착할 때까지는 아무런 방해도 하지 않았다.

건물 정문은 붉은 칠이 되어 있는 단단해 보이는 나무 문이었다. 사람들은 모두 당연하게도 그 정문이 단단히 잠겨 있으리라 생각하고 있었다. 사파 쪽 사람들이 그 문을 열어줄 리는 없으니까 부수고 들어가자는 것에 의견을 모은 다음 창을 들고 있던 누군가 한 사람이 그 나무 문이 얼마나 대단한지 알아보기 위해 앞으로 나서서 모두가 숨죽이고 보고 있는 가운데 창대로 힘껏 그 문을 내려쳤다.

하지만 정말 어이없게도 그 문은 창대에 부딪침과 동시에 아무런 소음 없이 스르르 열리는 것이었다.

"뭐, 뭐야?!"

잠긴 줄 알고 창대를 힘껏 내려친 그 사람이 너무 어이없는 상황에 창대와 문을 번갈아 보다가 우리를 돌아보며 어깨를 한번 으쓱해 보이고는 당당히 걸어가 손으로 그 문을 열어젖혔다.

그러자 문은 우리를 환영하기라도 하는 듯이 활짝 열렸고, 아직 날이 밝은데도 불구하고 빛이 없어 어두워 보이는 통로를 드러내었다.

아까는 이 건물 전체를 부술 것처럼 달려들던 사람들은 막상 정문이 손쉽게 열리고 어두컴컴한—아마도 복도인 듯한—통로가 모습을 드러내자 아까의 기세는 다 어디로 가버렸는지 갑자기 주춤주춤거리면서 들어가길 꺼려했다.

하긴 아무리 생각없는 사람이라도 그동안 사파의 습격을 생각한다면 이 앞에 무슨 함정이 있을 거라는 건 쉽게 예측할 수 있을 터였다. 그리고 그러한 예측이 사람들의 발걸음을 잡아두고 있었다.

만약 정문이 굳게 잠겨 있어 우리가 어렵사리 문을 부수고 들어갔다면 사람들은 안쪽이 아무리 어두워도 주저하지 않고 우르르 막 달려 들어갔을 것이다.

하지만 잠시 시간이 지나도 아무도 들어가려 하지 않고 사람들은 다른 사람들의 눈치만 보고 있었다.

사람들을 이끄는 지도자들도 난감하기는 마찬가지였다. 앞에 함정이 있는 것이 뻔한데 사람을 들여보내기도 그렇고, 자신들이 나서자니 만약 잘못되기라도 한다면 자신이 이끄는 팀이 다른 팀들에게 뒤처질 것 같아 함부로 나설 수도 없었다. 이럴 때 지원자라도 있어줬으면 좋겠지만, 평소에는 정의를 위해서라면 이 한목숨 바치겠다고 서슴없이 말하고 다니던 정파 사람들이 지금 이 순간에는 입을 딱 다물고 발을 묶어두고 있었다.

'그러고 보니 조금 전까지만 해도 서로 공을 세우려고 앞장서려고 했으면서… 그때는 목숨을 안 걸었었나?'

결국 이 답답한 상황을 참지 못했던 나는 손을 번쩍 들며 나섰다.

"제가 먼저 들어가 보겠습니다."

그러자 은씨 세가 사람들의 얼굴이 새파랗게 질렸지만 다른 사람들은 안도의 한숨을 내쉬었다.

"여시주가… 괜찮겠소?"

그래도 노스님은 날 먼저 보내자니 양심에 찔렸는지 되게 미안한 표정으로 주저하며 물어왔다.

"괜찮아요. 검술은 딸리지만 제 주술 실력이라면 별 피해는 없을 겁니다."

그러면서 내가 한 걸음 내디디려 하자 할아버지가 다급하게 앞으로 나서려 했다. 하지만 놀랍게도 그보다도 먼저 주작단장이 내 어깨를 붙잡으며 앞으로 나섰다.

"그럴 수는 없소. 은 소저는 아까 큰 주술을 썼기 때문에 지쳐 있을 거요. 게다가 그게 아니라고 해도 아직 어린 소저에게 선봉을 맡길 수는 없소이다. 이번 선봉은 내가 맡겠소!"

'호오, 고지식맨!'

참으로 그다운 말이자 행동이었다. 하지만 왠지 이 순간은 평소 그에게 느꼈던 답답함보다는 약간은 멋져 보이는 것이었다.

그가 나서자 그것이 자극이 되었는지 다른 이들도 하나둘 나서기 시작했다.

"아니오, 이번 일은 우리 모용세가에서 맡겠소이다."

"무슨 소리. 선봉대는 우리였소이다. 이제 와서 다른 사람에게 넘길 수는 없소."

"아니오. 당신들은 아까 독벌 때문에 고생하지 않았소? 이번 선봉은 우리 화산파에게 맡겨주시오."

"기습에는 우리 섬서 쾌도문이 유리하오이다!"

'뭐야, 이 사람들. 아까는 나서고 싶었는데 아무도 안 나서줘서 자기도 못 나서고 있었던 거야?'

그렇게 황당해하고 있는 사이, 나는 유와 덕이에게 끌려서 뒷전으로 밀려났고 사람들은 서로 자신들이 선봉을 맡겠다고 정문 앞에서 우겨댔다. 그리고 그들은 그러고 있다가 어두컴컴한 복도 안쪽에서 날아온 암기세례를 맞고 말았다.

이건 내 생각인데 아마 그 암기들은 우리가 안으로 들어설 때 던지기로 했을 거였다. 그런데 우리가 들어가지는 않고 싸우고 있으니 신경질이 난 데다 우리가 안쪽에는 주의를 기울이지 않고 온통 싸우는 데 정신을 집중하고 있으니 그냥 던져 댄 것 같았다.

하지만 그렇다고 모든 사람들이 정신을 딴 데 팔고 있는 것은 아니었다. 어떻게든 상황을 진정시켜 보려 노력하고 있던 노스님이 미처 암기가 나오기도 전에 그러한 기색을 알아채고는 몸을 날려 사람들 앞을 막아서고 가사를 벗어 공력을 주입한 채 휘둘러 댔다. 그러자 그 가사가 넓게 펼쳐지며 날아오는 암기들을 대부분 휘감아 땅으로 떨어뜨렸다.

하지만 한꺼번에 날아오는 암기의 숫자가 너무 많았고, 게다가 이 암기들이 계속해서 날아왔기에 노스님의 그런 멋진 행동에도 불구하고 그의 가사를 교묘하게 빠져나간 암기들이 뒤에 서 있던 사람들 중 몇몇을 맞혀 쓰러뜨렸다.

"조심하시오!"

그리고 공력이 주입된 노스님의 가사도 점점 너덜너덜해지기 시작하자 모용세가의 전 가주와 울 할아버지가 나서서 노스님을 뒤로 빼내고 정문을 닫아버렸다.

덕분에 날아오던 암기는 밖으로 나오지는 못하고 나무에 못이 박히는 듯한 다다닥거리는 소리만 요란하게 들려왔다.

"위험할 뻔했소이다."

모용세가의 전 가주가 노스님을 돌아보며 말하자 노스님이 모용세가의 전 가주와 할아버지에게 감사를 표했다.

"두 시주님들께 감사드리오."

"별말씀을. 대사가 아니었다면 많은 사상자가 났을 것이오. 정말 탁월한 행동이셨소이다."

할아버지의 말에 모용세가의 전 가주도 동의했다.

"그렇소이다. 정말 대단하셨소이다."

"당연히 해야 할 일을 했을 뿐이외다."

그렇게 서로 치하가 끝나자 그들은 약속이라도 한 듯 걱정이 담긴 가벼운 한숨을 내쉬며 정문을 바라보았다.

"이제 어떻게 하는 것이 좋겠소이까? 저러한 암기세례라면 무사히 뚫고 들어가기가 힘들 것이외다."

모용세가의 전 가주가 제일 먼저 문제점을 지적하자 할아버지와 노스님이 고개를 끄덕였다. 우리 편 사람들 중 가장 배분이 높은 사람이 바로 그 세 사람이었기 때문에 나머지 사람들은 지금 그 세 사람의 대화를 조용히 경청하고 있는 중이었다.

"관건은 누군가가 저 암기의 빗속을 뚫고 들어가 암기를 날리는 자들을 처단해야 한다는 것인데… 저 안이 암기의 세례 말고 다른 것이 없다고는 장담할 수 없으니……."

할아버지의 말에 셋은 또 한 번 약속이라도 한 듯이 가벼운 한숨을 내쉬더니 서로를 바라보며 고개를 끄덕였다. 그리고는 결연한 어조로 노스님이 입을 열었다.

"역시 우리가 나서야 할밖에 도리가 없는 것 같소이다."

그의 말에 할아버지와 모용세가의 전 가주가 동의했다.

"옳으신 말씀."

"이럴 때 안 나서면 언제 나서겠소이까?"

물론 나는 그 말에 동의할 수 없었다. 저 세상에서 내가 사라졌다고 난리칠 울 할아버지면 몰라도 이쪽(?) 할아버지는 보내기가 불안했다. 비록 할아버지가 나보다 검술 실력이 훨씬 휘어어 얼씬~ 좋다고 하더라도 지금 상황에서는 검술보다는 마법이 더 도움이 된다고 보기 때문이다. 그러니 마법을 전혀 하지 못하는 할아버지를 위험한 저곳으로 보낼 수는 없었다.

하지만 내가 반대하며 나서기도 전에 세 노인들은 자신들끼리 의견이 일치하자마자 그대로 닫힌 정문을 향하여 돌진하고 있었다.

"할아버지!"

놀란 내가 뒤따라 달려가려고 했지만 그보다도 먼저 엄마와 아빠가 내 한쪽 팔을 잡아 제지했다. 아마 내가 할아버지 뒤를 따를 걸 눈치 채고 미리 준비하고 있었던 듯했다. 그동안 세 노인들의 신형은 잠기지 않은 정문을 쉽게 열고 그 안으로 쏘아져 들어갔다. 최소한의 시간 안에 일을 끝내려는 듯 경공을 최대한으로 전개하면서 말이다.

내가 나를 잡아 제지하는 엄마와 아빠의 손길을 뿌리치려 몸을 비트는데, 그런 내 옆쪽에서 웬 검은 그림자 하나가 쏜살같이 튀어나오더니 할아버지가 들어간 바로 그곳으로 들어가 버렸다.

'뭐, 뭐지?'

워낙 순식간에 일어난 일이라 금방 상황 파악을 하지 못한 나는 의문이 일어날 때면 언제나 그렇듯 옆에 있는 유와 민이 쪽으로 시선을 돌렸다. 그런데 그곳에는 응당 있어야 할 민이 녀석이 어디론가 사라지고 만 것이다. 설마 하는 생각에 급하게 고개를 돌리려는데 내 생각이 맞다는 걸 확인시켜 주기라도 하려는 듯 아빠가 다급하게 외치며 그 안으로 뛰어들어 갔다.

"민아~!"

그걸 기회로 은씨 세가 사람들은 빠르게 아빠의 뒤를 쫓았고, 그와 함께 모용세가 사람들과 소림사 무승들도 앞을 다투어 세 노인들이 사라진 정문 안으로 뛰어들었다.

"이 치사한 민이 녀석 같으니라고! 나만 두고 자기 혼자 가다니!"

비록 그 안쪽이 위험하기는 하겠지만, 민이라면 별 탈 없이 할아버지를 구할 수 있을 것이라 믿었기에 걱정은 안 되었다. 다만 내가 부모님에게 붙잡혀 꼼짝도 못하는 기회를 타 자기만 슬쩍 빠져나갔다는 것에 화만 났을 뿐이다.

그리하여 날 붙잡고 있던 아빠가 건물 안으로 뛰어 들어가자 날 붙잡고 있는 손길이 약간 허술해진 틈을 타서 얼른 그 손길을 떨쳐 버리고 안으로 뛰어들어 갔다.

하지만 내가 한순간 엄마의 손길을 떨쳐 버리느라 잠시간 지체하고 있는 사이, 아빠의 뒤를 따르던 우리 세가 사람들과 모용세가 사람들, 그리고 소림사의 무승들이 나보다도 먼저 정문 안쪽으로 뛰어들어 갔기 때문에 나는 그들 뒤를 따를 수밖에 없었다.

그리고 내가 뛰어들자 내 곁에 있느라 미처 들어가지 못한 나머지 은씨 세가 사람들이 우르르 뒤따라왔고, 그러자 선봉대와 나머지 본진의 사람들도 자신들만 가만있을 수는 없었던지 뒤따라 몸을 날리는 것이 느껴졌다.

정문 안은 바깥에서 본 것처럼 햇빛이 들어오는 곳도, 공간을 밝히는 횃불도 없어 무척 어두웠다. 단지 빛이라면 우리 뒤쪽에 열린 정문에서부터 들어오는 빛밖에 없었다. 하지만 그 빛만으로도 안을 둘러보기에는 충분했다.

정문 바로 뒤에는 일직선상의 복도가 길게 펼쳐져 있었는데, 천장이 보통 건물보다 높아서 답답해 보이지 않았다. 그런데 이상하게도 그 긴 복도가 끝날 때까지 다른 길로 가는 통로는 전혀 보이지 않았고 그저 단단해 보이는 벽만이 쭈욱 늘어서 있을 뿐이었다.

이런 구조에서 아까 암기를 던질 때는 복도에 사람들이 나와서 던졌는지 우리가 막 달려 들어간 복도에는 우리들 외에는 사파의 사람들이 전혀 보이지 않았고, 우리를 공격하는 암기들도 전혀 없었다.

복도를 다 달려 맨 끝에 난 커다란 입구를 통해 들어간 곳은 엄청나게 넓은 원형의 홀이었다. 천장은 복도보다 더욱 높이 있었는데, 그 높이가 어림짐작해도 5, 6m는 훨씬 넘을 것 같았다. 그리고 이곳은 복도와는 달리 공간을 밝혀주는 횃불이 둥근 벽을 따라 일정한 간격으로 달려 있었는데, 높은 곳에 달려 있어서 아래에 있는 우리의 그림자를 길게 만들어주고 있었다.

게다가 약 2층의 높이에는 아래를 내려다볼 수 있도록 가운데를 뚫은 형식으로 발코니가 도넛 형으로 만들어져 있었고 허리까지 올 듯한 높이의 튼튼한 난간이 그곳에 달려 있었다.

홀은 아까도 이야기했듯이 무척 넓어서 천여 명이 넘는 우리 쪽 사람들이 다 들어왔는데도 불구하고 공간이 널널하게 남았다. 이 홀에는 입구인 듯한 곳이 우리가 들어온 곳까지 합하여 8곳이 일정한 간격으로 있었다. 아마 8방위를 따라 자리하고 있는 것 같은데 수상하게도 우리가 들어온 입구를 제외한 나머지 입구는 모두 단단하게 막혀 있었다.

"함정인 것 같소이다. 모두 다시 나가시오!"

제일 먼저 이곳에 들어온 세 노인이 사방을 둘러보고는 다급하게 외쳤지만, 사람들이 막 우르르 몰려 들어오는 참이라 의도하지는 않았지만 입구가 막힌 꼴이 되어버려 나가지도 못하고 발만 동동 구르고 있었다.

"나가시오! 뒤쪽에 오시는 분들, 들어오지 마시고 나가주시오! 나가요!!"

들어온 사람은 못 나가고, 바깥에 있던 사람들만 자꾸 들어오자 누군가가 입구 근처에 가서 복도에 있는 사람들에게 큰 소리로 외쳤다. 그에 이쪽으로 달려오던 사람들이 뭔가 잘못되었다는 걸 깨닫고 멈칫거리며 방향을 바꾸려고 하는데 갑자기 낚싯줄이 팽팽히 당겨지며 울리는 듯한 핑, 핑~! 소리가 들리며 이쪽으로 달려오는 일행의 맨 뒤쪽에서 비명 소리가 나기 시작했다.

"윽~!"

"커억!"

사태는 금방 밝혀졌다. 뒤쪽에 있는 사람들이 다급한 외침을 발하며 머뭇거림을 벗어던진 채 더욱 빠른 속도로 홀 안으로 밀려 들어왔다.

"암기다!"

"젠장, 어느새 뒤로 간 거야?"

"빨리 안쪽으로!!"

덕분에 홀 안에서 밖으로 나가려고 기다리던 사람들은 낭패한 얼굴로 뒤로 물러났고, 맨 처음 이 안으로 들어온 세 노인들은 얼굴이 굳어져 버렸다.

"이런, 역시 함정이었소이다. 저들은 우리가 이곳에 모이도록 유도한 것이오."

"허어… 이를 어쩐다. 하지만 암기가 날아들고 있는 상태에서 뒤로 나가라고 할 수도 없고……."

"하는 수 없소이다. 이번에도 사람들이 다 들어오는 즉시 우리가 앞장서서 이곳을 빠져나가야겠소이다."

하지만 우리가 이곳으로 모이길 원하던 사파 사람들이 기껏 우리가 이 안으로 다 들어왔는데 순순히 보내줄 리가 없었다.

맨 뒤에 있던 사람이 홀 안으로 들어오고 막 세 노인들이 밖으로 나가려는 순간 천둥이 치는 듯한 우르릉~ 하는 소리와 함께 입구 위쪽에서 철문이 빠른 속도로 내려와 꽝! 하는 소리와 함께 입구를 단단히 막아버렸다.

"이런 젠장!!"

할아버지가 마음이 급했는지 검에 검기를 잔뜩 주입한 채로 그 철문을 그대로 내려쳤다. 그런데 캉! 하는 큰 소리와 함께 불똥까지 튀겼건만 그 철문은 꿈쩍도 하지 않았고 작은 흠집만이 났을 뿐이었다.

"이, 이건… 현철?"

그 모습에 할아버지가 놀라서 뒤로 물러나며 중얼거렸다.

현철이란 철이긴 철인데 석탄처럼 까맣고 다이아몬드처럼 단단하다고 한다. 뭐, 여기서는 금강석이라고 하지만. 그래서 강호에서 다니는 무사라면 현철로 만들어진 병기를 가지는 것은 꿈에서나 이룰 수 있는 소원이었다.

"뭐야, 현철은 무지 희귀한 데다 다루기도 힘들어서 엄청 비싸다고 하고 구하기도 힘들다고 하던데. 이 사파 사람들은 돈이 얼마나 많기에 저 커다란 문을 현철로 만든 거야?"

그 모습에 나도 놀라움을 드러내며 민이에게 메시지를 보내자 민이도 놀라운 눈으로 그 문을 바라보며 대답해 왔다.

"모르지 뭐. 혹시 겉에만 현철로 감싼 거 아닐까?"

"그래도. 그런데 엄청 단단하기는 단단한가 봐. 할아버지의 검기라면 웬만한 철은 싹둑 잘릴 텐데 흠집만 조금 났을 뿐이라니."

"할아버지가 내력을 별로 안 넣어서 그런 게 아닐까? 아마 할아버지의 강기라면 부술 수 있을지도 몰라."

할아버지도 민이와 같은 생각인지 갑자기 엄청난 내력을 손에 들고 있는 검에 불어넣었다. 그러자 검에서부터 검기가 형성된다 싶더니만 검의 끝에서부터 약 30㎝ 정도 되는, 검 모양의 내력덩어리가 불쑥 튀어나왔다. 바로 검강이었다.

사람들은 그 쉽게 볼 수 없는 모습에 지금의 상황을 잠시 잊어버리고 감탄사를 터뜨리며 홀린 듯이 바라보았다.

할아버지는 검강이 형성된 검을 들더니 심호흡을 한번 하고 현철로 된 문을 내려치려고 했다. 하지만 내려치려는 순간 피융~하는 미세한 소리가 내 귀에 포착되었고, 그와 함께 할아버지는 문을 내려치려는 검을 거두고 뒤로 펄쩍 뛰어 물러났다.

그러자 할아버지가 서 계시던 바로 그 자리에 퍽! 소리가 나면서 무엇인가가 박혀 버리는 거였다. 그것은 내 검지손가락만한 길이와 좁은 검신을 가진, 마치 은장도만한 칼이었는데 바닥은 네모반듯한 돌들이 촘촘히 깔려 있었는데도 불구하고 마치 못이 무속에 박히듯 수욱 박혀 버렸다.

"누구냐?"

모용세가의 전 가주가 호통을 치며 그 칼이 날아온 듯한 장소, 그러니까 아래를 내려다볼 수 있게 만들어진 위층을 바라보자 그곳에는 어느새 나타났는지 검은 장포를 걸친 남자가 서서 이쪽을 바라보고 있었다.

그는 정말 흑단같이 새카맣고 긴 머리를 아무런 조치 없이 그대로 늘어뜨려 얼굴을 살짝 가린 데다가 눈과 코 주위를 가린 가면을 쓰고 있어 얼굴을 알아볼 수가 없었다. 하지만 드러난 턱과 뺨의 피부는 마치 아기처럼 희고 고왔으며 입술은 도톰하고 붉었다. 그것만 보면 여자일지도 모른다고 생각할 수 있겠으나 어깨가 넓고 키가 큰 체형을 보아하니 남자가 분명했다. 어쩌면 순정 만화에 주인공 같은 미남일지도 몰랐다.

　그는 모든 이들의 시선이 자신에게로 쏠리자 아주 상큼하게 싱긋 웃어 보이며 천천히 입을 열었다.

　"불철주야하고 여기까지 와주신 여러분들의 수고에 보답하기 위한 조촐한 환영회를 마련했는데 그냥 가신다면 너무 서운하지요. 적어도 저희가 준비한 환영회는 보고 가셔야 하지 않겠습니까?"

　목소리까지 좋았다. 노래까지 잘 부를지도 몰랐다.

　그가 말하는 내용으로 보아 역시 이곳에는 함정이 준비된 것이 틀림없어 보였다.

　'쩝… 아쉽네. 잘생긴 것 같은데 적이라니……'

　내가 이렇게 속으로 한탄하고 있을 때 노스님이 앞으로 나서서 침착하게 물었다.

　"젊은 시주는 뉘신가? 뉘신데 이곳에 있으며, 우리에게 무슨 짓을 하려는 것인가?"

　그러자 그 온통 까만 차림을 한 남자가 다시 한 번 싱긋 웃으며 대답했다.

　"훗, 그렇게 물어보신다면 대답해 드리는 것이 인지상정이겠으나, 제가 누구인지 밝히고 싶었다면 얼굴을 가리고 나왔겠습니까? 그러니 제가 누구라고 대답해도 그게 진짜인지 가짜인지 어찌 아시겠습니까? 하지만 제가 왜 이곳에 있는지는 방금 말씀드리지 않았습니까? 여러분의 수고에 답하기 위해 조촐한 환영회를 준비했다고. 기억력이 나쁘시군요. 하긴 나이가 많으시니 그럴 수도 있죠. 제가 이해해 드리겠습니다. 저는 그 환영회를 보여 드리기 위해 이곳에 있는 거랍니다. 그리고 무엇을 할지는 여러분 모두가 이제 곧 아시게 될 겁니다."

아주 경쾌한 어조로 막힘없이 대답한 그는 자신의 말이 끝나자마자 슬그머니 한 손을 들어 올렸다. 그 동작이 신호인지 그가 서 있는 2층에는 어디서 나왔는지 모를 여자들이 우르르 모습을 드러내었다.

대충 봐도 2백여 명은 넘는 그 아가씨들은 나폴나폴거리는 초록빛의 예쁜 옷을 똑같이 맞춰 입고 머리도 똑같은 장식품을 같은 방식으로 착용하고 있었다. 마치 오케스트라나 합창단의 모습을 보는 것만 같았다.

내가 오케스트라나 합창단을 예로 든 이유는 모습을 드러낸 그 아가씨들의 손에는 각기 악기가 들려 있었기 때문이다. 어떤 이는 비파, 어떤 이는 피리, 어떤 이는 작은 북, 어떤 이는 해금 비스무리한 악기 등등… 물론 악기를 들지 않은 아가씨들도 있었다. 그러한 아가씨들이 아래층을 볼 수 있게 만들어진 구멍을 빙 둘러서서 무표정한 얼굴로 우리를 바라보고 있었다.

그 아가씨들이 그렇게 자리를 잡자 그 남자는 다시 우리에게 싱긋 웃으며 입을 열었다.

"자, 이들이 바로 여러분을 위해 준비된 이들입니다. 부디 여러분의 마음에 들기를 바라겠습니다! 풍악을 울려라!"

남자의 외침에 여자들은 자신들의 악기를 고쳐 잡았고 곧 이어 음악을 연주하기 시작했다.

　띠리링띵~ 띠리링띵~

"에헤이이이~"

"뭐야, 뭘 하겠다는 거야?"

이쪽 세계의 음악을 별로 좋아하지도 않고 많이 알지도 못하는 나로서는 그들이 잘하는지 못하는지도 모른 채 약간 황당해져서 내 주위에 있는 사람들을 돌아보았다. 그러자 그들도 어리둥절해하기는 마찬가지였다. 함정이 있을 줄 알았는데 난데없이 예쁘게 차려입은 아가씨들이 와서 음악을 연주해 주니 당연할지도 몰랐다.

음악과 노래는 상당히 좋은 모양이었다. 처음에는 잔뜩 긴장한 채 그 여자들을 주시하던 사람들도 음악이 계속 이어지는 동안 어느새 그 음악에 빠져서 발로 박자를 맞추기도 하고 고개도 끄덕끄덕하며 음악을 감상하기 시작했던 것이다.

"쳇, 나는 별로인데."

왠지 나 혼자만 왕따를 당하는 것 같은 기분이 들어 나라도 이곳을 나갈 방법을 찾아야겠다고 생각하며 이리저리 기웃거리기 시작했다.

그러기를 10여 분 정도 지났을까? 잘 모르는 내가 듣기에도 음악의 박자가 점점 느려지며 노랫소리 또한 점점 낮아지고 부드럽게 흘러간다 싶은 순간 갑자기 아가씨들이 가지고 있던 현악기들이 일제히 현이 끊어지는 듯한 날카로운 소리를 낸 것이었다.

따랑~!

그러자 음악에 심취해 듣고 있던 사람들 중 일부—아마도 우리들 중 내력이 약한 사람들일 것이다—가 갑자기 울컥 하며 입에서 피를 토해내며 휘청거리는 거였다. 놀라서 주위를 둘러보니 선혈을 입으로 토해내지 않더라도 코에서 피를 흘리고 있는 사람들도 상당수였다.

"뭐, 뭐야! 이것도 공격이야?"

생각지도 못하고 겪어보지도 못한 상황에 내가 당황해서 어쩔 줄 몰라 하는데 모용세가의 전 가주가 내력을 담아 크게 외쳤다.

"견디기 힘든 사람들은 가부좌를 틀고 운기하시오! 이건 음공이외다!"

음공이란 소리를 이용한 무공을 말하는데 SF에서 나오는 미래형 무기들 중에 음파를 사용하는 무기처럼 내공으로 음파를 조절하여 사람에게 치명적인 타격을 입히기도 하고 심하면 죽일 수도 있는 무공이었다.

아마 저들은 처음에는 멋진 음악으로 사람들을 심취하게 한 뒤 느리고 부드러운 음악으로 긴장이 풀어지게 만든 다음 그 틈을 타서 아까 그 현이 끊어지는 듯한 소리로 공격을 한 모양이었다.

"헤에, 살다 보니 음공도 다 겪어보고 말야. 비록 당한 건 아니지만."

나는 내 내력이 높아서인지, 아니면 음악을 제대로 안 듣고 딴짓(?)을 하고 있어서 그런지 전혀 타격을 받지 않았다. 단지 아까 날카로운 음에 귀가 좀 따가웠을 뿐이다.

악기를 연주하며 노래를 부르던 여자들은 그 날카로운 음을 신호로 그 뒤로는 날카로운 고음의 악기 소리와 노래를 내기 시작했다. 그러자 그 소리는 노래를 잘 듣고 있지 않는 나에게도 귀가 따갑고 가슴이 약간 답답해지며 파도가 철썩이는 것처럼 둔중한 무언가가 가슴을 자꾸 두드리는 것만 같은 기분을 느꼈다.

이것이 바로 음공의 공격인 듯했다.

모용세가의 전 가주의 말에 의해 견디기 힘든 사람들은 그 자리에 양반다리를 하고 주저앉아 운기를 하고 있었고 견딜 수 있는 사람들은 그 음공을 뚫고 자리를 박차고 이층까지 뛰어올라 음악을 멈추게 하려고 했다.
 하지만 그곳에는 음악을 연주하는 여자들만 있는 것이 아니었다.
 사람들이 이층으로 날아올라 공격하려 하자 음악을 연주하는 여자들 뒤에 서 있었던 듯한, 이번에는 노란색 옷을 입은 여자들이 나타나 그 공격을 제지하는 것이었다. 아마도 어떠한 진법에 의하여 공격하는 것인지 어느 때는 바로 앞에 있던 두 여자가, 또 다른 때는 좀 멀리 떨어져 있던 세 여자가 날아와 공격을 막고 공격을 해댔다.
 그 여자들에게는 음공의 피해가 없는지 음악이 연주되는 곳 바로 옆에 있는데도 불구하고 아무렇지도 않게 움직이고 있었다.
 그러나 그에 반해 우리 쪽 사람들은 밑에 있으면 견디다가도 위층으로 뛰어오르면 코피를 흘리거나 입에서 피를 토하는 사람이 많았다. 아마 위층으로 올라가면 음공의 공격이 더 강하게 다가오는 모양이었다.
 시간이 지날수록 음악은 여전히 날카롭게 울려왔고 운기하던 자들 중 버티지 못하는 자들이 하나둘 피를 토하며 픽픽 쓰러지자 노스님이 안 되겠던지 내력을 담아 크게 외쳤다. 바로 사자후라는 것이었다.
 "멈추시오!!"
 그의 말에 음악을 연주하던 여자들 몇몇이 휘청거리고 심한 아가씨는 코피를 흘렸지만 꿋꿋이 버티며 계속 연주하는 데 반해 사자후를 터뜨린 노스님은 그 즉시 코피를 흘리며 신형을 휘청거리다가 결국 버티지 못했는지 바닥에 양반다리를 하고 앉아 운기

조식에 들어갔다.

역시 아무리 내력이 높은 자라 하더라도 200여 명이 넘는 자들의 내력은 한꺼번에 감당하지 못하는 모양이었다.

그러나 나는 그 스님의 행동으로 인하여 저들에게 어떻게 대항하면 되는지에 대한 힌트를 얻을 수 있었다.

그동안은 지나가는 식의 이야기로만 몇 번 들어봤던 음공을 어떻게 대해야 할지 몰라 가만히 있기만 했던 것이다.

'훗, 이에는 이로 대항하면 되는 것이구나. 이거 완전히 내공 싸움이었는걸?'

하지만 그 노스님처럼 계속 고함을 지르기는 뭣해서 나도 노래를 부르기로 했다. 그러나 참으로 우습게도 나는 그동안 항상 가지고 다니던 홍옥 피리의 존재를 이 순간 까맣게 잊은 채 그냥 노래로써 저들에게 대항했던 것이다. 나중에 생각하면 참으로 안타까운 일이 아닐 수 없었다. 이 순간 홍옥 피리로 저들에게 대항했다면, 보물을 써먹기도 하거니와 피리 부는 실력을 저들에게 알릴 수도 있었을 텐데 말이다.

어쨌든 나는 피리를 까맣게 잊은 채 2층에 있는 여자들을 바라보며 한번 크게 심호흡을 한 뒤 천천히 마나를 가득 담아서 노래를 부르기 시작했다.

너무나 기뻤어요.
당신이 웃어주었어요.
모든 걸 녹이는 미소로

봄은 아직 멀어서

차가운 땅속에서
싹 트는 순간을 기다리고 있었어요.

설령 힘든 오늘이라 해도
어제의 상처가 남아 있다 해도
믿고 싶은 마음으로 풀어 나간다면

다시 태어나는 것은 할 수 없지만
그래도 변해갈 수는 있으니까
Let's Stay Together 언제나

—후르츠 바스켓—

나는 정말 정성을 다해서 노래를 불렀다. 원래 이 노래를 좋아하는 것도 이유였지만, 내가 좋아하는 노래를 사용해서 대결(?)을 하는데 좋아하지도, 잘 알지도 못하는 음악에 지고 싶지 않았기 때문이다.

하지만 내가 좋아하는 노래를 듣고 악기의 현이 끊어지거나 예쁜 아가씨가 선혈을 입에서 뿜어내며 휘청거리는 모습 또한 과히 보기 좋지는 않은 것이었다.

그래서 그냥 일 절만 부르고 입을 다물었는데 이상하게도 얼굴이 되게 따끔따끔거리는 거였다.

의아해서 주위를 둘러보니 멀쩡하게 서 있는 사람들은 다 이상한 눈으로 날 쳐다보고 있었다.

"뭐, 뭐예요? 왜 그렇게 쳐다보는데요? 내가 그렇게 음치예요?"

물론 난 내 스스로 생각해도 어느 정도 노래를 잘 부른다고 생각하고 있었지만 말이다. 하지만 아무리 음정 박자를 못 맞추는 음치가 불렀다고 해도 그렇지, 나 때문에 저들의 음공 공격이 멈췄으면 응당 고마워해야 하는 것 아닌가? 그런데 고마워하지는 못할망정 왜 저렇게 바라보는지 모르겠다.

그렇게 내가 의아해하고 있는데 운기조식을 다 끝마쳤는지 바닥에 양반다리를 하고 앉은 채 눈만 말똥말똥―노인에게 정말 안 어울리는 표현이지만―뜬 채 날 바라보고 있던 모용세가의 전 가주가 피식피식 웃더니만 할아버지를 보며 이렇게 말하는 거였다.

"허… 이거 참. 이보게, 은 가주. 비록 상황이 참으로 안 따라주지만 말 안 할 수가 없겠구만. 그래, 손주 사위는 언제 볼 예정인가?"

'잉? 갑자기 웬 손주 사위?'

느닷없는 그의 말에 더욱더 어리둥절해 있는데 엄마의 묘~한 눈초리와 함께 황당한 전음이 날아들었다.

[어머, 지인아아~? 도대체 엄마도 모르는 사이에 언제 낭군님이 생긴 거니? 비록 진이가 그럴 나이가 되기는 했지만, 엄마에게 말도 안 해주다니 참으로 서운하구나아~!]

[예에에에~? 아니, 그게 무슨 소리예요?]

하지만 엄마의 전음을 듣기도 전에 이번에는 아빠의 전음이 날아왔다.

[우리 진이는 언제까지나 어린아이로 있을 줄 알았는데, 벌써 세월이 그렇게 흘렀구나. 그래, 네가 맘에 두고 있는 정인은 언제 소개시켜 줄 작정이냐?]

[허거걱?! 잠깐, 잠깐마아안~! 도대체 이게 무슨 소리예요? 정인이라니? 누가? 혹시 저 몰래 정략결혼 건수라도 만들어놓으신 거예요?]

영문을 알 수 없는 소리들에 나는 경악에 경악을 거듭했다. 그러자 엄마도 어리둥절한 표정으로 물어왔다.

[아니, 뭘 그렇게 놀라는 거니? 네가 방금 노래로 너에게 정인이 있다는 사실을 알렸지 않니? 엄마는 네 노래의 주인공이 참으로 궁금하구나.]

[노, 노래?]

그러고 보니 내가 부른 노래는 좋아하는 사람을 생각하면서 부르는 노래였다.

'허걱! 잘못 선택했다!'

그제야 뭐가 잘못되었는지를 알아챈 나는 허탈한 웃음을 지을 수밖에 없었다. 이곳에서는 노래가 자신의 마음을 그대로 표현하는 하나의 방법이라는 것을 깜빡한 내 잘못이었던 것이다.

"핫. 핫. 핫. 에고, 그거 아무 생각 없이 부른 건데……"

사태를 수습하기 위하여 볼을 긁적이며 허망한 미소를 지어 보이자 내 말을 들은 할아버지가 껄껄 웃었다.

"아무렴. 우리 진이가 이 할아비에게 말도 안 하고 그럴 리는 없지. 암, 암, 나도 그런 줄 진작에 알고 있었느니라. 헛헛헛……"

그런데 왠지 할아버지의 웃음은 안도감에서 흘러나온 것만 같다는 기분이 들었다. 게다가 아빠도 슬쩍 몸을 돌리더니 안도의 한숨을 길게 내뱉는 것이 아닌가?

'뭐야, 뭐! 아까는 당장이라도 결혼시키려는 분위기더니만 지금에 와서는 왜 안도하는 건데? 그럴 거면 차라리 그 노무시키가 누

구냐고 펄펄 뛰기라도 할 것이지… 쳇, 하긴 다른 사람들이 있는 곳이라서 그러지는 못하겠구나.'

이렇게 우리가 잠시 상황에 안 맞는 해프닝을 벌이고 있을 때 맨 처음 나타났다가 음악이 시작되자 어디론가 사라졌던 그 온몸을 검은 복장으로 휘감고 있던 남자가 나타났다.

"아, 역시 준비가 너무 미흡한 것 같군요. 이거 참 죄송스럽습니다. 여러분들을 제대로 만족시켜 드리지 못해서 말이죠. 그래서 그걸 사과하는 의미에서 이걸 준비했습니다만, 너무 급하게 준비해서 이것마저도 마음에 안 드실 수 있겠지만 넓은 아량으로 이해해 주시길 바랍니다."

그러면서 그 남자가 다시 한 번 손을 들자 우리가 긴장한 채 쳐다보고 있는 가운데 음악을 연주하던 여자들이 뒤로 물러나 모습을 감추고 대신 굵고 커다란 석궁을 든 남자들이 나타났다. 그 석궁에는 당연하겠지만 우리를 향한 화살이 장전되어 있었다.

"헉! 저건 강노!"

강노라는 건 화살촉과 대가 모두 강철로 되어 있는 화살을 말한다. 게다가 화살촉에는 일반 화살촉과는 달리 자그마한 갈고리 같은 것이 달려 있어서 사람이 맞으면 살 속을 파고들어 살을 꽉 물고 놔주질 않는다. 그래서 살 속에 박힌 화살을 뺄 때에 살이 한 움큼 뜯겨져 나오게 되어 있는 좀 잔인한 무기이다.

게다가 화살의 촉과 대가 다 강철로 되어 있다는 것에서 알 수 있듯이 일반 화살보다는 몇 배 강하여 웬만한 고수의 호신강기(몸을 실드처럼 내력으로 둘러싸 보호하는 것. 내력이 많으면 많을수록 더욱 강하다)조차도 뚫을 수가 있다고 한다.

사람들이 경악에 싸여 어떻게든 몸을 피할 곳을 찾으려고 했지만, 공간이 넓다고는 해도 사람들이 밀집되어 있는 탓에 마음대로 움직이지도 못하는 데다 위층에서 내려다볼 때에는 아래층의 구석구석이 다 보이는 구조로 되어 있었기에 사람들은 우왕좌왕할 뿐이었다.

그리고 그러는 동안 첫 번째 강노들이 발사되어 허공을 가르고 우리에게 쏘아져 왔다. 실력있는 사람들은 검을 들어 날아오는 강노를 쳐냈지만 그렇지 못한 사람들은 강노를 맞고 쓰러져갔다.

"이런이런, 어떻게 해서든 이곳을 빠져나가야 하외다."

모용세가의 전 가주가 씹어 내뱉듯이 말했지만 별달리 뾰족한 수가 없어서 발만 동동 굴렀다.

"역시 저 문을 부숴야 할 것 같소이다. 엄호를 해주시겠소?"

할아버지의 말에 모용세가의 전 가주와 노스님이 고개를 끄덕였다. 검강을 형성하여 문을 내려치는 건 현 시대의 최고 고수라고 일컬어지는 할아버지에게도 쉬운 일은 아니었던 모양이었다.

하지만 위에서 할아버지가 그러도록 그냥 내버려 둘 리가 없었다. 그렇지 않아도 할아버지가 어떻게 나올까 계속 주시하고 있었던 듯 모용세가의 전 가주와 노스님이 할아버지의 등 뒤를 막아서자 갑자기 집중적으로 그쪽으로만 강노를 날리는 거였다.

강노의 세례는 암기세례도 두렵지 않은 노스님과 모용세가의 전 가주도 어쩌질 못하는 모양이었다. 어떻게 해서든 할아버지가 검강을 만들어 문을 부술 시간을 만들어주려고 했지만, 단 한 번 쏟아진 강노의 세례에 결국 모용세가의 전 가주는 허벅지와 어깨를, 노스님은 복부를 맞고 맥없이 물러나야 했다.

"허어… 결국 우리는 이곳에서 끝을 봐야 하는가……."

모용세가의 전 가주와 노스님이 부상을 당하자 검강의 형성을 포기한 할아버지는 그 둘을 이끌고 강노세례를 피한 뒤 허탈하게 중얼거렸다. 하지만 아직 포기하기에는 일렀다. 바로 민이와 내가 있었기 때문이다.

"훗훗훗. 역시 우리는 정의의 사도라니까."

"누나, 그만 장난치고… 정말 무슨 방법이 있는 거야? 현철을 부술 수 있겠어?"

"아, 두고 보면 알아. 너는 내 등 뒤를 잘 보호해 주기만 하면 돼."

말은 그렇게 했지만, 내가 나선다고 한 곳은 현철로 된 문이 버티고 있는 곳 바로 앞이 아니라 그와는 좀 떨어진 곳이었기에 위층의 시선을 끌지 않아 집중 공격은 받지 않고 있어 민이가 특별히 따로 보호해 줄 필요는 없었다. 물론 그렇다고 해서 맞을 확률이 극히 미미하다고 말할 수는 없지만 말이다. 재수없으면 누군가가 맞지 않기 위해 쳐낸 강노가 엉덩이에 꽂힐지도 모르는 일이었다. 혹시나 그 상태가 일어날까 봐 민이에게 부탁한 것이기는 하지만.

나는 다시 한 번 위를 슬쩍 바라봐 내가 시선을 받지 않는다는 것을 확인하고는 목적한 곳에 가서 가만히 손을 가져다 대었다.

"워터~!"

내가 목적한 곳은 철문 옆에 있는 벽이었다. 이곳 너머는 아마도 복도일 것이다. 철문 크기가 복도의 너비와 같지 않으니까 말이다. 그 벽들은 네모로 자른 돌들을 층층이 쌓아 만들어져 있었다. 나는 그 돌들 틈으로 물이 새어들게 하려는 것이었다.

그쪽에 충분히 물이 새어 들어간 것 같자 나는 철문을 중심으로 반대 편에 있는 벽으로 달려가 또 한 번 벽에다가 물이 새어들게 만들었다.

철문 위쪽에는 내가 직접 할 수 없어서 물을 마음먹은 대로 조종할 수 있는 민이에게 부탁했다. 혹시 신께서 이곳에서는 정령을 불러낼 수 없으니까 대신 민이를 붙여주신 게 아닐까 싶을 정도로 민이는 물과 바람을 참 잘 다루었다.

그렇게 철문을 중심으로 그 주위에 있는 벽들을 물로 흠뻑 적시자 나는 다음 단계로 넘어갔다.

"반 레일!"

이것은 손가락에서 거미줄과 같은 실을 뽑아내어 얼리고 싶은 물체나 상대에 닿게 하여 꽁꽁 얼려 버릴 수가 있다. 효과 범위가 넓지는 않지만 은밀하게 행동해야 할 때 사용할 수 있는 마법이었다. 단지 단점이 있다면 이 실에 닿는 모든 것이 얼기 때문에 실 조종에 주의해야 한다는 것이다.

나는 벽에 등을 가까이 댄 채 손을 뒤로 돌려 등과 벽 사이에 놓고는 실을 길게 빼내어 철문 주위의 벽을 둘러싸도록 조종했다. 그 벽들은 물에 흠뻑 젖어 있어서 실에 닿자마자 금방 얼어붙어 들어가기 시작했다.

"누나, 하려면 빨리 해. 벌써 많은 사람들이 당하고 있다고."

"조금만 기다려. 나도 빨리 하려고 노력 중이야. 그렇다고 우물에서 숭늉 찾을 수는 없잖아."

"그래도 서둘러."

"알았어, 알았어."

민이의 재촉이 없었어도 나는 상황을 눈앞에서 보고 있는 형편이었으므로 스스로도 조급해하고 있었다. 하지만 그렇다고 다 얼지도 않은 상태에서 일을 처리할 수는 없는 일이었다.

　내 계획은 간단했다. 철문을 직접 부수려면 그것이 현철이라 부수기도 어렵거니와 그 철문을 부수려는 눈치만 보이면 강노의 집중 세례를 받게 된다. 그러니 철문이 아니라 철문을 지탱하고 있는 돌벽을 무너뜨리면 자연적으로 철문이 뒤로 넘어갈 테고 입구도 더 커져 좀 더 낫지 않을까 생각했던 것이다.

　그리고 그 벽을 부수는 방법은 돌 틈 사이에 물을 흠뻑 적신 다음 그 물을 얼려 버리면 돌 틈 사이에 생긴 얼음 때문에 돌들이 허술하게 될 테고 그때 큰 충격을 주어 넘어뜨리려는, 일명 과학과 마법이 적절하게 조화된 방법이라고 할 수 있겠다.

　"됐어. 이제 충격만 주면 돼!"

　나는 벽이 꽁꽁 얼어붙은 것을 확인하자 재빨리 철문에서 떨어진 다음 마지막 단계를 실행했다.

　"윈디 위더 피스트!"

　그러자 바람으로 형성된 거대한 주먹이 철문을 강하게 때렸다.

　꽝!

　너무 세게 때렸는지 엄청 큰 소리가 났다. 덕분에 홀에서 강노를 쏘는 궁수들이나 밑에서 강노에 맞지 않기 위해 애를 쓰는 사람들이나 순간적으로 행동을 멈추고 모두 내 쪽으로 시선을 돌렸다.

　"아하하하… 죄송합니다. 제가 방해를 했나요?"

　'에거, 오늘은 내가 시선 집중당하는 날인가 보네.'

　철문 앞에는 바로 나밖에 없었기에 내가 시선을 받을 수밖에 없었던 것이다. 내가 실없이 웃으며 슬쩍 뒤로 시선을 돌려보니 거기에는 여전히 그 철문이 굳건히 버티고 있었다.

'이거 왜 안 넘어가?'

그렇게 큰 소리가 났음에도 불구하고 아무런 조짐이 보이지 않자 나는 슬슬 불안한 마음이 생기기 시작했다.

'이거, 안 넘어가면 지금이라도 파이어 에로우를 확 쏴버릴까?'

그런데 그때였다. 철문 주위의 얼어붙은 벽에 천천히 금이 가기 시작한 것이다.

우직, 우직, 우지지직~!

그리고 그 금은 마치 나무가 가지를 뻗어가듯이 좌우로 뻗어가며, 그 뻗어가는 속도를 더하더니만 결국은 다 부서져 내렸고, 덕분에 철문이 지탱할 곳을 잃어버려 뒤로 넘어가 버렸다.

꽈당!

"오우 예!! 그럼 그렇지. 지가 안 넘어가고 배겨?"

나는 너무 기분이 좋아서 폴짝폴짝 뛰며 이제 커다랗게 생긴 입구를 통해 복도로 내달았다. 그러자 뒤에서 사람들이 함성을 지르며 입구를 통해 빠져나오는 소리가 들렸다. 흠칫 놀란 나는 그 사람들의 물결에 휩싸이지 않기 위해 열심히 발을 놀려 달렸다. 비록 여전히 횃불 하나 없는 복도였지만, 뒤쪽에서 희미한 빛이 비춰주고 있었으므로 괜찮았다.

그런데 그 빛에 의지해서 보니 복도 끝에 있는, 우리가 들어올 때는 잠겨 있지 않았던 정문이 떡하니 잠긴 채 버티고 있는 것이었다.

"훗, 이거나 먹어라, 매직 애로우!"

내가 손을 휘두르며 소리치자 다섯 개의 마법 화살이 나타나 정문에게 달려들어 폭발하였다. 덕분에 정문은 산산조각나서 내가 정문에 다다랐을 때에는 날 막아서지 못했다.

"우싸, 일차다! 오~ 밝은 태양, 너 참 아름답다~!"

밖에서는 이제 막 지려 하는 태양이 마지막을 장식하기 위하여 서편의 하늘을 붉게 물들이고 있었던 것이다.

건물 밖과 이곳을 벗어나는 길목인 계곡 위에는 다행히 아무런 공격도 없어서 우리는 무사히 산 밑에서 우리를 기다리는 제1본진과 조우할 수 있었다. 하지만 그때는 절반이 넘는 사람들이 부상을 당하고 죽어서 아침에 출발할 때의 그 활기 찬 모습은 어디에도 볼 수 없었다.

우리가 함정에서 빠져나오는 것에만 신경 쓰느라 건물을 샅샅이 뒤져 보지는 못했지만, 저들이 우리를 공격하기 위하여 치밀하게 함정을 판 것을 보아 그곳에는 사파 연합의 모임이 있지 않았던 것 같았다. 단지 우리 정파 사람들을 불러들이기 위하여 그런 말을 퍼뜨렸을 것이다. 그리고 우리는 그들의 의도대로 이곳으로 쳐들어와서 엄청난 피해를 입고 물러가게 생겼으니 그들의 목적은 달성되었을 것이다.

우리 쪽은… 아마도 이제 무림맹으로 돌아가면 지도자들은 서로 책임을 떠넘기기 위하여 싸우느라 엄청 바빠질 것 같았다.

뭐, 그래도 하나 위안이 되는 것은 이번 일로 정파 사람들도 크게 혼났을 테니 사파를 너무 깔보고 얕보는 시선이 조금은 고쳐졌을 거라는 거다.

아, 그리고 본격적으로 싸움에 돌입하기 전에 그렇게나 나에게 신경 쓰이게 하던 모용소소는 하도 정신이 없는 상황만 겪다 보니 깜빡하고 있었는데, 나중에 알고 보니 맨 처음 습격당할 때와 독벌 떼에 공격당할 때에는 운 좋게 무사했지만 건물 안에서 음공에 공격받고 강노에 허벅지를 찔려서 꼴이 말이 아니었다. 그나마 그녀 정도면 운이 좋은 편에 속했다. 그곳에서의 일로 목숨을 잃거나 다시는 무공을 사용하지 못할 정도의 부상을 당한 사람도 많았으니까 말이다.

제41화
굴러가는 눈덩이?

굴러가는 눈덩이?

'우후후후, 역시 복수란 달콤한 것이야.'

　무림맹으로 돌아가는 길은 침울 그 자체였다. 뭔가 이익을 얻을까 싶어 호기있게 이 싸움—비록 우리가 일방적으로 침입해 들어간 거였지만—에 참여한 중소 문파들은 어차피 자신들에게 돌아올 콩고물이 없다는 걸 알았기 때문인지 무림맹까지 갈 것도 없이 그곳에서 곧바로 자신들의 문파로 돌아가 버렸다.
　우리 세가 사람들도 꽤 많이 부상을 당했으므로—다행히도 우리 세가 사람들 중에는 사상자가 없었다. 그들 모두를 지키기 위해 아빠와 예철, 희여송은 물론 나중에 알고 보니 민이까지 여러모로 애를 썼던 것이다. 그런데 나는 뭐 하고 있었는지—무림맹에 가야 할 할아버지와 아빠, 희 사형, 그리고 몇몇 호위 무사들을 제외하고는 모두 세가로 돌아가기로 했다.
　그러나 부상자가 너무 많았기에 우리끼리 갈 수는 없어서 가까운 표국에 의뢰를 하기로 했다. 다행인지 우리 세가뿐만이 아니라 이번 일에 참여한 대부분의 문파와 세가에서 부상자를 옮기기 위해 표국을 이용하려 했기에 우리는 그들과 같이 표국을 찾으러 나섰다.

그런데 좀 우습게도 우리가 진을 친 곳에서 표국이 있을 만한 가장 가까운 성읍이 바로 난정이었던 것이다. 그곳은 사파들이 진을 치고 있어서 선봉대가 그들을 끌어내기 위해 한바탕 소란을 부렸던 성읍이었는데 이긴 것도 아니고 왕창—…인지는 모르겠지만—깨져 놓고 부상자의 운송을 부탁하기 위해 그 성읍으로 들어가는 것을 여간 내켜하지 않았다. 더구나 그곳은 사파들이 진을 치고 있었던 만큼 그곳에 있는 표국이 사파들이 운영하는 것이 아닐까 싶어 여간 고민하는 것이 아니었다.

하지만 우리가 진을 치고 있는 곳의 근방에는 그 성읍밖에 없었고, 만약 다른 성읍을 찾으려 한다면 성한 몸으로도 일주일은 넘게 가야 하는데 그러한 길을 성한 사람보다는 부상자가 더 많은 상태에서 갈 수는 없었던 일이었다.

그리하여 하는 수 없이 이곳에서 가장 가까운, 좀 더 큰 성읍인 시안까지만 옮겨달라 하기로 하고 난정으로 들어갔다.

시안은 이곳보다 두 배는 큰 성읍으로 정파의 세력 하에 있는 표국의 지점이 있을 터였고, 또한 그곳에는 황하강 줄기가 있었기에 부상자들을 편하게 운반할 수 있을 터였다.

하지만 참으로 공교롭게도 난정은 지리상으로도 한쪽이 산맥으로 막힌 데다 그 앞에는 태백산이라는 커다란 산이 버티고 있는, 섬서의 구석진 자리라서 원활한 교류가 이뤄지지 않는 곳이라 표국이 있기는 하지만 자그마한 곳이라 이번에 우르르 몰려간 우리들의 주문을 다 수용하기에는 시설도 인원도 턱없이 부족한 곳이었다. 난정에 있는 표국은 모두 3곳. 그러나 그곳 모두가 크지 못하여 이번에 생긴 부상자의 절반도 옮기기 힘들었다.

결국 우리는 급한 부상자들에게 그 표국을 이용하게 하고 나머지는 난정에서 치료를 받으며 몇몇의 사람을 뽑아 직접 시안에 가서 표국 사람들을 데리고 오기로 했다.

그리하여 우리가 우리 세가로 도착할 수 있었던 것은 사파를 습격한 날로부터 거의 두 달이 다 된 날이었다.

참으로 슬픈 일은 그 두 달 사이에 민이와 나의 생일이 끼어 있는 바람에 올해 우리의 생일 파티는 허공으로 떠버렸다는 것. 뭐, 마침 황하강 위에 떠 있는 상황이라서 조촐하게 생일 축하를 받기는 했지만 덕분에 영향력있는 문파와 세가 사람들을 모아놓고 민이가 소가주임을 발표하는 일은 또 한 번 뒤로 무한정 미뤄져 버렸다.

그러면서 간절히 바란 것은 다음부터 이러한 큰 싸움을 벌일 때는 큰 표국이 근처에 있는 곳에서 싸웠으면 하는 것이었다. 하지만 싸움이란 것이 그런 데서 싸우고 싶다고 그렇게 되는 것인가?

그렇게 힘들게 힘들게 우리가 세가에 도착하자 예 총관을 비롯한 세가에 남아 있던 사람들이 따스하게 맞아줬다. 뭐, 항상 그렇게 따뜻하게 맞아주기는 했지만 뭐랄까… 다른 때보다 기분이 남달랐다고나 할까? 그냥 편하게 여행 갔다 온 거와 고생고생하다 돌아올 때의 기분이 같을 수는 없는 법이었으니까. 그러면서 느낀 거지만, 역시 집이 최고다 하는 거였다. 그리고 그와 함께 저쪽 세계에 있을 할아버지와 아빠가 떠올랐다.

'흠… 그러고 보니 그동안 저쪽 세계로 돌아가는 법을 찾아야 한다는 걸 까맣게 잊고 있었네. 만약 돌아간다면 세이몬과 류미르하고의 여행을 잠시 뒤로 미루고 할아버지랑 아빠랑 좀 지내야겠군.'

세가에 머물면서도 나는 얼마 동안은 조용히 지내야겠다고 결심하고 있었는데 세상일이란 내 맘대로 되는 법이 없다고 우리가 세가로 돌아와서도 자꾸만 귀찮은 일이 생기는 것이었다.

누가 일부러 그랬는지, 아니면 무림 세계에서는 정보가 엄청 빠른 것인지 우리가 난정에서 사파를 습격하려 했다가 되려 깨졌다는 소문이 세가에 도착하기도 전에 전 무림에 퍼져 있는 거였다. 물론 세가로 돌아오면서 무림맹이 사람들 사이에 화제가 되어 있다는 건 알고 있었지만 소문이 생각보다 엄청 빠르고 엄청 부풀려져 있었다.

뭐, 정말 있는지도 없는지도 모를 사파 연합장에게 무림맹주가 다시는 습격하지 않겠다고 서약을 했다느니, 9대 문파와 8대 세가가 5년간 봉문을 하겠다고 약조를 했다느니 정파의 5대 고수가 사파의 고수들에게 몽땅 깨졌다느니, 정파의 어느어느 문파는 이번에 사파에게 굴복하여 사파 쪽으로 돌아섰다느니, 어느어느 문파는 멸문했다느니 등등…….

정말 아무것도 모르는 사람이 이 소문을 들으면 정파가 완전히 멸망한 줄 알았을 것이다. 하지만 이번 일로 정파의 힘이 많이 위축된 것은 사실이었고 이 틈을 이용하여 그동안 숨죽여 지내왔던 많은 사파들이 기지개를 켜듯 당당하게 현판을 걸고 문파를 드러내었다.

정파 쪽 문파들이 그런 갑작스러운 상황에 어찌할 바를 모르고 머뭇거리고 있는 동안, 마치 약속이라도 한 듯이 사방에서 모습을 드러낸 사파의 문파들은 가장 먼저 이번 습격으로 많은 피해를 본 중소 문파들을 습격하여 그들의 세력권을 빼앗아 자신들의 세력으로 만들어 버려 순식간에 세력을 확장시켰다.

그러한 모습들 때문에 강호에 떠도는 소문들은 사람들 사이에서 마치 사실처럼 인식되고 말았던 것이다.

이게 우리가 난정에서 세가로 돌아오는 기간에 발생한 일들이었다.

게다가 이건 남의 일이 아니었다. 바로 우리 은씨 세가의 세력권인 호광지방에서도 사파가 모습을 드러냈던 것이다. 게다가 황당하게도 바로 우리 세가가 있는 장서지방에도 커다란 사파의 문파가 갑작스레 현판을 걸고 나타났다.

이름은 촌시럽게도 '흑운방'이라고 했다.

그런데 이 흑운방에서 우리의 영향력 아래에 있는 상단과 표국의 영업을 자꾸 방해하는 거였다. 표국이 표물을 운반하는 길목에서 기다리고 있다가 습격하여 표물을 빼앗는다든지 상단이 운영하는 상점에 쳐들어가 난동을 부린다든지 하는 아주 치사한 수법을 사용하면서 말이다. 그러한 방법은 아주 효과를 봐서 상단에서는 매출이 떨어지고 표국에서는 표물을 자꾸 잃어버려 엄청난 보상금을 물어야 했다는 것이다.

그러나 우리가 그들에게 도움을 요청받아 흑운방에 따지러 가면 그들은 오리발을 내민다고 한다. 그들은 일을 할 때, 예를 들면 상단이 운영하는 상점을 방해할 때는 주변의 난봉꾼들을 동원하는 데다가 표물을 운반하는 표국을 습격할 때도 절대 증거를 남기지 않아 우리가 항의하러 갈 때 증거를 내놓으라고 딴지를 걸면 할 말이 없다는 거였다. 그러니 우리 쪽에서 할 수 있는 거라

곤 표물을 운반할 때 같이 도와준다거나 상점을 지켜주는 것뿐이었다.

그런데 우리의 무사가 끼어 있을 때는 어떻게 알고 절대 방해를 하지 않는다는 거다. 잠복하는 식으로 세가의 옷을 입지 않고 표국의 제복이나 상가의 점원 차림을 하고 있어도 그들은 정말 귀신같이 알아낸다는 거였다. 그러다 우리 세가의 무사가 철수하면 또 그러고.

"정말 미칠 지경입니다. 이걸 어찌해야 할지… 그렇다고 정파인 우리가 직접 그 흑운방이라는 곳을 습격할 수도 없고 말입니다. 그들의 실력은 우리 세가에 절반도 미치지 못하는데 그런 녀석들을 어떻게 건드릴 수가 없으니 원."

예 총관은 그동안 쌓인 게 많았는지 우리에게 그동안 세가에서 있었던 이야기를 해주면서 울분을 토해냈다.

이럴 때는 정파라는 것이 걸림돌이 되는 것 같다. 사파라면 남들의 눈 같은 건 좀 덜 의식해도 될 텐데 말이다. 정파는 너무 격식과 명예와 자존심을 따져서 문제다.

하지만 예 총관의 말을 듣고 있자니 그 흑운방이라는 곳에서 우리 세가를 너무 괴롭히고 있는 것 같았다. 예 총관은 장서 내에서는 우리 세가의 영향력이 강하기 때문에 그들이 발붙이기도 힘들 텐데 어떻게 그렇게 꿋꿋이 버티고 있는지 모르겠다고 했다.

사실 문파나 무가에서도 자금이 많이 들기 때문에 상단이나 표국 같은 데서 자금을 받지 못하면 운영해 나가기가 힘들다. 그런데 그들은 이 장서 내에서 자금 받는 곳이 아무 데도 없을 텐데 지금까지 흑운방을 유지하고 있다는 것이 의아스럽다는 것이다. 설마 뒷골목의 깡패처럼 지나가는 행인들의 돈을 뜯어서 유지하는 것은 아닐 텐데 말이다.

 그래서 지금 그것도 조사하고 있기는 하지만 그들이 생긴 지 얼마 안 되는 시기여서 아직 단서를 잡은 것이 없다고 한다.

 예 총관의 말하는 폼을 보아하니 뭔가 단서를 잡기만 하면 그들을 가만 안 내버려 둘 모양이었다.

 "헤에, 예 총관이 화가 나도 단단히 났나 보네. 흑운방들 걸리기만 하면 아작나겠는걸?"

 나는 예 총관이 저렇게 분노하는 모습을 오랜만에 봐 신기하다는 생각에 장난 삼아 민이에게 메시지를 보냈는데 돌아온 민이의 메시지는 예 총관만큼이나 분노에 찬 것이었다.

 "흥, 예 총관만 벼르고 있는 줄 알아? 그때가 되면 내가 앞장서서 그들을 가만 놔두지 않을 거야. 감히 그렇게 비열한 짓을 하다니… 소가주로서 절대 가만있을 수 없어!"

 의외의 반응에 나는 황당하기도 해서 피식 웃으며 민이를 돌아보며 물었다.

 "허… 야, 뭘 그렇게 화를 내냐? 사람이 살다 보면 이런 일도 겪고 저런 일도 겪고 별의별 사람을 다 만나기도 하는 거지."

 그러자 민이는 이런 내가 맘에 안 드는 모양이었다.

 "뭐야, 누나는 화도 안 나? 우리 은씨 세가를 괴롭히는 녀석들이 있다잖아! 그것도 아주 비겁한 수단을 써서 말야. 그런데도 강 건너 불구경 하듯 할 수 있어?"

 "어라? 왜 화를 내고 그래? 누가 나랑 상관없다고 했냐? 내 말은 필요 이상으로 그렇게 흥분해서 날뛰어봤자 아무것도 할 수 없는 이 상황에서는 아무런 도움도 안 된다는 거지. 이럴 때일수록 진정해야 하지 않겠어?"

내 말이 너무 천하태평이었는지 민이가 눈썹을 꿈틀거리며 날 쏘아보다가 몸을 휙 돌려 걸어가며 마지막 메시지를 날렸다.

"내가 보기에는 누나는 침착한 것이 아니라 남의 일 구경하는 것 같아."

'어라, 어라, 정말 화 많이 났네.'

식식대며 걸어가는 민이의 뒷모습을 바라보며 나는 슬며시 웃었다. 물론 민이가 봤으면 더 화냈겠지만 등 돌리고 있으니 보지는 못했을 것이다.

유와 덕이는 민이가 갑자기 화를 내는 이유를 몰라 어리둥절해하며 나에게 말해 주길 바라는 시선을 보냈지만 나는 그들에게도 피식 웃은 뒤 그것과는 전혀 상관없는 말 한마디만 하고 내 방으로 발걸음을 옮겼다.

"오늘은 피곤하니까 일찍 잘래."

'훗, 그래야 오늘 밤에 상쾌하게 일어날 수 있을 테니까.'

민이는 내가 남의 일이라 생각하는 줄 알고 있겠지만 나는 은씨 세가의 일을 남의 일이라고 생각해 본 적이 한 번도 없었다. 특히나 오늘 그와 같은 일을 들은 이상 흑운방은 그와 상응하는 대가를 치르게 될 것이다.

'후훗, 그래… 당연히 그래야지. 그것도 아주 비싼 이자까지 쳐서 말이야.'

아마 방금 흑운방에 있는 모든 사람들은 갑자기 오한이 들고 등골이 오싹했을 것이다.

그날 밤, 자정이 지나고 이곳의 시각으로 축시(새벽 1시부터 3시 사이)라는 것을 알리는 소리가 났을 때 나는 내 방 창문을 열고 조용히 하늘로 날아올랐다.

'자, 그럼 어디 한번 가볼까나?'

흑운방을 찾는 건 그렇게 어렵지 않았다. 어디서 그런 큰돈이 있었는지 모르겠지만 장서 내에서 우리 세가만큼이나 큰 장원을 가지고 있는 데다 그 장원의 정문에 '흑운방'이라는 금박을 입힌 편액이 걸려 있었으니 어디 있는지 몰라도 쉽게 찾을 수 있었던 것이다.

'호오, 여기가 흑운방이렷다?'

찔린 일을 많이 한 탓인지 새벽인데도 장원 내에 불을 환하게 밝히고 경계를 철저하게 세우고 있었다. 역시 때린 사람은 다리를 쭉 펴고 못 잔다더니 옛말 그른 것이 하나도 없는 것 같았다.

'으음… 모두 자고 있는 게 훨씬 재미있을 텐데 말야. 하지만 뭐 하는 수 없지.'

나는 조용히 내 마나를 대기에 풀었다. 이번에는 아주 큰 마법을 사용해야 했기에 평소에 사용하는 것보다 훨씬 많은 마나가 내 몸에서 빠져나가 흑운방의 장원 전체를 덮었다.

'흐음, 마나는 준비 완료. 자, 그럼 그대들의 명복을 빌면서……'

그리고 곧 시동어가 내 입에서 조용히 흘러나왔다.

"메가 브랜드."

그와 동시에 마치 수십 개의 폭탄이 터지는 소리와 함께 흑운방 장원 전체의 땅이 한꺼번에 폭발하면서 허공으로 엄청난 흙과 먼지의 혼합 구름을 터뜨렸다.

꽈과과과광~!

'음… 역시 밤에는 흙먼지보다는 화려한 폭죽 쪽이 구경하기에

좋은 것 같아. 여기 있는 동안 내가 불꽃놀이할 수 있는 마법을 한번 개발해 볼까나?'

나는 속으로 그렇게 중얼거리면서 세가의 내 방으로 공간 이동을 했다. 혹시나 마나의 파동을 들킬지도 모르겠지만 흑운방 장원의 허공에 떠 있던 내 모습을 들키는 것보다는 나았다.

'우후후후, 역시 복수란 달콤한 것이야.'

다음날 아침, 은씨 세가에 놀라운 소식이 전해졌다. 밤 사이에 무슨 일이 있었는지 몰라도 흑운방 장원 전체가 쑥대밭이 되었다는 이야기였다. 거리에 나갔다 온 무사가 들은 말에 의하면, 흑운방의 장원 근처에서 살고 있는 모모씨는 한밤중에 갑자기 수십 개의 천둥 치는 소리가 들려 깜짝 놀라 잠에서 깨어 밖으로 나가 보았으나, 천둥이 치면 응당 있어야 할 번개는커녕 비 한 방울 안 오고 깜깜한 밤에 보이는 것도 없어 어리둥절한 채 그냥 들어갔었는데, 아침에 일어나 보니 그 크던 흑운방의 건물들이 싸그리 무너져 있더라고 했다. 그리하여 그는 이 일이 산신령께서 노하셔서 벌어진 일이라고 강력히 주장한다나 어쩐다나⋯⋯.

지금 그 난리에서 살아난 흑운방의 사람들이 건물 속에 깔린 사람들을 구조하느라 엄청 바쁘게 움직이고 있다고 했다.

"허어⋯ 거참, 제 평생에 이렇게 놀랍고 황당한 일은 처음입니다. 멀쩡하던 장원이 하룻밤 사이에 와르르 무너졌다니요."

예 총관은 연신 턱수염을 쓰다듬으며 날 바라보았다. 그러자 집안 식구들이 모두 내 쪽으로 시선을 돌리는 게 아닌가?

"뭐예요? 왜 날 보는데요? 내 얼굴에 뭐라도 묻었어요? 난 분명히 어제 일찍 잤다고요. 그치, 유?"

시침 뚝 떼며 유를 바라보자 유가 피식 웃으며 고개를 끄덕였다.

"예, 어제 피곤하시다면서 일찍 들어가 주무셨습니다."

그러자 예 총관이 다시 허허거리며 웃었다.

"허허허, 그러셨습니까? 허허허, 뭐 어쨌든 이걸로 세가의 골칫덩어리가 사라진 셈이로군요. 저도 한시름 놓았습니다."

오랜만에 먹는 세가의 풍성한 아침 식사를 기분 좋게 마치고 아침 수련을 준비하려고 내 방으로 가는데 민이가 슬그머니 다가와서 옆구리를 꾹 찌르며 메시지를 보냈다.

"누나지? 누나가 그런 거지?"

하지만 나는 시침 뚝 떼고 되물었다.

"뭘?"

"뭐긴 뭐야, 흑운방 폭파 사건 말야. 누나가 그런 거지? 그 큰 장원을 단 한 순간에 폭파시킬 수 있는 자가 누나밖에 더 있어?"

"글쎄, 어떻게 그렇게 확신할 수 있니? 그런 건 아무도 장담 못하는 거야."

"장담이고 뭐고 간에 누나가 한 거 맞지?"

"훗… 글쎄다. 세가의 일을 남의 일처럼 보는 내가 과연 그런 수고스러운 일을 할까나?"

"뭐야, 어제 내가 한 말 때문에 화난 거야?"

"어머, 화가 난 건 내가 아니라 너 아니니?"

"뭐야, 누나. 장난치지 말고 말해 줘. 누나가 한 거 맞지?"

"그래, 어제 힘 좀 썼다. 됐냐?"

"쳇, 그럴 거면 나랑 같이 가지 누나 혼자 가냐?"

"핏, 네가 가서 뭐 하게?"

"음… 누나가 땅을 폭발시켰으니 나는… 천둥 번개라도 내려줄 걸 그랬어. 진짜 하늘이 노여워서 그런 것처럼 보이게 말야."

"푸핫. 그것도 좋네. 어쨌든 증.거.만 안 남으면 되는 거니까."

나는 솔직히 이 정도에서 일이 마무리될 줄 알았다. 얼마 후면 무림맹에서도 지루한 말싸움의 회의가 끝날 것이고 그러면 할아버지와 아빠, 희여송이 되돌아와서 다시 일상생활로 돌아가게 될 줄 알았다.

하지만 산 넘어 산이라고 했던가… 나쁜 일은 연달아 생긴다는 말이 괜히 나온 말은 아니었던 모양이다.

내가 흑운방에게 보복을 한 지 일주일이 지난 후였다. 그동안 흑운방에 남아 있던 사람들은 어디로 갔는지 싸그리 사라져 버렸고, 장서 내에서는 다시금 평화가—이 말이 어울리는지 모르겠지만—찾아왔다.

우리와 헤어져 무림맹으로 간 할아버지가 돌아온다는 소식은 없었지만 무림맹에서의 싸움이 길어지나 보다라고 여기고 있는 와중에 생각지도 못한 소식이 날아들었다.

"에엑? 사파 연합? 그건 무림맹을 끌어내기 위한 헛소문이 아니었어요?"

나의 놀람에 찬 질문이 마치 그곳에 모인 사람들의 심정을 대변하기라도 하는 듯 예 총관의 부름에 모인 집안 식구들은 일제히 고개를 끄덕이며 예 총관을 바라보았다.

예 총관은 자신도 당황스러운지 조금 침착성을 잃은 표정으로 대답했다.

"그것이… 남리헤지방에서 정식으로 선언되었다고 합니다."

"남리헤지방이라고? 거긴 섬서와는 정반대의 지방이잖아요?"

민이가 황당한 표정으로 엄마를 향해 확인차 묻자 엄마의 고개가 끄덕여졌다.

"그래, 그곳은 바다와 맞붙어 있는 곳이지. 그리고……."

엄마의 말을 뒤이어 예 총관이 심각한 어조로 말했다.

"남궁세가가 있는 곳이기도 합니다. 무림맹에서 날아온 급보에 의하면 그들은 우리 정파 무림맹이 아무 죄도 없는 사파의 한 문파를 급습하여 큰 피해를 입힌 것에 대해 정파 무림의 한 기둥을 치겠다고 선전 포고해 왔답니다."

"설마… 그 정파의 한 기둥이라는 것이……."

예철의 약간 긴장된 말에 예 총관은 무겁게 고개를 끄덕였다.

"남궁세가."

집안 식구들의 입에서는 경악성이 터져 나왔다.

"그럼 우리가 이러고 있으면 안 되잖습니까? 지금 당장이라도 남궁세가를 도우러 가야 하는 거 아닙니까?"

민이의 말에 예 총관은 고개를 가로로 설레설레 저었다.

"물론 그래야 합니다만… 도련님, 저들이 남궁세가를 치겠다고 통보한 날짜는 바로 3일 전이었습니다."

"이게 도대체 뭐가 뭔지… 그럼 지금 남궁세가는 어떻게 되었죠?"

민이가 고개를 설레설레 젓다가 힘없이 물었다.

"그게… 무림맹에서 온 급보에는 남궁세가가 어떻게 되었는지에 대해서는 나와 있지 않습니다. 아마도 사파 연합에 대한 이야기를 듣자마자 곧바로 저희 세가로 급보를 보내준 듯합니다. 알아내는 즉시 다시 연락이 올 겁니다."

"허어… 이거 참, 마치 잘 짜여진 각본 속에서 우리 정파 무림맹이 놀아난 것 같군요."

조용히 듣고만 있던 예헌이 허탈한 듯한 어투로 중얼거렸다. 그런데 그의 말을 들으니 나는 머리 속에서 어떤 생각이 떠올랐다.

"그러고 보니 모산파의 도사가 없었네요."

뜬금없는 내 말에 모든 이들의 의아한 시선이 나에게로 쏠렸다.

"그게 무슨 말이야, 누나? 모산파의 도사가 없다니."

"아니, 생각해 보니까 이번에 우리를 섬서지방으로 몰려오게 했을 때 말야, 엄청난 준비를 하고 우릴 기다리고 있었잖아. 그런데 그 사람들이 단목세가를 쑥대밭으로 만든 사람들하고 같은 편이라고 생각되지 않아? 뭐, 사람을 광인 비슷하게 만들 수 있는 약이 흔한 거라면 할 말은 없지만, 내가 지금까지 그런 약이 있다는 소리를 못 들은 걸로 보아 그들이 한패거리일 확률이 높아. 게다가 그들은 모용세가와 우리 세가를 습격한 강시들을 만든 사람들과도 한패거리고 말야. 한마디로 그들 모두가 한통속이라는 거지. 그런데 우리에게 큰 피해를 주고 싶었다면 왜 강시들을 동원하지 않았지? 우리가 그 수상한 건물 안에서 음공에 의한 공격을 당하여 도망칠 때 건물 밖에 강시를 대기시켜 놓았더라면 우린 아마 꼼짝없이 전멸에 가까운 피해를 입었을 텐데 말야. 아주 좋은 무기를 가지고 있었으면서 왜 사용하지 않았을까? 혹시 다른 사용할 곳이 있었던 건 아닐까?"

"뭐야, 그럼 누나는 그 강시들이 남궁세가를 습격할 거라고 생각하는 거야?"

"그래, 순전히 내 생각이지만… 그렇다면 정파 무림맹을 꼬득여 그 사파의 건물을 습격하게 한 건 남궁세가를 칠 빌미를 잡으려 했다고 봐야 하는데… 음… 그런데 그렇게까지 해서 손에 넣으려고 할 만큼 남궁세가가 가치가 있는 걸까?"

　정파 무림맹과 남궁세가를 놓고 볼 때 정파 무림맹 쪽이 훨씬 무게가 있었다. 그렇다 보니 내 생각은 좀 논리적이지 못한 것 같아 내가 고개를 갸웃거리며 말을 끝맺는데 내 말을 가만히 듣고 있던 예 총관이 새하얗게 질리며 중얼거렸다.

　"설마……."

　그 모습에서 뭔가 힌트를 얻었는지 민이가 내 쪽으로 시선을 돌리며 메시지를 보내왔다.

　"혹시 마공 비급의 조각을 얻으려고 그랬던 걸까? 사파도 양지로 이끌어내고 남궁세가에 보관 중인 마공의 비급도 얻어내고 말야. 이건 일석이조네?"

　"음… 하지만 남궁세가로 쳐들어간 것이 강시가 아니라면 내 논리는 완전히 틀린 게 되는걸요 뭐. 어쨌든 지금은 남궁세가가 어떻게 되었는지 소식이 올 때까지 기다리는 수밖에 없겠는데요?"

　"그렇겠군요. 그럼 무림맹에서 또 소식이 오면 즉시 알려 드리겠습니다."

　예 총관의 말에 우리는 고개를 끄덕이고 각자의 일을 하기 위해 흩어졌다. 민이는 거의 나와 같이 생활을 했으므로 나와 함께 우리의 숙소로 향하고 있었다.

　그런데 예 총관을 비롯한 집안 식구들과 헤어지고 오는 동안 내내 생각에 골몰한 채 걸음만 옮기던 녀석이 갑자기 조심스레 메시지를 보냈다.

　"그런데 누나 말이 맞다면 마공 비급의 조각을 모으려는 일당이 사파 연합이라는 소리네?"

민이와 내가 마공 비급에 대해서 안다는 것은 나와 민이 둘만의 비밀이었기에 우리를 따라오는 예성구를 비롯한 유와 덕이가 못 듣게 하려는 의도였다.
　"모르지. 그들이 사파 연합을 주도한 사람들인지, 아니면 사파 연합의 일부분인지, 아니면 그 자체인지는 아무도 모르는 거야. 하지만 그들과 사파 연합과 모종의 관계가 있다는 건 거의 확실하지 않을까 싶어."
　"그렇다면 남궁세가로 쳐들어간 이들이 강시들이 아닌 보통 사람이라면 어떻게 되는 거지?"
　"거야. 내가 잘못 생각하고 있었다는 소리지. 내 생각은 사파 연합이 마공 비급의 조각을 모으는 일당들이라는 것을 전제 조건으로 하고 있는 거거든. 하지만 남궁세가를 친 이들이 보통 사람이었다면 사파 연합과 마공을 모으는 일당들은 완전히 다른 세력이라는 걸 보여주는 것이 아닐까? 그런데 어차피 그 두 세력 모두 정파 무림맹이라는 공동의 적을 가지고 있으니 협력 관계에 있지 않을까 싶은데……."
　"뭔 소리야. 이러니저러니 해도 결국은 그들이 한패거리란 소리잖아."
　"뭐, 말하자면 그럴 확률이 높다는 거지."
　"그럼 간단하게 한패거리라고 말하면 되지 뭘 알아듣지도 못하게 장황하게 늘어놔?"
　"아니, 뭐… 난 이럴 수도 있고 저럴 수도 있다는 걸 말하고 싶었던 거야. 뭐, 하지만 그들이 한패거리든 아니든 문제는 남궁세가가 과연 자신들의 세가를 지킬 수 있을 것인가 하는 건데… 만약 남궁세가가 사파 연합의 손에 들어간다면 남리혜지방이 사파의 영역이 되는 것과 마찬가지거든."
　"그래 봤자 정파의 영역에 비한다면 작은 거 아냐?"
　"물론 그렇긴 하지만 지금 정파의 영역에는 갑자기 양지로 드러난 사파의 문파들 때문에 골머리를 썩고 있다는 거 몰라? 우리 세가만 해도 얼마 전까지 흑운방이라는 사파의 문파 때문에 얼마나 귀찮았냐?"

"음… 그렇긴 하군. 헤에… 그렇다면 바로 지금 시대가 정파의 수난 시대란 말인가?"

"맞아. 아마 지금 무림맹은 엄청 골치가 아플 거야. 사파들은 이 기회를 절대 놓치려 하지 않을걸?"

"한순간의 판단 미스로 문제가 점점 커지고 있군. 마치 눈덩이가 굴러가면서 순식간에 커지듯 말야."

"지금 이 상황에서 마무리 짓지 못한다면 정말 그렇게 될걸? 사파가 지금 모습을 드러낸다 해도 정파에 비한다면 그 세력이 너무 미약하거든. 정파의 세력이 절반으로 줄었다는 건 아직 소문에 불과하니까. 하지만 지금 이 시점에서 제대로 정리 못한다면 그 소문은 사실이 되고 말 거야."

우리가 기다리던 남궁세가의 소식이 무림맹에서 전해지는 대신, 일주일 후에 할아버지가 약간 다급함이 담긴 얼굴로 갑작스레 돌아왔다. 온다는 전갈도 없이 정말 갑작스레 들이닥친 거라 세가 사람들 모두 어리벙벙하여 다급하게 할아버지를 맞았다.

"죄송합니다. 미처 연락을 받지 못하여 마중 나가지 못했습니다."

예 총관이 제일 먼저 할아버지에게 고개를 숙이며 사과를 했다. 하지만 내가 보기에는 그건 진심으로 사과를 하는 것이 아니라 오기 전에 왜 연락도 안 했냐고 책망하는 듯했다.

"자네가 미안할 건 없지. 내가 연락을 안 한 것이니까. 급하게 오느라 미처 연락을 하지 못했네."

"무림맹에서의 일은 모두 해결된 것입니까?"

이번에는 배 숙부가 물었다. 배 숙부는 사파 연합을 치러 갈 때 우리와 같이 가지 않고 세가에서 있었기 때문에 할아버지가 무림맹에 갈 때도 같이 동행을 하지 못했었다.

무림맹에서의 일은 나도 무척이나 궁금했기에—과연 사파 연합을 치러 갔다가 패하고 돌아온 데 대한 책임을 누가 지게 될 것인지가—눈을 반짝반짝 빛내며 할아버지가 입을 열기를 기다리고 있었다.

할아버지는 답답함을 조금이라도 풀어보려는 듯한 긴 한숨을 한번 내쉬더니 고개를 절레절레 저었다.

"해결은 무슨… 회의를 미처 끝내기도 전에 정신없는 소식들이 계속 전해져서 지금 무림맹은 완전 쑤셔진 벌집 꼴이 되어 있지."

그런 상황인데도 세가로 돌아온 할아버지가 의아해서 쳐다보고 있는데 그런 우리의 시선을 느낀 듯 할아버지가 재차 입을 여셨다.

"예 총관, 우리 세가로 손님이 오기로 했네. 아마 내일이나 모레쯤이면 도착할 게야. 그들이 오기 전에 먼저 세가에 도착해 있으려고 엄청 서둘렀지. 그러니 자네가 손님 맞을 준비 좀 해줬으면 좋겠네."

"알겠습니다. 그런데 누가 저희 세가를 방문하시는 겁니까?"

"흐음… 사천당문에서 올 걸세. 가주가 직접 온다니까 손님을 맞이함에 소홀함이 없도록 해주게나."

"사천당문에서 갑자기 왜 저희 세가를 방문하는 건가요?"

가만히 듣고 있던 민이가 궁금함을 참을 수가 없었는지 불쑥 묻자 할아버지가 부드럽게 웃으며 선선히 대답해 주었다.

"그들은 날 만나려고 오는 거란다. 그래서 내가 세가로 달려온 거지. 그들이 무림맹까지 오는 것보다는 나와 그들이 우리 세가에서 만나는 것이 훨씬 빠를 테니까."

"음… 급박한 상황인가 보죠? 할아버지가 상황이 안 좋은 무림맹을 벗어나실 정도니까."

이번에는 내가 묻자 할아버지가 고개를 끄덕였다.

"그래, 하지만 나도 무슨 일인지는 잘 모른단다. 그들이 와보면 알게 될 게다."

할아버지의 말대로 그 다음날 정오가 좀 넘은 시각 사천당문의 사람들이 우리 세가에 들이닥쳤다. 그렇게 급한 상황이 아니라면 장강을 따라 배를 타고 천천히 편히 왔을 텐데 얼마나 급했으면—원래 뱃길이 조금 느리다—말을 타고 사천에서 여기까지 달려온 모양이었다. 게다가 얼마나 급히 달렸는지 막 우리 세가에 도착했을 때 그들이 타고 있던 말들은 거품을 물고 뻗기 일보 직전으로 보일 만큼 지쳐 있었다.

'뭐야, 뭐가 저리 급한 거야?'

사천당문의 가주는 그 급한 여세를 몰아 그들을 맞기 위해 달려나온 우리 세가 사람들의 인사를 받는 둥 마는 둥 하더니만 할아버지를 끌고 조용히 이야기를 나눌 수 있는 곳으로 급히 사라졌다.

'뭔진 모르지만 급하기는 엄청 급한가 보네.'

민이와 나는 할아버지와 사천당가의 가주가 사라지자 얼른 시선을 교환하고 그 자리를 빠져나갔다. 어차피 사천당가의 가주와 같이 온 수행원들의 대접은 우리의 윗서열인 아빠와 배 숙부가 맡아서 할 테니 인사를 끝낸 우리는 슬쩍 빠져도 상관없을 터였다.

뭐, 우리와 같은 서열인 당연화와 당세민, 당세운도 그 일행의 사이에 끼어 있었지만, 폼을 보아하니 대접을 받기보다는 방에서 쉬기를 더 원하는 것 같아서 '쉬시고 나중에 이야기하죠'란 말만 건네고 헤어졌던 것이다.

그렇게 그 자리를 빠져나온 민이와 나는 서둘러서 내 방으로 뛰어갔다.

엄청 급하게 달려온 사천당문의 가주와 할아버지가 대화하는 것을 엿보기 위해서였다. 물론 할아버지가 나중에 우리에게 말해 줄 수도 있겠지만 마공에 대한 이야기처럼 당분간은 말 안 해줄지도 몰랐기 때문이다. 게다가 설사 말해 줄 만한 내용이라고 해도 한 다리 건너서 듣는 것보다는 직접 보는 게 훨 낫지 않겠는가?

유와 덕이도 떼어놓고 민이와 단둘이 내 방으로 뛰어들어 온 나는 빠르게 결계를 치면서 민이에게 투덜댔다.

"야, 너도 용인데 결계 하나 못 치냐? 이렇게 바쁠 때 네가 결계를 쳐주면 내가 할 일이 절반으로 줄어들잖아!"

그러자 민이가 미안한지 머쓱하게 웃어 보였다.

"미안, 누나. 하지만 난 누나처럼 기의 파장을 숨기는 결계 같은 건 칠 줄 모르는걸. 내가 만들 수 있는 결계는 결계 자체가 가의 덩어리이기 때문에 오히려 사람들의 이목을 끌 거야. 대신 내가 이렇게 창문도 닫고 앉을 자리도 준비하잖아."

"야, 그 정도 하는 건 당연한 거지. 같이 보면서 너는 아무것도 안 하고 가만있으면 돼?"

나는 민이에게 그렇게 톡 쏘아붙이고는 민이가 끌어당겨 놓은 의자에 앉으면서 허공에 화면을 떠오르게 했다. 그곳에는 할아버지와 사천당문의 가주가 우리에게 낯익은 장소에서 막 자리를 잡으며 앉는 모습이 보여지고 있었다.

"어, 저긴 할아버지의 서재 아냐?"

"맞네. 하긴 할아버지의 서재에는 우리도 함부로 못 들어가니까 조용히 이야기하기에는 적당한 장소지."

민이의 말에 나는 고개를 끄덕이며 대꾸했다.

"우리가 서두른 보람이 있었어. 할아버지의 서재는 누나 방보다 훨씬 가까우니까 말야. 조금만 늦었어도 앞부분을 놓칠 뻔했네."

"쉿, 이제 말하려고 한다."

당 가주에게 차를 따라준 할아버지는 자신의 잔에도 차를 따라 한 모금 마시더니 힐끔 눈앞에 앉은 당 가주를 바라보았다. 그는 차가 따뜻한 김을 모락모락 피워 올리며 마셔달라고 유혹하고 있는데도 마실 생각은 않은 채 한숨만 푹푹 내쉬고 있었다.

한동안 할아버지의 서재 안에는 침묵이 감돌았다. 아마 할아버지는 당 가주가 직접 입을 열 때까지 기다려 주려는 모양이었다. 하지만 그것도 잠시, 당 가주가 도통 입을 열 생각을 안 하자 결국 할아버지가 먼저 말을 꺼냈다.

"허어, 급한 일이라고 바쁜 사람 무림맹에서 불러놓고 뭐 하고 있는 건가? 지금 도 닦고 있나?"

그러자 당 가주가 할아버지를 힐끔 보더니 피식 웃었다.

"바쁘긴… 모르긴 몰라도 그곳에서 제일 한가하게 있었을걸? 무림맹 장로랍시고 개폼 잡고 있는 노친네들 말싸움을 재미있게 구경하면서 말야. 모르지, 혹시 그 자리에서 땅콩이라도 까먹으면서 구경했을지."

저 당 가주도 무림맹 장로 회의를 안 좋게 보는 모양이었다.
 '호오… 개폼이라… 그보다 더 적당한 표현은 없는 것 같군.'
 "그래, 땅콩 까먹으며 재밌는 구경하고 있던 날 불러냈으면 말을 해야 할 것 아닌가? 다 늙어 빠진 자네 얼굴이나 보여주려고 날 불렀어?"
 할아버지의 농담에 당 가주는 다시 한 번 픽 웃었지만 그건 잠시뿐 그의 얼굴은 급격히 어두워졌다. 폼을 보아하니 바야흐로 본론이 나오려는 모양이었다.
 "에휴… 자네, 내 셋째 놈 알지? 아직까지 결혼 안 하고 혼자 설치면서 말썽만 불러일으키는 놈."
 "물론 알지. 아니, 그런데 왜? 또 뭔 일을 저질렀어?"
 할아버지의 질문에 당 가주가 힘없이 고개를 끄덕거렸다.
 "저질러도 아주 큰일을 저질렀지. 에휴, 내가 늘그막에 얻었다고 오냐오냐 키우는 게 아니었는데… 이놈이 지가 한 일이 얼마나 큰일인지 알고나 있을지……."
 "왜? 이번에는 또 뭔 일이야? 어디 딴 가문의 데릴사위로 들어가기라도 한대?"
 할아버지의 말을 보아하니 할아버지도 그 당 가주의 셋째 아들에 대해 잘 알고 있는 모양이었다.
 여기서 잠깐, 사천당문에 대해 설명하자면, 그 세가는 철저하게 혈족으로만 이루어져 있었다. 우리 세가처럼 재능있는 사람은 누구나 제자로 받아들여 세가의 일원으로 키우는 것이 아니라 그 세가의 핏줄이 아니면 제자로 받아들이지 않는다고 한다. 그래서 세가의 모든 사람들, 심지어 식솔들(집안일을 해주는 사람들. 하인, 하녀 등등)마저도 당씨 성을 가지고 있다고 했다. 뭐, 사실인지는 모르겠지만.

게다가 가문의 무공이 밖으로 누출되는 것을 극히 꺼려하여 출가외인이 될 딸에게는 절기를 전수하지 않는다고 했다. 그러니 절기를 전수받으려면 죽을 때까지 당씨 집안의 사람이 될 수 있게 독신으로 살거나 데릴사위를 얻어 사위에게 당씨 성을 받게 했다.

그러한 집안이니 자신의 집안에 데릴사위가 들어오는 건 환영해도 집안의 아들이 남의 집안 데릴사위가 되는 건 절대 못 봤기에 할아버지가 그렇게 말한 것이었다.

그런데 할아버지의 추측은 빗나간 모양이었다. 당 가주는 다시 한 번 한숨을 내쉬더니 고개를 절레절레 저었다.

"차라리 그런 거라면 자네에게 달려오지도 않았네. 그것보다 훨씬 큰일이야."

"허어… 이 사람 참 답답허이. 나에게 달려온 걸 보아하니 내 도움이 필요한 모양인데 말을 해야 내가 도와주든지 말든지 할 것 아닌가?"

당 가주는 잠시 머뭇거리다가 결심을 굳힌 듯 빠르게 말을 뱉어냈다.

"내 셋째 놈이 그걸 가지고 튀었어."

"콜록, 콜록……."

하필 할아버지가 답답한 목의 갈증을 풀려고 차를 한 모금 마시는 중이었는데, 그 이야기를 듣고는 얼마나 놀랐는지 사레가 들려 버렸다.

"이런, 자네 괜찮은가?"

당 가주가 할아버지의 모습에 자신도 놀라 할아버지의 등을 두드려 주려는 듯 다급히 자리에서 일어나자 할아버지가 손을 내저어 말리며 힘겹게 말을 내뱉었다.

"콜록~ 난… 콜록, 캑캑… 하아, 이제야 진정되었군. 커흠… 난 괜찮네. 아니, 그런데 도대체 무슨 소리야? 자네 셋째 놈이 그걸 가지고 튀었다니?"

당 가주는 다시 자리에 엉거주춤 앉으며 차마 할아버지를 바라볼 수 없었는지 시선은 저 머나먼 창밖의 하늘을 바라보며 대꾸했다.

"말 그대로네. 그걸 가지고 도망쳤어."

"설마… 그걸?"

"그래, 그걸."

"미치겠군. 그놈에게도 그게 뭔지 알려줬어?"

할아버지가 이마를 짚으며 묻자 당 가주는 고개를 설레설레 저었다.

"아니, 그놈은 그게 타 문파의 절기인 줄로만 알아."

"그 녀석에게는 숨긴 곳을 알려주지 말지 그랬어?"

"말 안 했어. 하지만 자네도 알다시피 녀석의 잔머리 회전이 얼마나 빠른가? 자신이 숨긴 장소를 추측해서 알아낸 뒤에 빼간 거야."

"허참… 아니, 그놈이 갑자기 왜 그런 거야? 또 가르쳐 달라는 절기를 위험하다고 안 가르쳐 줬어? 아님, 달라는 거 안 줬어?"

할아버지의 말을 들어보니 전에도 그랬던 적이 있었던 모양이다.

"아, 글쎄 그놈이 천독절명침통을 달라는 거야. 자네 같으면 그 위험한 걸 그놈에게 주겠나? 그래서 내 눈에 흙이 들어가기 전에는 절대로 불가하다고 했지. 그랬더니 그놈이 그걸 가지고 튄 거야."

"뭐어? 그놈이 천독절명침통을 달라고 했다고? 허어… 참……."

"천독절명침통? 그게 뭐야?"

내가 민이를 돌아보며—민이가 나보다는 무림에 대해서 아는 게 많다—묻자 민이도 어깨를 으쓱거리며 고개를 저었다.

"몰라. 암기인 것 같은데… 이름을 보니 되게 위험한 건가 봐."

"우리가 독문에서 빼앗아 보관하고 있다는 걸 그놈이 도대체 어떻게 안 건지……."

당 가주가 한숨을 푹푹 내쉬며 하소연하듯 말했다.

"허어… 큰일 났군. 그래, 그놈은 못 잡았겠지? 한번 숨었다 하면 찾기 힘든 놈이니까. 어디로 갔는지는 알아냈나? 혹시 우리 지역이라면 내 세가의 전 무사를 풀어서라도 같이 찾음세."

그러자 당 가주가 다시 한 번 한숨을 푹푹 내쉬며 고개를 저었다.

"그게 말이지… 또 다른 문제가 끼어 있는데, 요즘 그놈이 웬 여자하고 어울리는 것 같더라고. 청기방의 기녀라서 그냥 젊은 날의 바람이려니 생각하고 있었는데, 이번에 그 기녀하고 같이 사라졌더군. 그래서 좀 알아보니까 그 기방에서도 그 기녀에 대해 전혀 모르고 있더라고. 어느 날 갑자기 나타나서 기녀로 채용해 달라고 사정했다는 거야. 용모도 반반하고 가무 실력도 괜찮아서 기용했더니만 아, 다른 손님은 일체 받지 않고 오로지 내 셋째 놈에게만 접근하더니 녀석을 휘어잡았다더군. 그리고 그대로 둘이 같이 사라진 거야. 자네도 알다시피 셋째 놈이 얼마나 말썽을 많이 부렸나? 덕분에 생각지도 않게 사천지방에 우리 세가의 정보망이 좌악 깔렸는데 도통 꼬리가 잡혀야 말이지. 하늘로 솟았는지 땅으로 꺼졌는지 도대체 종적을 잡을 수가 없어."

당 가주의 말에 뭔가 심상치 않음을 깨달았음인지 할아버지의 눈썹이 미묘하게 꿈틀거렸다.
"그거… 혹시……."
당 가주도 할아버지가 뭘 말하고 싶어하는지 알아챈 듯 할아버지가 다 말하기도 전에 고개를 끄덕였다.
"그래, 내 생각도 같아. 아마 그쪽에서 일부러 셋째 놈에게 접근해서 바람을 넣은 것 같아. 후우, 이제 어쩌면 좋겠나? 젠장, 그동안은 남의 일인 줄만 알았는데 우리 세가에서 그런 일이 생겨 버리다니… 그것도 하필 이런 시기에…….''
당 가주가 무지 근심스러운 어조로 물었지만 할아버지의 대답을 기대한 건 아닌 듯 머리를 감싸며 자신만의 생각에 잠겼다. 할아버지도 별 뾰족한 수가 없는지 무지 착잡한 표정으로 천장만 바라보고 있어 할아버지의 서재 안은 또다시 침묵에 휩싸여 있었다. 그런데 그 침묵을 깨뜨린 건 당 가주도 할아버지도 아닌 갑자기 서재 안으로 들이닥친 예 총관에 의해서였다.
그는 평소의 침착성은 어디다 잃어버렸는지 허둥거리는 모습으로 예의도 잊어버린 채―들어오기 전에 문을 노크하고 들어가도 되는지 허락을 구하는 것―무작정 서재의 문을 부술 듯이 박차고 들어와 할아버지를 불러댔다.
"가주님! 가주님―!"
그러나 참으로 안타깝게도 민이와 나는 그 뒤의 상황을 볼 수 없었다. 왜냐하면 그와 비슷한 시기에 유와 덕이가 내 문을 거칠게 두드렸기 때문이다.
"주군, 안에 계십니까? 주군?"
"아따, 주군? 안 들리신다요? 큰일이 생겨부렸는디……."
그에 나는 허둥지둥 화면을 끄고 방 안의 결계를 해제시켰다.

그동안 민이는 원래대로 내 방 창문을 열고 내가 결계를 해제시키자마자 문을 열고 아무 일도 없는 것처럼 태연한 표정으로 둘에게 물었다.

"무슨 일이죠?"

"도련님, 주군께선 안에 계십니까?"

그러나 유가 민이에게 대답은 안 하고 나만 찾자 민이 뒤에 서 있던 내가 나섰다.

"나 여기 있어. 왜 그러는데?"

"아따, 주군. 무림맹에서 무사들이 쳐들어왔당게요! 주군과 가주님을 잡으러 왔다카는데……"

덕이는 무지 급한 표정으로 막 떠벌렸으나 그의 말은 유의 제지에 의해 끝을 맺지 못했다.

"잡으러 온 게 아니야. 무림맹으로 급히 모셔가려고 온 것이다."

"뭔 소리야? 무림맹에서 우리를 데려가려고 무사들을 파견했다고? 그냥 빨리 와달라고 전갈만 보내면 갈 텐데 뭐 하러 귀찮게스리 무사들까지 파견했대?"

그러자 유가 약간 굳은 얼굴로 고개를 저었다.

"그건 저도 모르겠습니다. 어쨌든 저들이 주군을 찾고 있습니다. 어서 가보시지요."

유의 재촉에 고개를 갸웃하며 민이와 같이 본관으로 갔더니 그곳에는 익히 잘 아는 주작단과 청룡단이 와서 우리 세가의 무사들과 대치를 하고 있었다. 사천당가의 사람들은 우리 세가를 도와주려는 건지 우리 세가 쪽에 서 있었다. 그런데 폼을 보아하니 우리를 '모시러' 온 것이 아니라 덕의 말대로 '잡으러' 온 것 같았다.

그런데 내가 그곳에 모습을 드러내자 익히 나와 사이가 안 좋은 그 '청명검' 사건 때의 청룡단 5인방 중 한 명인 화예검 혁진아가 날 발견하고는 기분 나쁜 미소를 흘리며 말을 건넸다.

"아하, 이제야 등장하셨군. 저 잘났다고 혼자 날뛸 때부터 예상은 했지만 역시 사파들과 한패거리였어. 난 그럴 줄 미리 짐작하고 있었지."

뜬금없는 그의 말에 '뭔 소리래요?' 하는 시선으로 그곳에서 대치하고 있는 우리 세가 사람들을 바라보는데 우리 세가 사람들보다 먼저 주작단장이 나서서 그를 꾸짖었다.

"아직 밝혀진 건 아무것도 없으니 단정할 수는 없다. 우리는 단지 가주님과 은 소저를 모시러 왔을 뿐이다."

그러자 상린공자 목우령이 피식 비웃음을 던지며 말했다.

"저 계집을 감싸줄 필요는 없습니다. 밝혀진 게 없다니 무엇이 밝혀지지 않았단 말입니까? 이미 저 계집의 죄는 백일하에 드러나지 않았습니까?"

하지만 그는 청룡단장의 한마디에 풀이 죽어 뒤로 물러나야 했다.

"닥쳐라!"

그리고 그때 즈음에 당 가주와 함께 할아버지가 그곳에 모습을 나타내었다.

"흐음, 무림맹의 주작단과 청룡단이 우리 세가를 방문하셨군. 하나 보아하니 좋은 일로 방문한 것이 아닌 듯한데?"

그러자 청룡단장과 주작단장이 앞으로 나서서 할아버지에게 포권을 취해 보이며 정중하게 말했다.

"저희는 무림맹주의 명을 받고 가주님과 은 소저를 모시러왔습니다. 그러니 동행해 주셨으면 합니다."

"날 데리러 왔다? 그래, 자네 둘이 수하들을 이끌고 온 데에는 이유가 있겠지?"

할아버지는 어디까지나 담담하게, 그러나 날카롭고 위엄있는 눈빛으로 그들을 바라보며 물었다. 하지만 그 둘은 난처한 빛으로 고개를 저었다.

"죄송합니다. 워낙 급비인 사안이라 저희는 말씀드릴 수가 없습니다. 무림맹으로 가신다면 자연 모든 일을 아시게 될 것입니다."

"허어, 이유도 모른 채 자네들과 동행하란 말인가? 허허헛."

할아버지는 기가 차다는 듯 하늘을 보며 웃음을 흘리더니 갑자기 엄청난 내력을 일으켜 그들을 쏘아보며 매섭게 물었다.

"무림맹은 우리 세가를 그렇게 우습게 여기고 있단 말인가?"

그 둘은 할아버지의 내력이 감당하기 버거웠는지 새파랗게 질리며 신형을 휘청였지만 뒤로 물러나지도, 무릎을 꿇지도 않은 채 버텼다. 그리고 우선 먼저 청룡단장이 입을 열었다.

"죄송합니다. 하지만… 크윽… 저희는 단지 명을 수행할 뿐입니다."

그 모습에 할아버지는 내력을 거두며 코웃음을 쳤다.

"흥, 내가 거부한다면 어찌겠는가? 자네들이 비록 수하 모두를 이끌고 왔다 하나 날 데려갈 수 있으리라 생각하는가?"

그러자 주작단장이 청룡단장보다 한 걸음 앞으로 나서며 조용히 입을 열었다.

"무림맹주께서는 만약 저희와의 동행을 거부하신다면 무력을 써서라도 모셔오라고 말씀하셨습니다. 하지만… 아버님께서는 필시 무슨 오해가 있는 것이니 부디 오셔서 오해를 풀어주시길 간

곡히 부탁한다고 말씀하셨습니다."
 그러니까 그의 말은 공적으로는 무력을 써서라도 할아버지와 날 데려오라고 하긴 했지만 그 개인적으로는 그러길 원치 않는다는 거였다. 공적인 입장과 사적인 입장의 차이라고나 할까?
 그 말을 들은 할아버지는 조금은 누그러진 어조로 물었다.
 "그래? 흐음… 또 뭔 일이 있어나 보군. 그런데 만약 내가 세가의 무사들을 이끌고 간다면 어찌겠는가?"
 "그건 좋을 대로 하라 하셨습니다. 저희는 단지 두 분만 모셔가면 됩니다."
 그러자 예 총관이 할아버지를 바라보며 말했다.
 "출전을… 명할까요?"
 할아버지는 예 총관에게 대답하는 대신 날 바라보며 물었다.
 "진아, 어떻게 생각하느냐?"
 그 물음에 나는 생긋 웃으며 할아버지에게 대답했다.
 "무슨 일인지는 궁금하네요. 하지만 무림맹은 이걸 잘 알아둬야 할걸요?"
 그러면서 나는 이번에는 청룡단과 주작단의 모든 이들을 향해 시선을 돌리며 살짝 마법을 사용했다.
 "이모션 엔센트먼트 피어(원하는 상대에게 원하는 감정을 심어줄 수 있다. 지금 나는 공포의 감정을 심어준 것)!"
 그리고 드래곤 피어를 아주 사알짝 섞어서 또박또박 말했다.
 "난 원래 사람을 공격하는 것은 좋아하지 않지만, 만약 무림맹에서 할아버지의 피를 보려 한다면 할아버지의 피 한 방울당 한 사람의 목숨이 사라질 거라는걸."
 그러다가 민이를 돌아보며 물었다.

"아, 그냥 무림맹을 싹 쓸어버릴까? 그게 훨씬 간편할 것 같은데."

그러자 민이가 피식 웃으며 내 말에 응수했다.

"무림맹이 나쁜 게 아니라 그에 소속된 문파들이 나쁜 거 아냐? 괜히 불쌍한 무림맹은 건들지 말고 그 문파들이나 쓸어버리는 게 어때?"

"귀찮게 일일이 쫓아다니며 하나씩 손을 봐줘?"

"나도 도와줄게. 그럼 괜찮지 않을까?"

그렇게 말하던 민이는 뭔가 좋은 생각이 났는지 손뼉을 딱 치며 말을 이었다.

"아, 그러지 말고 우리 내기할까? 만약 그런 일이 생기면 누나랑 내가 누가 더 많은 문파를 처리하는지 겨루는 거야. 내기니까 뭔가 하나를 걸어야겠지?"

그러면서 살짝 윙크를 지어 보이는 민이에게 나는 크게 고개를 끄덕이며 동의했다.

"오, 그거 괜찮겠다."

그러자 꼴에 자존심이 상하는지 상린공자 목우령이 발악적으로 외쳤다.

"헛소리!!"

그 모습에 나와 민이는 쿡 웃으며 말했다.

"헛소리인지 아닌지 지금 이 자리에서 보여줄 수 있는데… 한번 볼래?"

"한 가지 충고를 해주자면 하얗게 질린 채 덜덜 떨면서 말하면 상대에게 안 먹힌다고요."

그는 지금 내 마법에 걸린 상태였기에 몸을 자신도 모르게 덜

덜 떨며 있었던 것이다.

그 모습을 보고 있던 할아버지도 쿡 웃으며 예 총관에게 말했다.

"뭐, 다 갈 것은 없겠고… 나랑 저 두 강아지하고, 강아지들을 제어할 수 있는 며느리만 있으면 충분할 것 같군."

그러나 예 총관은 그걸로는 안심이 안 되었는지 할아버지와 나, 민이, 엄마, 거기에 엄마의 반쪽인 아빠와 배 숙부, 배 숙부의 세 제자와 예성구를 포함시켰다. 그리고 그것도 모자르는지 은영의 후계자이자 배 숙부의 친구인 담동에게 수하들을 이끌고 은밀히 쫓게 했다. 물론 이건 사관 할아버지가 말해 준 거다.

그리고 우리 세가를 방문했던 사천당문 사람들도 어차피 무림맹에 가야 한다고 하면서 우리와 같이 동행하기로 했다. 아무래도 우리 세가를 도우려는 것처럼 보였다.

여기에 관련된 에피소드를 말하자면, 예 총관이 혹시 무슨 불상사가 일어날지 모르니까 민이는 두고 가라고 사정했다고 한다. 그러자 할아버지가 예 총관에게 말하길,

"자네가 뗄 수 있다면 한번 떼어보게."

라고 했다고 한다. 그러자 예 총관이 순순히 단념했다나? 아니, 못 먹는 감 찔러나 본다고 한번 시도라도 해볼 것이지 왜 그냥 포기했는지 이해가 안 갔다.

그리고 우리가 출발할 때 청룡단의 싸가지 5인방이 우리 세가 사람들 무기를 압수해야 한다고 바득바득 우겼다고 했다. 그러자 청룡단장이,

"죽고 싶으면 그냥 장강 강물에 뛰어들게나. 장강은 그렇게 멀리 있지 않다네."

라고 했단다.

뭐, 이러저러한 우여곡절 끝에 무림맹에 도착하자 참으로 우습게도 그곳에는 9대 문파에서 불러들인 자파의 정예 무사들이 진을 친 채 우리를 맞이했다. 그리고 그들을 견제하고 우리를 도우려는 의도인지 8대 세가의 무사들도 막 달려와 그들과 대치하고 있는 것이 아닌가?
"풋, 누가 보면 싸움난 줄 알겠네."
"잘됐지 뭐. 귀찮게 일일이 찾아다니지 말고 그냥 여기 있는 사람들만 싹 쓸어버리면……"
내 말에 민이가 고개를 설레설레 저었다.
"그럼 더 귀찮게 될걸? 문파에 남아 있는 이들이 복수하겠다고 우리 세가로 쳐들어올 거야."
"아니, 그러니까 우리는 가만히 앉아서 오는 사람만 처리하면 되는 거잖아."
"풋, 그렇게 되는 건가!?"
그렇게 우리가 도착하여 8대 세가의 무사들 사이로 들어가 9대 문파의 무사들과 대치를 하자 긴장감은 점점 높아졌다. 그런데 그 긴장감을 무마시키려는 건지 아니면 더 긴장시키려 유도하는 건지 우리가 도착했다는 전갈을 받은 듯한 무림맹주가 9대 문파와 8대 세가 출신의 장로들을 데리고 나와서 우리를 맞았다.
"오셨소이까?"
"다시 뵙소이다, 맹주. 그런데 이렇게 우리를 오게 하려고 호위까지 보내준 이유가 참으로 궁금하외다."
"그건 일단 들어가서 이야기하시지요. 자, 은 소저, 그대도 같이

와주겠나?"

'청하는데 거절할 수야 없지.'

나는 고개를 끄덕이고는 민이를 비롯한 세가 식구들에게 생긋 웃으며 손을 흔들어 보였다.

"그럼 당겨오겠습니다아~!"

할아버지와 내가 그들과 함께 간 곳은 예전에 한 번 와본 적이 있는 장로 회의실이었다. 그곳에서 예전에 앉았던 자리에 앉자 9대 문파 쪽에서는 어떻게 해서든 꼬투리를 잡으려는 듯한 시선으로, 그리고 8대 세가 쪽에서는 그런 9대 문파 장로들을 저지하려는 듯 눈에 힘을 주고 있었다.

당 가주는 비록 장로는 아니었지만 가주의 신분이었기에 이곳에 참석할 수 있었다. 게다가 비록 성과는 없었던 사파 연합의 습격에 참여했던 덕에 봉문이 풀어졌는지 모용세가 출신의 장로와 모용세가의 전 가주도 와 있었다.

사람들이 다 자리를 잡고 앉자 무림맹주가 할아버지와 날 바라보면서 입을 열기 시작했다.

"이렇게 갑작스레 오시라고 한 것은 무림맹에 또 한 번 다급한 일이 생겼기 때문입니다. 그리고 그 일은 은 소저와 관련이 있어서 은 소저도 함께 오게 한 것입니다."

"그건 짐작하고 있는 일이외다. 도대체 그 일이 무엇이란 말이오?"

할아버지의 '별거 아니면 가만 안 있을 거야' 란 어투의 말에 청성파의 장로가 이죽거렸다.

"잠시 후에도 그렇게 당당할 수 있었으면 좋겠소이다."

할아버지의 눈썹이 분노로 인하여 꿈틀거렸다. 그러자 무림맹주가 다급히 입을 열었다.

"이번 일은 다름 아닌 전에 은씨 세가에서 구출했던 제갈 전 가주에 대한 일입니다."

뜻밖의 사람이 거론되자 할아버지는 분노도 잊고 무림맹주를 바라보며 다시 되물었다.

"제갈 전 가주?"

"그렇습니다. 정확히는 은 소저가 구한 제갈 전 가주가 무림맹이 소란함을 틈타 갑자기 사라졌습니다. 그리고 그가……."

거기까지 말한 무림맹주는 슬쩍 나를 보더니 한숨을 쉬며 나머지 말을 내뱉었다.

"우리 무림맹에서 보관하고 있던 중요한 비급을 가지고 간 것 같습니다."

할아버지의 눈썹이 놀랐다는 것을 나타내려는지 위로 치켜 올라갔다.

"그게 무슨 소리요? 왜 그가 그런 짓을 했다는 거요?"

그러자 이번에는 종남파의 장로가 코웃음을 치며 말했다.

"흥, 뻔한 것 아니겠소? 은 소저가 구출했답시고 데리고 온 자는 가짜라는 거요. 나원 참, 그래 놓고 생색 내기는……."

'우리가 언제 생색을 냈다고… 자기네가 못했으니까 괜히 찔려서 어쩔 줄 몰라 했던 주제에.'

물론 그건 속으로만 말할 뿐이었다. 만약 할아버지만 아니었다면 저 9대 문파 사람들은 저 자리에 앉아 있지도 못했을 거다.

이때 모용세가의 전 가주가 우리를 도우려고 함인지 피식 웃으며 말했다.

"은 소저야 제갈 전 가주를 본 적이 한 번도 없으니 착각했을 수도 있다지만, 그대들이야 제갈 전 가주와 예전부터 알고 지내던 사이 아니오? 그런데 그대들은 제갈 전 가주가 돌아왔을 때 왜 가짜라는 것을 알아차리지 못했소이까?"

그러자 종남파의 장로가 할 말이 없는지 헛기침을 하며 시선을 피했다.

"어허허험."

'그런데 그자가 가짜였다고? 그럼 제갈준희가 위험에 처했을 때 처절하게 울부짖은 게 연기였단 말야? 으음… 되게 실감나게 울부짖었는데… 제갈준희도 그를 보고 할아버지라 했고 말야. 그럼 제갈준희도 못 알아봤다는 건가?'

내가 이렇게 생각에 잠겨 있는데 할아버지의 음성이 들려왔다.

"그럼 지금 우리가 가짜 제갈 전 가주를 데리고 왔으니 그 책임을 지게 하려고 이렇게 부른 것이란 말이오?"

그러자 무림맹주가 얼른 도리질을 치며 입을 열었다.

"무슨 말씀을… 은 소저가 없었더라면 제갈 소저가 어디 있는지도, 그리고 하남상단이 적의 손에 넘어갔다는 것도 우리는 몰랐을 것이외다. 은 가주를 갑작스레 모신 것은 일이 이렇게 되었으니 앞으로 어찌해야 할지를 의논하기 위하여……."

할아버지는 무림맹주의 말이 끝나기도 전에 그의 말을 자르며 물었다.

"그럼 내 손녀는 왜 오라고 한 것이오?"

"그거야 혹시 제갈 전 가주를 구할 때 뭐 이상한 점이 없었는지를 물어보기 위하여 보자고 한 것이외다."

그러자 화산파의 장로가 비아냥거렸다.

"물론 묻기 위해 오게 한 거지."

그러면서 그는 날 보고 날카롭게 추궁했다.

"사실 전에도 그렇고 은 소저의 공은 충분히 크네. 하나 나는 궁금한 게 몇 가지 있어서 말이지."

"제가 답할 수 있는 거라면 답해 드리겠습니다."

이렇게가 아니라면 뭐라 말하겠는가? 그는 내 대답이 끝나자 물었다.

"제갈 소저가 갇혀 있었던 곳은 우리로서는 정말 생각지도 못한 것이었지. 우리도 그 점은 인정하네. 그런데 그렇게 알기 어려운 비밀 감옥에 가짜를 가둬뒀다는 것이 말이 된다고 생각하나? 마치 우리가 그 감옥을 알아낼 것이라 예상이라도 한 듯이 말일세."

"그렇군요. 그건 저도 어찌 된 건지 모르겠습니다."

그는 내 대답을 듣더니 피식 웃으며 말했다.

"모르겠다? 그럴 수도 있지. 내 생각은 이렇네. 그들이 자네가 비밀 감옥을 찾아내리라는 것을 미리 예측하고 있었다거나 아니면……."

그는 거기서 말을 살짝 끌더니 날 바라보며 또박또박 말했다.

"그들과 자네가 가짜 제갈 전 가주를 구출하기로 합의를 했을 수도 있지."

한마디로 내가 그들과 내통하지 않았느냐는 소리였다.

"그렇군요. 그렇게 생각될 수도 있겠군요."

내가 전혀 동요하지 않은 채 순순히 수긍하며 고개를 끄덕거리자 화산파의 장로가 약간 당황한 모습을 보였다. 그는 아마도 날 위협하려고 그런 말을 한 듯했다.

'풋, 날 위협할 수 있을라나?'

그러나 8대 세가 사람들이 가만히 당하는 걸 보고만 있지는 않았다. 우선은 혁련세가의 장로가 입을 열었다.

"내가 알기로는 이번에 제갈 전 가주—비록 가짜이지만—와 제갈 소저를 구해낼 수 있었던 것은 은 소저의 주술 덕이라고 알고 있소이다. 하지만 맨 처음 제갈 소저를 데리고 간 이들 중에는 모산파의 사람이 있다고 하지 않았소이까? 모산파 또한 주술에는 능통한 자들. 혹시 그들이 은 소저의 주술을 알아차렸을 수도 있소이다."

그것 또한 확실히 논리적인 말이었다. 하지만 내 마법을 그들이 알아차린다는 건 불가능할 것 같았다. 이곳 주술도 물론 마나를 이용한 것이기는 하지만 추적 마법은 마법의 기운이 거의 안 느껴지기 때문에 따로 마법의 기운을 탐지하는 마법을 사용하지 않는 한 못 알아차리기 때문이다.

'이곳은 주술이 크게 발달하지 않아서 태연했던 건데 내가 너무 얕봤던 걸까? 이곳에도 주술이 사용되었는지 안 되었는지를 알아내는 주술이 있었던 걸지도 몰라.'

멀리 있던 내가 알 수 있는 것은 제갈준희의 위치와 누군가가 내가 걸어놓은 마법을 해제시키느냐 하는 거였다. 단지 마법이 걸려 있느냐 아니냐를 알아보는 것은 알아차리지 못했다.

'이거이거… 얕보다가 한 방 먹었는걸.'

하지만 9대 문파의 장로들은 혁련세가의 말에 수긍하지 않았다. 그들은 어떻게 해서든 내가 사파랑 거래를 하거나 손을 잡은 쪽으로 연결시키고 싶어했다. 덕분에 치열해진 공방 속에서 내가 사용하는 주술이 문제가 되었다. 그리고 그들은 거기에서 더 나아가 내가 은씨 세가로 들어오기 전에 이미 사파의 주술—아예 그렇게 말이 바뀌었다—을 익혔으니 엄마나 아빠 또한 사파 사람이 아니냐고 몰아붙였다.

그들의 말로는 주술은 사파들만이 쓰는 것인데 내가 주술을 사용한다는 것이 아무래도 수상하다는 것이었다. 그러자 할아버지가 의미심장하게 씨익 웃으며 9대 문파의 장로들을 향해 말했다.

"그럼 지금 당신들은 내 손녀가 사파라고 말씀하시는 것이오? 그렇다면 나도 사파 사람이고 우리 은씨 세가도 사파이겠구려. 지금 그렇게 말씀하시는 것이오?"

그러자 공동파의 장로가 맞섰다.

"뭘 그렇게 비약하는 것이오? 은씨 세가가 50여 년 전 정사대전 때 가장 앞장서서 사파의 간악한 무리들을 처단했다는 건 이곳에 모인 모든 이들이 아는 사실이오. 우리가 말하고 싶은 건 은 가주의 눈에 발견되기 전에 사파의 무리들이 가주의 손녀에게 어떤 짓을 했을지도 모른다는 거요."

'헐… 그렇게까지 비약이 될 수도 있다니…….'

그들은 아무리 비약을 심하게 해도 절대 할아버지까지 몰아붙이지 않았다. 오히려 할아버지는 결코 사파가 아니라고 두둔해 주어 어떻게 보면 나와 할아버지, 좀 더 나아가서는 울 부모님과 할아버지를 떼어놓으려는 것처럼 보였다.

'호오… 우리가 오기 전에 아주 준비를 철저히 했나 보네. 이렇게 나오는 것은 무엇이냐… 은씨 세가의 힘을 깎아내리고 싶긴 하지만 할아버지의 힘은 절대적으로 필요하다는 뜻이려나?'

어느새 8대 세가의 사람들은 조용히 입을 다물고 있었다. 마음 같아서는 할아버지를 도와주고 싶었겠지만 울 부모님과 나와 민이가 세가로 들어온 건 전적으로 할아버지의 판단에서였으니 그

책임도 할아버지 몫이었던 것이다. 물론 여기서 할아버지가 내가 세가로 들어가기 전 사파의 손에 있었을지도 모른다고 말하면 아마 엄마와 아빠가 추궁을 당할 것이다.
 '흠… 아마도 거짓 자백을 하도록 강요당하겠지만…….'
 그러나 할아버지가 절대로 그런 일은 없다고 버틴다면 부모님은 아무도 손을 못 대겠지만 한번 표면으로 떠오른 의혹은 언제까지나 따라다니게 될 것이다. 그럼 행동에 제약도 많을 거고 이래저래 우리만 손해인 것이다.
 '빼도 박도 못하게 돼버려군. 역시 뒤면 귀찮네. 비록 일부러 그런 건 아니지만 괜히 할아버지한테 미안한걸?'
 할아버지도 그 점을 알고 있는지 굳은 표정으로 가만히 있다가 무겁게 입을 열었다.
 "당신들의 말은 알아듣겠소. 하지만 그대들에게서 우리 세가의 일이 거론되는 건 참 불쾌하구려. 만약 내 손녀가 그렇게 마음에 걸린다면 우리 세가는 당분간 모든 일에서 손을 떼겠소. 무림맹의 일은 물론 무림의 일에도 절대 간섭 안 할 것이오. 그렇게 된다면 그대들도 안심할 수 있지 않겠소이까?"
 그리고는 자리에서 벌떡 일어난 할아버지가 좌중을 향해 당당히 선언했다.
 "우리 세가는 지금 즉시 무림맹을 떠나 세가로 돌아가겠소. 가자, 진이야."
 불만은 없었던 터라 나는 즉시 자리에서 일어났다. 그러자 그곳에 있던 모든 사람들이 당황해서 웅성거리는 것이 눈에 보였지만 할아버지 손에 이끌려 회의실을 나왔으므로 그들이 뭔 이야기를 나누는지는 알지 못했다.

할아버지는 앞에서 성큼성큼 걸어갔기에 나는 할아버지의 표정을 볼 수 없었다. 단지 약간은 불안한 마음으로 할아버지 뒤에서 종종걸음으로 할아버지를 쫓아갈 뿐이었다.

할아버지의 선택이 기쁘기는 했지만 솔직히 미안한 마음도 없지 않아 있었다. 괜히 나서가지고 할아버지를 곤란함 속에 빠뜨린 것만 같았기 때문이다. 그래서 나중에 9대 문파를 한 번씩 선회하면서 혼내줄까 진지하게 고민하고 있는데 갑자기 할아버지가 우뚝 서더니 날 돌아보았다.

"진이야."

아주 진지하게 부르는 목소리에 약간 긴장한 채 할아버지를 바라보았다.

"예."

"너 말이다, 네 부모나 민이에게는 회의실에서 있었던 일을 말하지 말거라. 아마 엄청 걱정할 게다."

"풋, 민이는 괜찮을 거예요. 아마 9대 문파를 가만 안 두려 할걸요?"

할아버지의 말은 이해하지만 부모님은 몰라도 민이에게는 이야기하려고 했던 것이다. 그러나 할아버지는 고개를 저은 채 내 머리를 살짝 톡톡 두드렸다.

"그런 놈들은 상대할 가치조차 없다. 정파의 정신을 잃어버린 채 세력의 확대에만 급급한 썩은 녀석들은. 내 예상이 맞다면 곧 있음 사파 연합과 정파 무림맹 사이의 전면전이 벌어질 것이다. 그때 조금 정신을 차렸으면 좋겠는데……."

"우리는 그 싸움에 참여하지 않나요?"

"그래, 9파에서 그런 태도를 버리지 않는 한 난 그들을 돕지 않을 것이다."

"하지만… 8대 세가도 있잖아요."

"그들이 참여한다고 해서 내가 일부러 도울 필요는 없지. 비록 친한 세력이긴 하지만 그들이 직접 도움을 요청해 오지 않는 한 내가 먼저 나서지는 않을 거다. 그리고 내가 나서지 않는다고 선언했으니 그들이 참여한다는 건 그들 스스로의 선택일 뿐 내가 상관할 바는 아니지."

어찌 보면 냉정하기도 하고 또 어찌 보면 그쪽 의사를 존중하는 것 같기도 하고—우리 세가가 참여 안 한다고 저쪽도 참여 안 하기를 바라지는 않으니까—헷갈리지만, 이건 개인적인 일이 아니라 세가와 문파 간의 일이다 보니 약간의 냉정함은 필요한 것 같았다.

우리가 장로 회의실이 있는 건물을 나오자 그곳에는 여전히 8대 세가와 9대 문파의 무사들이 대치하고 있었다.

'어이구, 인내심이 많기도 하지. 회의실에 있었던 게 대충 한 시간쯤 되는데 그동안 저러고 있었단 말야?'

할아버지도 조금은 한심했는지 그 모습에 가볍게 한숨을 내쉬더니 은씨 세가의 무사들을 불러 모으려 했다. 하지만 그보다도 먼저 주작단장인 헌준이 할아버지 쪽으로 달려왔다. 얼굴이 잔뜩 굳어 있는 걸 보니 장로 회의 내용을 대충 알고 있는 듯했다.

"잠시만 기다려 주십시오, 은 가주님."

"내게 뭔가 할 말이라도 있는가?"

할아버지는 그에게 별로 감정이 없는지 그가 부르는 대로 선선히 기다려 주었다가 그가 앞에 도착하자 물었다.

"예, 비록 제가 주제넘게 참견하는 것 같습니다만… 정말 이대로 돌아가실 겁니까? 당신은 정파 무림맹의 든든한 기둥이십니다."

"칭찬 고맙네만 난 내 손녀를 험담하려는 자들과는 같이 있고 싶지 않다네."

할아버지가 더 말할 것도 없다는 듯이 딱 잘라 말하고 돌아서려 하자 헌준이 약간 다급한 어조로 속삭였다.

"사실은 방금 사파 연합에서 정식으로 통보가 왔습니다. 만약 자신들을 정파 소속의 문파와 같이 동등하게 인정해 주지 않는다면 무력으로라도 그렇게 만들겠다는 것입니다. 그리고 제일 먼저 그 장소는 정파의 기둥들 중 하나인 무당파가 될 것이라고 말입니다."

그 말에 할아버지는 멈칫하더니 잠시 생각에 잠겼다가 허탈하게 중얼거렸다.

"허… 결국 하나만 남기고 그들 손에 다 들어갔다는 건가? 그리고 마지막까지 손에 넣어보겠다는 것이군."

헌준은 그게 무슨 말인지 못 알아듣고 어리둥절해했지만 나는 즉시 그게 무슨 말인지 알아차렸다. 사실은 할아버지가 당 가주와 하는 이야기를 몰래 엿들은 데다 방금 장로 회의에서 오가는 이야기도 다 듣고 있었기에 가짜—정말 가짜인지는 모르겠지만—제갈 전 가주가 가지고 사라졌다는 것이 무림맹에서 보관하고 있던 마공 비급의 조각이라는 것을 눈치 채고 있었던 것이다. 그렇게 따지자면 정파에서 보관하고 있던 조각들은 모두 저들 손에 넘어가고 이제 마지막으로 단 하나, 무당파에서 보관하고 있는 것만이 남은 것이다.

게다가 제갈 전 가주까지 그들 손 안에 있었으니 무당파만 점령하면 저들은 완전한 마공 비급을 손에 얻게 되는 것이다.
 도대체 그게 얼마나 대단한 것인지는 모르겠지만 정파 무림맹의 윗분들이 하나같이 엄청 중요하게 생각하니 대단하기는 무지 대단한 것 같다.
 할아버지가 다시 한 번 멈칫거리자 헌준은 뭐가 뭔지는 모르겠지만 할아버지의 관심을 끈 것이라 생각했는지 아주 간절히 말했다.
 "지금 정파 무림맹의 힘은 많이 약해져 있습니다. 다시 한 번 무림맹첩이 모든 정파의 문파들에게 발송될 것이긴 하지만 저번과 같지는 않을 것입니다. 그런데 이럴 때 은 가주님마저 무림맹의 일에 관여 안 하신다면 정파는 바람 앞의 등불과 같은 신세가 될 것입니다."
 그러자 할아버지는 고개를 좌우로 저었다.
 "자네는 정파의 저력을 너무 얕보고 있군. 비록 지금은 그 정신이 많이 약화되었다 하나 우리 정파는 오랜 세월 동안 그 명맥을 유지시켜 왔네. 그러한 전통은 한순간에 무너지지 않아. 설사 이번 사파와의 싸움에 정파가 패한다 하더라도 정파는 사라지지 않을걸세. 오히려 역경을 겪으면 더욱 강해지는 것이 정파의 정신이니까."
 할아버지는 9대 문파는 싫어하는 듯하지만 자신이 정파라는 것에 정말 대단한 자부심을 가지고 있는 듯했다.
 '으음… 훌륭한 자세야. 저런 사람이 있기에 세가가 발전하고 무림이 발전하고, 더 나아가 나라가 발전하는 것이지. 암, 암.'
 하지만 그래도 할아버지가 이번 싸움에서 뒤로 빠지는 것은 변하지 않을 듯했다.

그러자 이번에는 다른 사람들이 나타나서 할아버지의 발목을 잡았다.

"자네, 정말 이대로 가버릴 건가?"

모용세가의 전 가주의 목소리였다. 그에 뒤돌아보니 그곳에는 모용세가의 전 가주와 사천당가의 가주가 할아버지를 향해 다가오고 있었다.

"뭔가? 자네도 날 막으려고 하는 겐가? 미리 말하지만 난 내 손녀를 험담하는 녀석들과는 같이 있고 싶지 않아."

친우의 앞이라서 그런지 할아버지는 헌준을 대하는 것보다는 많이 부드러워져 있었다.

"무슨 소리. 우리도 그런 녀석들과는 상종도 하기 싫어. 하지만… 하지만 말일세, 이번 일에는 우리의 책임도 있지 않은가?"

아마도 마공 비급 조각을 빼앗긴 일에 대해서 말하는 것 같았다. 그 말이 할아버지에게 먹혀들었는지 할아버지는 아무런 말도 안 했고, 그렇다고 돌아갈 기색을 보이는 것도 아니었다. 그에 모용세가의 전 가주와 당 가주는 서로 미소를 교환하더니 다시 모용세가의 전 가주가 입을 열었다.

"아차, 자네에게는 아직 말을 못했는데 지금 이쪽으로 남궁세가에서 살아남은 사람들이 오고 있는 중이라네."

거기까지 말한 모용세가의 전 가주는 약간 슬픈 기색을 띠고는 말을 이었다.

"남궁이—할아버지의 친우로 남궁세가의 전 가주. 세가 안에서 은거하느라 한 번도 등장하지는 않았음—는… 그곳에서 명을 달리했다는군. 세가의 사람들을 대피시킬 때 그 녀석하고 몇몇 장로들이 남아 시간을 끌어 덕분에 절반 정도의 사람들이 그곳을 탈출하다가

급히 달려간 무림맹의 현무단과 백호단을 만나 위기를 모면했다는군."

"그랬나? 허허… 또 한 명이 가버렸군."

할아버지가 슬쩍 하늘을 바라보며 중얼거리자 당 가주가 고개를 끄덕였다.

"그래, 다 그런 거지 뭐. 게다가 세가의 핏줄을 단절시키지 않은 데다가 손자까지 봤으니 원은 없겠지. 무인이 싸움터에서 죽었으니 그 또한 무인다운 죽음이고 말야. 그런데 잔존한 남궁세가의 사람들이 복수를 하겠다고 이번 싸움에 기필코 참여하겠다더군."

"게다가 단목이 녀석도 참가하겠다고 연락이 왔어. 미친놈. 아, 무사가 몇이나 남았다고 이 싸움에 참여한다는 건지… 남아 있는 이들 몽땅 끌고 온다더군."

당 가주의 뒤를 이어 모용세가의 전 가주가 말하자 할아버지가 고개를 끄덕였다.

"그래… 그 심정 충분히 이해가 가네."

"그래그래, 우리가 왜 이해 못하겠어? 다 같은 처지인데 말야."

당 가주가 맞장구치며 할아버지를 슬쩍 쳐다보자 할아버지가 피식 웃었다.

"뭐냐, 그래서 나도 참가하라고?"

"그래, 이놈아. 9대 문파 녀석들은 우리가 나서서 입을 콱 막아놓고 왔다. 너 그렇게 나가고 모용이 녀석이랑 나랑 우리 세가들도 빠지겠다고 하니까 놈들이 혼비백산하더군. 헛헛, 녀석들… 괜히 우리의 힘이 크니까 질투해서 말야. 역시 사람은 능력이 있고 봐야 한다니까."

당 가주의 말에 모용세가의 전 가주가 얼른 그 뒤를 이어서 계속 말했다.

"그래서 우리가 한 번만 더 그 따위 짓거리를 하면 가만 안 둔다고 엄포를 단단히 놨지. 그러니까 알았다고 하더라구. 그러니 걱정 말고 나서. 너 나서도 아무도 암말 안 할 거다."

"헛헛헛, 그랬냐?"

그 두 사람을 보는 할아버지의 눈이 촉촉이 젖어 있었다.

"그래, 이놈아. 이제 우리 넷만 남았는데 뭘 그렇게 혼자 감당하려고 그래? 우리가 우리 세가에 피해가 갈까 봐 널 외면할 줄 알았냐? 네까짓 놈 도와줘도 우리 세가는 멀쩡해, 임마."

"아무렴. 그깟 네놈 세가 도와줬다고 오랜 전통을 꿋꿋이 버텨 온 우리 사천당문이 무너질까 봐? 그렇게 생각되는 것이 더 서운하다, 이놈아."

"그래그래… 미안하다, 미안해. 얕봐서 미안하다."

'헤에… 멋진 우정이네. 그래, 사람은 저런 친구 하나쯤은 있어야지. 암, 암. 할아버지도 차암… 아까는 조금 냉정하다 싶게 군 것도 친구들의 세가에 피해 안 가도록 하기 위해서였구나.'

할아버지는 장로 회의실을 박차고 나올 때와는 달리 활짝 핀 얼굴로 우리를 기다리고 있는 세가 사람들에게로 향했다.

무지 걱정하고 있던 세가 사람들은 모용세가의 전 가주와 사천당문 가주와 같이 오는 할아버지의 모습을 보고 적잖이 안심하는 듯했다.

그리고 나는 할아버지의 말을 안 듣고 장로 회의에서 있었던 일과 세가 사람들에게 돌아오기 전에 있었던 일을 모조리 민이에게 말해 줬다.

어차피 할아버지에게 말 안 하겠다고 약속한 적은 없고 부모님에게는 말 안 할 테니까 괜찮았다. 그리고 민이가 이 이야기를 듣고 너무 분해서 날뛸 녀석도 아니고 말이다. 뭐, 속에 꽁꽁 감춰놨다가 나중에 자신이 가주가 되었을 때 9파를 향해 토해낼는지는 모르지만.

단지 민이는 내 말에 한 가지 점을 너무나 서운해했다.

"아니, 제갈 누님을 구하러 간 건 누나 혼자가 아니라 나도 같이 했고 활약도 많이 했는데 왜 사람들은 제갈 누님을 구한 걸 누나 혼자라고 생각한 거지? 이건 도대체 어떻게 생각해야 하는 거야?"

제42화
마지막 결전

마지막 결전

처음에는 마치 여인의 것만 같은 희고 긴 손이,
그리고 그에달린 팔… 그리고…얼굴……

　무당파는 예전 이름으로는 호북지방, 지금(명나라)의 명칭으로는 호광지역의 북쪽에 있는 무당산, 혹은 태화산이라고 불리는 산에 있다. 이 산은 도교에서는 성지로 추앙받고 있었고 그 산에 자리한 무당파 역시 도교 문파이다. 무당파는 소림사와 함께 정파의 태산북두라고 일컬어지고 있으며 소림사가 권법과 곤법으로 명성을 날리고 있다면 이곳은 장법과 검법으로 이름을 날리고 있었다.
　게다가 현 무당파의 장문인인 춘방 태허 도사는 현 무림의 5대 고수 중 한 명이었다.
　그러한 무당파에 지금 정파 사람들이 바글바글 모여들고 있는 이유는 단 하나, 사파 연합이 이번에 침략(?)하겠다고 통보해 온 곳이 바로 이 무당파였기 때문이다.
　원래는 사파 연합에서 자신들의 사파를 하나의 문파로 인정해 달라고 했고, 이를 거절할 시 무력 시위도 불사하겠다고 통보해

온 것을 정파 무림맹에서는 단호히 거절해 버렸기에 이렇게 된 것이다.

사실 사파도 무림의 일부분이나 마찬가지인데 왜 그렇게 인정해 주기 싫어하는지 모르겠다. 아마 사파 연합에서는 무림맹에서 거절할 줄 알고 있었기에 무당파를 치기 위한 꼬투리를 잡으려고 그런 공문을 보냈던 것이 아닌가 생각된다.

"정파의 자존심이 아닌가 싶어. 사실 정파는 50년 전의 싸움에서 이긴 후로 무림을 거의 차지한 채 지금까지 지내왔잖아. 그런데 그걸 사파와 나누어야 하고 그렇게 되면 계속 사파와 티격태격할 텐데 그걸 원하겠어? 그러니 지금 단호하게 자르려고 하는 거겠지."

내 질문에 가까운 메시지에 민이가 자신의 의견을 말해 왔다.

"그래, 그렇긴 한데… 지금 정파 무림맹은 사파 연합을 너무 얕보는 거 아냐? 저번에도 크게 당해놓고 말야. 이번에는 이길 거라고 착각하는 건 아니겠지? 사파 연합에는 강시들도 있고 그 사람을 광인으로 만들 수 있는 약도 있단 말야. 전에는 강시가 몇백 명 정도였지만 지금 얼마나 불었을지도 모르지. 게다가 사람을 광인으로 만드는 약 또한 그것만 있어도 그쪽이 승리를 장담할 것 같은데?"

민이와 나는 무당파를 벗어나 무당파가 보이는 산봉우리에 앉아 이야기를 나누고 있었다. 지금도 무당파로 향해 다가오는 무사의 행렬은 계속 이어지고 있었다. 전에 그렇게 당했는데도 불구하고 무림맹첩이 돌자 중소 문파에서도 다시 한 번 무사들을 보내 주고 있는 것이다.

이번에는 솔직히 무당파를 빼놓고 다 마공의 조각을 빼앗겼기 때문에 그것을 지키겠다고 빠질 일은 없어서 정예란 정예는 다 모인 것 같았다.

무림맹에서도 무림맹주가 직접 5개의 단을 일부분만 남겨놓고 모두 이끌고 왔고, 우리 5대 세가도 싸그리 달려왔다. 비록 단목세가와 남궁세가의 사람들이 많이 줄기는 했지만 그래도 정예들뿐이라서 아주 든든한 아군으로 인식되고 있었다.

게다가 독과 암기에 능한 사천당문도 정예들이 달려왔고 말이다.

하지만 사파 연합에서도 모산파, 독문, 묘강처럼 기기묘묘한 무공을 쓰는 문파를 비롯하여 여러 사파의 문파가 모였을 터였다.

'으음… 그러고 보니 전에 음공 공격을 받기 전에 봤던 그 시커먼 가면 쓴 남자를 다시 볼지도 모르겠네. 훗, 이번에는 그 사람의 얼굴을 꼭 한번 봐야지.'

왠지 모르게 은근히 기대가 되고 있었다.

사파 연합에서는 아주 친절하게도 앞으로 3일 뒤에 공격해 오겠다고 알려왔다. 그때 총공격이 될지, 아니면 탐색전이 이어질지는 모르겠지만 첫 싸움에서 질 수는 없었기에 모든 사람들이 긴장하고 있었다.

그들이 침입이나 습격이 아닌 정정당당하게 날짜를 통보하고 싸움을 걸어오는 것이었기에 진법이나 병법 같은 것은 소용이 없었다. 그저 일 대 일로 싸우든 다수 대 다수로 싸우든 정정당당히 맞짱 뜨는 방법밖에는 없었기에 더욱더 긴장하고 있는지도 몰랐다.

"그런데 좀 맘에 걸리는 것이 있는데… 지금까지는 사파 쪽에서 마공 비급을 빼낼 때 아무도 모르게 빼내곤 했잖아. 물론 단목세가는 직접 침입해 들어갔지만 소림이나 사천당가의 경우처럼 집안 사람을 이용해 몰래 빼내게 하는 것이 대부분이었잖아. 그런데 이제는 이렇게 대놓고 싸움을 걸어오는 것이 이해가 안 돼. 그들이 아무리 우리보다 실력이 높다 하더라도 무당파를 손에 넣으려면 피해가 많을 텐데 말야. 게다가 우리가 마공 조각을 가지고 도망간다면 무당파를 손에 넣어도 말짱 꽝이잖아."

무당파 안에서 바쁘게 움직이는 사람들을 내려다보던 민이가 갑작스레 말을 걸어왔다.

"동감이야. 사실 나도 그게 맘에 걸리더라. 하지만 8대 세가 중 한곳이었다면 그 마공 조각을 내가 지키겠다고 하거나 주술을 걸어주겠다고 할 텐데 이곳은 9대 문파 쪽이다 보니 뭐라 할 수가 없더군. 하지만 뭐, 이쪽 사람들도 솔직히 돌들은 아니니까 그 정도는 생각하고 있을 거야."

"도대체 사파 연합은 이번에 무슨 수를 쓰려고 하는 걸까? 오랜 세월 동안 기회를 엿보다가 생각지도 못한 약점을 찾아서 집요하게 파고드는 것이… 비록 적이지만 감탄스럽긴 해."

"훗, 솔직히 나도 그들이 이번에는 무슨 방법을 쓸지 무지 기대하고 있어."

우리가 이렇게 따로 노닥거리는 동안 시간은 천천히 흘러갔고 그동안 정파 사람들은 회의 끝에 작전을 하나하나 착착 세워가고 있었다.

우선 이번 선봉은 9대 문파에서 맡기로 했다. 9대 문파는 화산파나 소림사, 곤륜파나 무당파 대부분이 산속에 위치해 있었기에 산에서의 싸움에 아주 익숙하다는 것이 그 이유였다. 게다가 이번 소림에서는 4대 금강과 함께 108나한을 보내왔다. 이 108명은 18나한을 다시 6방위로 두어 짠 108나한진을 구축하는 인원인데, 이들이 펼치는 108나한진은 소림의 오랜 역사상 깬 사람이 몇 안 되는 오래되고 전통있는 진으로 유명했다.

사실 내가 소림에서 민이를 구하려 했으나 소림의 무승들에게 가로막혀 못 움직였던 적이 있는데 그때 내가 당한 것이 18나한진이었다는 건 나중에 알았다. 108나한진은 그 18나한진의 업그레이드 버전이라고 할 수 있었다.

그렇기에 제일 먼저 소림이 나서기로 했고 그 뒤를 청룡단과 백호단이 받치기로 했다. 솔직히 무림맹 산하 5개의 단끼리도 알력 싸움이 심한데 기실 그건 청룡단과 백호단은 9대 문파 출신들로만 이뤄져 있고 현무단과 주작단은 8대 문파로 이루어져 있었기 때문이다. 그 둘 사이의 알력을 상충한다는 의미로 반반씩 섞어놓은 중앙단이 있긴 하지만 그렇게 큰 효용은 없는 모양이었다.

이번에도 9대 문파에서 선봉을 맡았기 때문에 무림맹에서 보내진 5개 진에서도 청룡단과 백호단이 선봉대에 섞일 수 있었던 것이다.

대신 무당파는 자신의 문파를 맡는다는 이유로 선봉대에서 빠졌다.

그렇게 소림사를 중심으로 두 개의 단이 받쳐 주고 그 뒤를 나머지 9대 문파에서 받쳐 주기로 되었다.

그 다음이 우리 8대 세가와 나머지 두 개 단이었다. 우리는 지원 부대 역을 할 것 같았다. 그러니까 9대 문파 사람들까지 투입되었어도 밀린다면 지원으로 투입되거나, 아니면 그들이 오랜 싸움에 지치는 기색을 보이면 선수 교체를 한다는 식으로 투입되기로 했다.

물론 남궁세가 쪽은 자신들을 선봉대로 써달라고 펄펄 뛰었지만 그걸 들어줄 9대 문파들이 아니었다.

그들은 이번에 기필코 승리를 쟁취하여 9대 문파의 위명을 드높이려는 생각인 듯했다.

그리하여 드디어 결전의 날이 밝았다.

날씨는 이제 막 초가을로 접어드는 시점이라 약간 쌀쌀하기는 했지만 그다지 춥지는 않았고 하늘은 쾌청했다. 이런 날 싸움이나 해야 하다니, 강호인이라는 운명이 약간 처량하게 느껴졌지만 그렇게 느끼는 건 나뿐인 듯 모두들 싸움 전의 긴장으로 인해 아무 생각이 없어 보였다.

소림의 4대 금강과 무림맹주를 선두로 무당파의 정문을 나서서 사파 연합과의 싸움 장소로 선정된 곳에서 기다리고 있자니 저 멀리에서 일단의 무리들이 이쪽으로 몰려오고 있는 게 보였다. 바야흐로 사파 연합의 우두머리를 직접 볼 수 있게 된 것이다.

그들은 우리가 서 있는 곳에서부터 약 100m 떨어진 곳에 멈춰 섰다.

"오옷! 두근두근거려. 과연 사파 연합에서는 어떻게 나올 것인가? 그냥 다짜고짜로 공격해 올 것인가, 아니면 먼저 대화를 청할 것인가!?"

내가 흥분과 기대감에 차서 민이에게 메시지를 보내자 민이가 일순간 황당하다는 시선으로 나를 바라보며 물었다.

"누나, 지금 시 써?"

"훗, 민아, 시라고 하기보다는 그냥 아나운서나 내레이터라고 말해 주지 않을래?"

"뭐? 아나운서는 뭐고, 내레… 머시기? 그건 또 뭐야?"

아무리 뜻과 뜻으로 전달되는 메시지라고 해도 민이가 있던 곳에서 존재하지 않는 단어는 그 뜻이 전달되지 않는 법이었다. 민이가 있는 곳에서는 미래의 한국에 있는 아나운서나 내레이터라는 것이 없을 테니 그가 못 알아듣는 것도 당연했다.

"넌 몰라도 돼. 어쨌든 너무 흥분된다."

사파 연합에서는 우선 대화를 해보려는 듯 한 남자가 앞으로 나섰다. 그는 할아버지보다는 좀 젊어 보이는, 대충 60세쯤 보이는 남자였는데 제법 키도 크고 탄탄한 몸을 가지고 있는 데다 얼굴도 꽤나 남성적으로 잘생긴 사람이었다. 금룡이 수놓아진 검은 장포를 입고 있었는데 그의 위엄있는 분위기와 무척 잘 어울렸다.

우리 쪽에서는 무림맹주가 앞으로 나서서 그와 마주 섰다.

"본좌는 정파 무림맹의 맹주 직을 맡고 있는 일검 경천 헌원패라고 하외다. 그대는 누구시오?"

그러자 그가 씨익 웃으며 자신의 소개를 했다.

"본인은 갈천성이라 하외다. 미력하나마 사파 연합의 장의 자리를 맡고 있소이다."

그의 소개가 끝나자 우리 쪽 나이 많은 어른들이 고개를 갸웃거렸다. 아무리 음지에 있다가 갑자기 나타난 사파 연합이라고 해도 수좌의 자리에 앉은 이의 이름이 생소했기 때문이다. 사파에서도 이름을 날리는 고수들이 많은데 하필 이름도 알려지지 않은 사람이 장의 자리에 앉았다는 것이 의아했나 보다.

우리 쪽 사람들의 의아함을 알아챘음인지 그가 피식 웃으며 자신에 대한 설명을 덧붙였다.

"본인은 예전에 녹의비객이라는 별호로 불렸던 적이 있었소이다."

그러자 그제야 사람들이 탄성을 내지르며 그를 놀란 눈으로 바라보았다. 그 '녹의비객'이라는 별호가 꽤나 유명한 모양이었다. 유까지 놀란 눈으로 그를 바라보기에 나는 유에게 전음으로 물었다.

[유, 저 사람이 그렇게 유명한 사람이야?]

유는 여전히 놀란 눈으로 그를 바라본 채 천천히 고개를 끄덕였다.

[예, 그는 예전에 제가 몸담고 있던 살수 세계에서 전설이라고 일컬어지던 자였습니다. 30년 전에 갑자기 나타나 정파 인물들을 암살한 자죠. 무림맹에서 그를 잡으려고 애를 썼지만 결국 놓치고만 자입니다. 그는 항상 녹색 옷을 입는다 하여 녹의비객이라고 불려지고 있습니다. 녹색 옷을 입은 비밀스러운 손님이란 뜻이죠. 그의 방문을 받은 사람은 모조리 죽었으니 당연한 것이겠습니다만. 10년 후에 갑자기 사라져 의아했었죠. 사람들은 암살을 실패한 채 죽은 것이다, 은거한 것이다 말이 많았지만 지금에서야 저렇게 당당하게 나타나다니요. 정말 놀라운 일입니다.]

[뭐야, 지금은 녹색 옷을 안 입었는데? 그런데 그때는 그가 어떻게 녹색 옷을 입고 다녔다는 걸 안 거야? 그걸 알 정도면 잡을 수도 있지 않았을까?]

[물론 직접 본 것은 아닙니다. 저 사람이 암살을 시작했을 때 처음에는 아무런 흔적도 남지 않았다고 합니다. 그러나 그도 사람이다 보니 최초로 실수를 저질렀지요. 자신이 암살한 자의 손에 자신이 입고 있던 옷 조각을 남긴 것입니다. 그게 바로 녹색의 옷감이었지요. 그 다음부터 그는 일부러 자신이 암살한 사람 옆에 녹색의 천 조각을 남겼다고 합니다. 그래서 녹의라고 불린 것입니다. 왜 일부러 조각을 남겼는지는 모르겠습니다만.]

[호오, 그래? 꽤 유명한 사람이었네. 하지만 저 사람도 살수였단 말이지? 헤에, 잘생긴 살수였겠네.]

[그, 그렇겠죠.]

유와 내가 그렇게 속닥거리는 동안 사파 연합의 장인 녹의비객 갈천성과 정파 무림맹의 맹주 일검경천 헌원패의 이야기는 계속 이어졌다.

"왜 우리 사파 연합을 인정하지 못하겠다는 것이오?"

"당신들이 인정을 받고 싶으면 우리를 꺾어보시오."

"훗, 좋소이다. 어디 정파의 힘을 우리에게 보여줘 보시오."

뭐, 대충 이런 정도였지만 그것을 끝으로 갈천성이 몸을 돌리자 헌원패도 몸을 돌려 우리 쪽으로 돌아왔고, 그러자 양 진영 사이의 긴장감이 점점 강해졌다.

그런데 그 순간 사파 쪽에서 먼저 움직임을 보였다. 저번에 만났던 바로 모산파의 도사가 앞으로 쓰윽 나오더니 손에 들고 있던 놋으로 만든 종을 흔들었던 것이다.

딸랑, 딸랑.

종소리가 조용히 퍼지자 그 소리를 들었음인지 사파 사람들 뒤쪽에서 한 떼의 무리가 앞으로 나와 모습을 드러냈다. 그들은 바로 내가 그렇게 걱정하던 강시의 무리였다.

"호오… 결국 나타났네."

민이의 말에 나도 고개를 끄덕였다.

"그러게."

강시의 수는 우리 세가를 침략했을 때의 숫자처럼 300에 달했다.

"저게 강시의 전부일까, 아님 또 있을까?"

민이의 질문에 나는 잠시 생각해 보고는 대답했다.

"우리 세가를 저들이 쳐들어왔을 때 쓰러뜨린 숫자도 많았거든. 하지만 아마 저들은 또 만들었을 거야. 그러니 저게 다가 아니겠지."

"하긴."

그러는 동안 우리 쪽에서도 미리 이야기된 대로 소림사의 108나한이 앞으로 나섰다.

"나한진을 펼쳐라!"

우렁찬 4대 금강의 목소리에 그들은 하나같이 힘찬 기합을 지르며 발 빠르게 움직이더니 곧 이어 나한진을 펼친 채 강시들을 노려보았다.

그들이 나한진을 다 펼칠 때까지 느긋하게 바라보던 모산파의 도사는 나한들이 자리를 잡고 자신 쪽을 쳐다보자 그제야 종을 들어 한 번 더 흔들었다.

딸랑~!

그게 아마 신호였던지 그 소리를 듣자 강시들이 일제히 나한들에게 달려들었다.

"침착하게 나한진을 따라 대응하라."

4대 금강은 강시들이 짓쳐오자 자신들도 몸을 날려 나한진 사이사이를 방해하지 않도록 유연하게 돌아다니며 나한들을 격려했다.

역시 나한진은 대단했다. 강시들을 맞이하여 마치 한 치의 틈도 없이 돌아가는 톱니바퀴처럼 돌아가며 강시들을 상대하였다.

한 사람이 짓쳐들어오는 강시를 막으면 그 옆에 있던 두 사람이 강시를 공격하였다. 강시가 맨 처음 자신을 막은 사람을 내버려 두고 그 두 사람의 공격을 막으면 다시 그 뒤에 있던 또 다른 사람과 맨 처음 공격을 막은 사람이 강시를 공격하였다.

"와우~ 역시 대단해. 내가 저 진에 당했다는 것, 그렇게 부끄러운 이야기는 아닌 것 같군."

아마 지금 나한진을 상대하고 있는 이들이 맞았을 때 아픔을 느끼는 보통의 사람이었다면 정말 큰 효과를 봤을 것이다.

하지만 그들은 검기가 아니면 상처조차 낼 수 없고, 또한 아픔도 못 느끼는 강시들이었다. 게다가 일반 무인보다 2, 3배는 강한 힘을 가지고 있고 내력 또한 1갑자였다. 그것만 해도 솔직히 약간은 막막한데 숫자도 108나한보다 두 배는 많았다.

나한진은 6명에서 한 조, 그 한 조가 16, 혹은 17구의 강시들을 상대해야 한다는 숫자가 나온다.

상대가 평범한 무인이었다면 나한진은 커다란 효력을 발휘했을지도 모르는 일이었다. 그러나 강시를 상대로 하자 버티는 것도 겨우였다.

"역시 고통을 느끼지 않는다는 것이 가장 큰 문제로군. 고통을 느끼지 않으니까 뒤에서 후려쳐도 별다른 반응이 없잖아."

"그러게."

게다가 강시들은 검기로써만 상처를 낼 수 있었기에 나한들은 처음부터 봉에 기를 주입한 채 싸워야 했다. 비록 나한들이 소림에서 뽑히고 뽑힌 자들이긴 했지만 대부분의 내력이 1갑자를 조금 넘는 정도였기에 기를 주입한 채 싸운다면 오래 버티지 못할 듯 보였다.

"청룡단과 백호단은 나서라!"

무림맹주가 안 되겠다 싶은지 큰 소리로 호령하자 그동안 나가고 싶어 안달난 것처럼 보였던 그들이 함성을 지르면서 그 싸움 속으로 뛰어들었다.

하지만 사파 쪽에서는 강시들만으로도 충분하다고 생각했는지 아무도 나서지 않고 있었다.

"누나는 누가 이길 것 같아?"

민이가 넌지시 물어온 말에 나는 어깨를 한번 으쓱해 보였다.

"모르겠어. 지금 이 상태라면 청룡단과 백호단까지 투입된 우리 쪽이 유리하지 않을까? 아무리 강시들이 고통을 못 느낀다고 해도 같은 내력을 가진 이들보다는 느려서 실력이 떨어지거든."

"하지만 저 강시들에게 독이 지급되어 있다면 승리를 장담하긴 어렵지 않을까?"

"독?"

"응, 저 강시들 손톱이랑 무기에 독이 묻어 있는 것 같아. 저기 쓰러진 우리 편을 좀 봐. 얼굴색이 새파랗게 변하지 않아?"

민이가 가리키는 사람을 보니 정말이었다. 얼굴은 새파랗고 입술은 보랏빛으로 변해 검은 옷을 입고 갓만 쓴다면 저승사자처럼 보일 지경이었다. 그도 자신이 독에 당한 것을 눈치 챘는지 주위 사람들에게 필사적으로 외치며 주의를 주고 있었다.

"조심해! 독이다! 독이 묻어 있어!"

"세상에……!"

나는 우리 세가를 침략했던 때의 그 강시들과 같을 거라 생각했지 설마 독을 묻히는 수법을 사용할 거라는 건 생각지도 못하고 있었다.

우리 쪽 사람들도 그제야 눈치 챘는지 눈에 띄게 동요하고 있었다.

"동요하지 마시오. 다음 진 사람들은 해독약을 먹고 즉시 나한 들과 청룡, 백호단을 지원해 주시오!"

해독약이란 사천당문에서 지급해 준 약은 웬만한 독은 해독시 키고 막아주는 약이었다. 비록 이름 모를 독에 당했다 하더라도 이걸 먹으면 완벽히는 아니더라도 어느 정도 독을 중화시켜 주거 나 독이 퍼지는 걸 늦춰주기 때문에 미리 먹어두고 있으면 좋았 다.

하지만 지급받았다 하더라도 설마 지금 독이 사용될 줄은 아무 도 몰랐는지 사람들이 그제야 해독약을 먹기 시작했다.

"나머지 사람들도 먹어두시오. 저들이 공중에 독을 풀어놨을지 도 모르는 일이오."

아마 사파 쪽에서는 강시들의 무기에 독을 묻힌 이상 우리가 쉽게 상대하지 못하리라는 걸 알고 있었기에 청룡단과 백호단이 투입되었어도 느긋하게 있었던 모양이다.

"역시 쉽게 볼 상대가 아니라니까. 강시 하나에도 이렇게 쩔쩔 매는데 말야."

"누나, 지금 지는 건 우리 편이라고."

내가 너무 태연하게 말했음인지 민이가 나에게 눈치를 줬다.

상황은 9대 문파 사람들이 투입되자 훨씬 나아졌다. 강시들의 무기에 독이 묻어 있다는 걸 안 사람들이 단 일 격에 강시들을 쓰 러뜨리기 위해 검기로 그들의 급소만을 집요하게 공격했던 것이 다.

게다가 9대 문파 사람들까지 투입되자 우리 쪽 수가 강시들의 수를 훨씬 넘어서 버려 강시 한 명을 상대로 두세 명이 달라붙었기에 전처럼 일방적으로 당하진 않았다.
 그렇게 여유가 생기자 맨 처음 강시들을 상대했던 108나한들이 4대 금강의 지휘를 받아 부상자들을 이끌고 뒤로 후퇴하기 시작했다.
 강시들을 물리치는 것도 중요했지만 그들에게 부상당한 자들을 놔둔다면 독이 퍼져 나중에 손을 쓸 도리가 없었기에 그들 먼저 뒤로 빼내 사천당문 사람들에게 보이는 것이 더 중요했던 것이다. 그리고 먼저 강시들을 상대한 나한들 또한 해독제를 복용하고 있지 않은 상태였기에 뒤에 들어온 9대 문파들이 강시들을 상대하는 게 훨씬 안전했던 것이다.
 그렇게 되자 불리해지는 건 사파 쪽이었다. 아주 필사적으로 강시들을 쓰러뜨리기 위해 검을 휘두르는 9파 사람들을 당할 수 없었던지 강시들은 한마디로 말해 바람에 낙엽 쓸려가듯 우수수 쓰러져 갔다. 처음에 나한진을 상대하던 것과는 완전 반대 상황이었다.
 그렇다고 나한진이 약한 건 아니었다. 단지 나한들이 강시를 상대한 적이 없었던 데다 강시들의 숫자가 나한들의 두 배는 더 많았기 때문인 것이다.
 지금은 우리 쪽이 강시의 두 배이니 당연히 그 반대의 상황이 올 수밖에.
 그러자 사파 쪽에 있던 모산파의 도사가 안 되겠던지 들고 있던 종을 마구 흔들어 강시들을 뒤로 물렸다. 그리고 다른 쪽 손에 들고 있던 부적 십여 개를 하늘 높이 던지더니 허리에 찬 목검을 번개같이 빼어 들어 부적들을 향해 휘두르며 외쳤다.
 "뢰!"

그러자 그 부적들이 목검에 의해 두 조각으로 잘리더니 갑자기 불타올라 재로 화해 바람에 날려갔다.

그리고 그와 동시에 갑자기 하늘이 어두컴컴해질 정도로 먹구름이 몰려오더니 파지직파지직 하며 스파크를 일으키는 것이 아닌가?

민이가 그 모습을 보고 당황하며 나에게 빠르게 말했다.

"번개를 치게 하려는 거야. 누나 어떻게 좀 해봐!"

그래서 나는 재빨리 시동어를 외쳤다.

"워터! 윈디 실드!"

그러자 땅에서부터 물기둥이 치솟아올라 우리 쪽 사람들 머리 위에 흩뿌려진다 싶더니만, 갑자기 불어온 바람이 그것을 자신의 몸에 머금은 채 우리 쪽 사람들 주위에 방어막을 형성했다. 그러니까 물과 바람을 섞어 실드를 친 것이었다.

그리고 실드가 쳐지자마자 하늘에서부터 우리 쪽으로 수십 개의 번개가 내리쳤다.

꽈과과광! 꽈과과과광~! 쾅! 쾅!

그 번개들은 방어막에 있는 물기를 타고 내려와 땅으로 스며들었다. 전기가 물에 잘 통한다는 걸 깨닫고 방어막에 물기를 머금게 한 내 선택이 탁월했던 것이다.

그러나 참으로 안타깝게도 사람들은 번개가 치자마자 저마다 철로 된 자신의 무기를 겉으로 드러나지 않게 옷으로 감싸거나 바닥에 꽂아놓고 엎드리는 바람에 이런 내 멋진 작품을 보지 못했다. 그러다가 번개가 내리치는 소리가 끝나고 조용해져서야 자리에서 일어나 아무 일도 없다는 것에 놀라움을 표했다.

그리고 그동안에 강시들은 계속해서 모산파 도사의 인도에 따라 뒤로 물러나 싸움터에서 완전히 벗어나 있었다.

"호오, 역시 대단한 실력이군, 은 소저. 내 뢰의 공격을 막아내다니 말이야."

모산파의 도사는 내 실드를 봤는지 뜻 모를 웃음을 지으며 나에게 말을 건넸다. 그에 나도 자신만만한 미소를 보이며 대꾸해 줬다.

"훗, 이것이 바로 과학과 마법의 만남이라고 할 수 있겠죠."

"후후후, 뜻 모를 소리만 해대는군. 어쨌든 다시 한 번 대결할 수 있어서 즐거웠네."

"뭡니까? 벌써 공격이 끝난 거예요? 주술 공격은 딱 한 번으로 끝나다니 좀 시시하군요."

"후후후, 내 개인적인 생각으로는 더 상대해 주고 싶지만 나도 한 단체에 매인 몸이라서 개인 행동은 불가하거든."

"헤에, 그럼 물러나는 건가요?"

그러자 이번에는 모산파의 도사 대신 사파 연합의 수장인 갈천성이 대답해 줬다.

"오늘은 간단하게 인사만 한 것이라오, 은 소저. 그러니 이만 물러가고 내일 다시 뵙도록 하죠. 내일은 은 소저가 아닌 다른 사람이 우리의 공격을 상대해 줬으면 좋겠군. 어째서 우리의 공격을 막아내는 사람은 은 소저뿐인지 모르겠소. 꼭 은 소저 혼자만 상대하는 것 같군."

"어머, 전 마무리가 전공이거든요. 시작은 다른 분이 다 해결해 주시잖아요."

"훗, 그런가? 어쨌든 내일 만나지. 내일 다시 봅시다, 정파 무림 맹주."

갈천성은 무림맹주에게 작별 인사를 남기고는 무리들을 이끌고 사라져 갔다.

그렇게 그날 하루의 싸움은 막을 내렸지만 돌아가는 길에 나는 마음이 편치 않았다. 갈천성의 말은 마치 자신들을 막을 수 있는 것은 나뿐이고 다른 사람들은 자신들의 상대가 안 된다는 것처럼 말을 해놔서 기껏 싸우고 부상을 입은 9대 문파 사람들의 기분을 망쳐 놓았던 것이다.

맨 마지막 모산파 도사의 공격을 막은 건 나인데 그걸 고맙게 생각하긴커녕 되게 아니꼽게 생각하는 것이다. 심지어는 저희들끼리 쑥덕거리는 말에 이런 말도 튀어나왔다.

'재주는 곰이 부리고 돈은 주인이 다 갖는다.'

생각해 보면 되게 기분 나쁜 말이었다. 아니, 내가 공을 세웠다고 으스댄 것도 아니고, 비록 처음부터 나서서 그들을 상대한 건 아니지만 자신들이 위험할 때 나서서 막아준 건데 고맙다는 말은커녕 이런 말을 들어야 한다는 게 상당히 기분 나빴다.

"우이씨, 뭐야? 그럼 내가 그때 나서지 말고 가만히 있어야 했단 거야 뭐야? 내가 가만히 있었으면 한 절반은 번개에 그슬려 새카매졌을걸? 그랬다면 또 할 수 있었는데 가만히 있었네 어쩌네 하면서 말들이 많았을 거 아냐? 쳇, 나보고 도대체 어쩌라는 건지… 가만히 있으라는 거야, 말라는 거야?"

"냅둬, 냅둬, 고마움을 모르는 인간들의 말에 신경 쓰면 뭐 해?"

민이가 옆에서 위로차 말을 해줬지만 조금도 위로가 되지 못했다.

"몰라. 하여간 인간들이란… 누가 자기들 위해서 방어막 쳐줬는줄 아나? 우리 세가 사람들 때문에 산 건 생각 못하고… 에잉, 맘에 안 들어."

갈천성이 돌아갈 때 한 말 때문에 그 다음날에도 맨 앞의 선봉대에 설 9대 문파의 제자들 사이에서는 불만이 쏟아져 나왔다. 어차피 자신들이 몸 아끼지 않고 열심히 싸워봤자 공은 나에게로 돌아가는데 뭐 하러 자신들이 나서야 하냐는 거였다.

무척 어리석은 것들이었다. 갈천성이 그렇게 말했다고 진짜 나에게 공이 돌아가는 것도 아닌데—어차피 자기네들 출신 장로들이 그렇게 두지 않을 거였다—갈천성의 말에 휘말려서 자신들이 공을 세울 기회를 스스로 차버리는 꼴이 되어버린 것이다. 그것도 자신네 문파 출신의 장로들이 빠득빠득 우겨서 겨우 얻은 선봉대 자리였는데 말이다.

9대 문파를 이끄는 사람들은 그 사실에 한탄했지만 한번 일어난 여론은 쉽게 사그라들 것 같지 않았다.

그래서 결국 그 다음날 선봉대는 우리 8대 세가의 차지가 되었다.

하지만 우리 8대 세가는 소림사처럼 108나한 같은 조직이 없었기에 각 세가별로 그룹을 나누어 선봉을 뽑았는데 그곳에 우리 세가도 뽑혔다.

아무래도 8대 세가 사이에도 나로 인한 영향력이 있었던 것 같았다.

내가 너무 거기에 신경을 쓰니까 나랑 항상 같이 있는 이들이 위로하려고 애를 썼다.

"너무 신경 쓰지 마십시오, 주군. 우리 세가가 제일 큰 피해가 없으니까 맡게 된 것 아닙니까?"

유가 먼저 입을 열어 위로의 말을 건네자 얼른 덕이도 유를 거들었다.

"하먼이라(그렇지요). 유 행님 말씀이 옳당게요. 거시기 우리가 저번 전투에서 딴 데는 거시기 해도 우리는 그들에 비해 거시기 하니까 우리에게 맡겨진 게 아니다요?"

"그래요, 아가씨. 모용세가나 혁련세가 모두 저번 전투에서 우리 세가보다 많은 피해가 있었잖습니까? 게다가 우리 세가에는 현 무림의 5대 고수 중 한 분이신 가주님까지 계시고 말입니다."

예성구도 빠지지 않고 날 위로해 주자 민이도 고개를 끄덕였다.

"그래그래, 누나. 누나의 명성은 거기에 쪼끔 더해진 것뿐이야. 솔직히 아무리 누나가 있어도 세가의 무사들이 받쳐 주지 않으면 말짱 꽝이라고."

"그럼요, 그럼요. 은 사제의 말이 옳습니다."

희여송까지 위로하려 했지만 그래도 영 찜찜한 기분은 떨쳐지지 않았다. 그렇다고 이 찜찜한 기분 때문에 우리 세가 사람들이 선봉을 서는데 나만 빠질 수는 없었다. 이럴수록 내가 나서서 전에는 보호해 주지 못한 몫까지 더 많이 보호해 줘야 한다고 결심하고 있었기 때문이다.

게다가 내 주위에 있는 이들이 너무 나에게만 신경 쓰지 않도록 나는 풀린 척해야 할 필요가 있었다.

"에이, 그래… 까짓거 남들이 뭐라 하든 난 내 맘대로 할 거야. 지들이 그런다고 나에게 떡이 생겨 꿀이 생겨? 떠들고 싶으면 떠들라고 해!"

내가 그렇게 떠들자 주위 사람들이 그제야 조금 안심한 모양이었다.

"그래, 그래야 누나답지."

"잘 생각하셨습니다, 주군. 그런 사람들의 말에는 신경 쓰실 것 없습니다."

"하먼이라."

그리하여 그 다음날 선봉에는 9파 사람들의 눈총을 받으면서 우리 세가 사람들이 맡게 되었다. 그날은 싸움 두 번째 날이라 그런지 갈천성과 헌원패가 나서서 이야기를 나누지 않고 곧바로 공격해 들어왔기에 우리 세가 사람들도 달려나가야 했다.

그런데 하필이면 우리를 상대하러 나온 사람들은 어제 그 강시들이 아닌 약을 먹은 듯한 광인들이었다.

강시들이라면 사람이 아니기에 내가 마음 놓고 상대를 할 수 있겠는데 저들은 약을 먹었다 하더라도 사람들이었으니 마음대로 강한 공격을 할 수가 없었다.

"에잇, 젠장… 왜 저런 놈들이 걸리는 거얏!"

내가 막 화를 내며 외치자 사파 사람들 속에 있던 갈천성이 조용히 웃음 짓는 게 눈에 들어왔다.

'뭐, 뭐야, 저 인간? 오늘 내가 선봉으로 나올 걸 알고 있었던 건가? 아아, 그야 어제 자기가 그런 말 해놓고 갔으니 예상은 했겠지만. 허… 내가 사람 공격하는 걸 꺼려한다는 것도 알고 있었던 거야? 헤에, 철저한 놈이네. 훗, 하지만 네놈이 모르는 게 하나 있는데… 그건 내 마법으로는 사람을 죽이지 않고도 제압할 수 있다는 거지.'

그의 웃음을 본 덕에 차갑게 식어진 머리로 나는 광인이 되어 우리에게 달려드는 사람들의 수를 헤아려 보았다.

다행히도 우리 세가 사람들은 할아버지가 무림맹에 데리고 온 사람들 말고도 세가에 연락하여 배 숙부가 사람들을 더 이끌고 왔었기에 광인들과 숫자는 거의 비슷했다.

'훗, 좋았어!'

속으로 의미있는 웃음을 지은 나는 잽싸게 경공을 발휘하여 세가 사람들의 앞쪽으로 달려나가며 외쳤다.

"할아버지, 제가 선봉에 섭니다!"

"조심해라!"

할아버지도 내 주술―그러니까 마법―실력을 믿고 있음인지 크게 말리지는 않았다.

나는 생긋 웃으며 고개를 끄덕여 주고는 우선 내 몸 주위에 실드를 쳤다. 혹시라도 맨 앞에서 마법을 사용할 때 공격을 당하면 내 스스로가 날 보호할 수 없었기에 미리 보호하는 것이었다.

그런 다음 막 우리를 향해 달려오는 광인들을 향해 외쳤다.

"타임!"

자신이나 내가 원하는 사람들의 시간을 조절할 수 있는 마법. 나는 그 마법으로 광인들의 시간을 현저히 늦춰놓았기 때문에 갑자기 잘 뛰던 광인들이 슬로모션처럼 보였다. 그 모습에 세가 사람들이 어리둥절했지만 내가 뭔가 했겠거니라고 생각하는 눈치였다.

"아직 저들에게 다가가지 마요. 또 다른 주술을 사용할 거야. 홀드!"

그렇게 외치자 아주 천천히 움직이며 이쪽으로 달려들던 광인들이 마치 약속이라도 한 듯이 땅바닥에 얼굴을 박거나 아니면 데굴데굴 굴렀다.

"자, 지금이에요. 저들을 제압하세요!"

우선 상대방의 속도를 늦춰놓은 다음 홀드 마법으로 그들의 발을 묶었기에 그들이 달리던 상태에서 어찌할 바를 모르고 땅바닥과 조우했던 것이다.

내가 제일 먼저 달려가 그런 그들의 혈을 짚으려 할 때였다. 앞쪽에서 현이 튕기는 듯한 피잉~ 소리가 들리면서 뭔가가 나에게 빠른 속도로 날아왔다.

어차피 내 주위에 실드를 쳐놨기 때문에 나는 그리 당황하지 않은 채 그쪽으로 시선을 돌렸는데 아, 어느새 앞으로 나섰는지 사파 사람들 쪽에는 예전에 봤던 그 강노를 쓰는 궁수들이 2줄로 선 채 이쪽을 향해 활을 날리고 있는 거였다.

이게 참 무슨 일인지, 하필이면 광인들이 내 마법에 의하여 모두 땅바닥에 눕혀진 상태였기에 그들이 쏘는 강노는 광인들의 몸 위를 지나 정확히 우리 세가 사람들에게 달려들고 있었다.

챙! 챙!

다행히도 우리 세가에서도 실력이 뛰어난 사람들이 앞쪽에 있었기에 날아오는 강노를 별 탈 없이 쳐낼 수 있었지만 광인들을 넘어뜨리자마자 나타난 궁수들의 모습에 나는 가슴 한쪽이 싸늘하게 식는 것처럼 느껴졌다.

'설마… 이것도 예상한 걸까? 내가 저 사람들을 쓰러뜨릴 때를 대비하여 강노를 쓰는 궁수들을 준비한 건가?'

하지만 언제까지나 생각에 잠겨 있을 수만은 없었던 나는 그들을 향해 시동어를 외쳤다.

"어스 모우!"

이것은 내 시야에 있는 사람 중 내가 원하는 대상의 발 밑에 함정을 만들어 빠뜨리는 주문이었다. 마법사의 실력과 원하는 정도에 따라 함정의 깊이는 마음대로 조정할 수 있었다.

나는 그들이 쉽게 빠져나오지 못하도록 깊이를 5m로 조정하여 외쳤다.

그러자 내 시동어가 끝나자마자 그들이 갑자기 땅속으로 쑥 꺼져 들어갔다.

'후우… 제발 또 다른 짓거리를 하지 말기를.'

나는 그렇게 진심으로 빌면서 눈앞에 쓰러진 광인들을 제압해 나가기 시작했다. 다행히 내 마법이 풀릴 시간은 멀었기에 그들은 아직 느려 터진 몸 동작으로 발이 묶인 채 버둥대고 있었다.

'내가 드래곤이길망정이지 이 많은 사람들을 상대로 마법을 3개나 써버렸으니… 에휴, 예전에 흑운방 장원 폭파시킬 때보다 더 많은 마나를 쓴 것 같아.'

만약 갈천성이 또 다른 대비를 하여 내가 또 많은 사람들에게 마법을 사용해야 했다면 난 마나를 많이 써버려서 그 다음에는 마나를 아끼느라 마법을 사용하지 못했을 것이다.

하지만 다행히도 갈천성은 내가 궁수를 저리 처리할 줄은 몰랐는지 그 다음에는 아무런 행동도 취하지 않아 난 광인들을 다 제압할 때까지 다른 마법을 사용하지 않아도 되었다.

그러나 나는 이것 또한 갈천성이 생각한 또 다른 함정이었음을 그때는 미처 생각지 못하고 있었다.

"핫핫핫, 역시 은 소저는 대단했습니다. 은 가주님은 무척 좋으시겠군요."

"정말 기분 좋은 하루였습니다. 내일도 은씨 세가에서 선봉을 서준다면 우리 정파 무림맹의 승리는 확정된 것입니다."

"그러게 말입니다. 은 가주님, 당연히 내일도 선봉에 서주시겠지요? 우리는 은씨 세가만 믿겠습니다."

너무 쉽게 이겨서인지 그날 무당파로 돌아온 우리는 완전히 사파 연합을 다 이긴 것만 같은 분위기였다. 그리고 그런 분위기에 편승해 우리 은씨 세가는 완전 영웅으로 취급되고 있었다. 하지만 나서고 싶어서 나선 것도 아닌데 이런 취급을 받는다는 게 너무나 맘에 안 들었던 나는 피곤하다는 핑계로 일찍 내 방으로 돌아왔다.

사파 연합은 우리가 광인들을 제압하자 그대로 물러나 버렸기에 오늘은 우리의 승리로 끝을 맺을 수 있었다. 그들은 치사하게도 제압당한 광인들을 모두 내버려 두고 저희들끼리 갔기에 그들은 현재 무당파의 감옥에 갇혀 있었다.

그래도 예전 단목세가를 침입했던 그 낭인 무사들이 먹었던 약보다는 약간 개조가 된 것인지 시간이 지나 근육이 모두 파열되어 죽는다거나 그런 현상은 일어나지 않았다. 단지 이성을 완전히 잃어버린 것처럼 사람이면서도 말을 못하고 마치 아픈 개처럼 낑낑대며 불안해하거나 아니면 경계하듯이 으르렁거리는 것만 빼면 말이다. 그래도 감옥 안에서 미쳐서 날뛰지 않는 것만 해도 다행이었다. 만약 그랬다간 모두들 조금도 움직이지 못하게 꽁꽁 묶어놔야 했을 것이었다.

'후우··· 이래저래 맘에 안 드는 날이었어.'

졸립지도 않았는데 일찍 침대에 누우며 나는 속으로 그렇게 중얼거렸다. 비록 이기긴 했지만 정말 찜찜한 날이었다. 특히나 내가 광인들을 맞이하러 나가기 전에 화를 내다가 우연찮게 봤던 갈천성의 그럴 줄 알았다는 미소는 아직까지도 마음에 걸렸다.

'정말 기분 나쁘다니까. 도대체 그 미소의 의미는 뭐였지? 내 행동이 예측된 대로 움직여져서 그랬던 거야? 에잇… 몰라몰라, 빨랑 이곳 싸움을 끝내고 돌아갔으면 좋겠어. 이런 데 연관되는 거 정말 기분 별로다.'

나는 더 이상 생각하기 싫어 일부러 이불을 푹 뒤집어쓰고 억지로 잠을 청했다. 그러다 정말 잠이 얼핏 들었는지 밖에서 요란한 소리가 나서 잠이 깨었을 때는 시간이 꽤 지나 새벽 2시경이었다.

"뭐, 뭐야?"

잠결에 깬 거라 약간은 멍한 눈으로 눈을 비비고 일어나 앉으려니 내 방문을 누가 거칠게 막 두드리며 날 불렀다.

"주군! 주군! 안에 계십니까?"

"아, 유… 나 일어났어. 들어와."

내 허락이 떨어지자마자 유는 문을 박차고 들어왔다. 그런데 그는 뭔 일이 난 사람처럼 옷을 입고 검까지 차고 들어온 거였다. 그 모습이 되게 다급해 보여 나는 황당하다는 시선으로 그를 바라보았다.

"무슨 일 있어? 왜 그런 차림이야?"

유가 챙겨주는 겉옷을 입으며 내가 묻자 유가 빠른 어조로 대답했다.

"큰일 났습니다. 무당파 감옥에 가둬둔 광인들이 풀려났습니다. 그런데 그들은 이상하게도 아까와는 달리 지금은 미친 듯이 날뛰고 있습니다."

"뭐? 그게 정말이야?"

"예, 지금 사람들이 그들을 포위한 채 제압하려 하지만 너무 날뛰는 바람에 그것도 쉽지는 않은 모양입니다."

"이게 갑자기 무슨 일이래?"

유의 안내를 받으며 황급하게 밖으로 뛰어나가 보니 벌써 많은 사람들이 잠자리에서 일어나 모여 있었다. 그래도 지금이 위급한 상황이라 많은 고수들이 몰려 있어 큰 피해 없이 그들을 착실하게 제압해 나가고 있는 중이었다.

하지만 정말 황당한 일이었다. 아까까지는 풀이 죽은 것처럼 얌전히 있더니 갑자기 이렇게 날뛰는 이유가 무엇인지 정말 모르겠다.

'뭐야, 덕분에 잘 자던 사람들이 놀라서 다 뛰쳐나왔잖아!'

내가 나갈 무렵에는 날뛰던 광인들이 거의 다 제압되는 분위기라 난 앞으로 나서지 않고 사람들 틈에 끼어 있다가 잠시 후에 그냥 숙소로 향했다.

"누나, 도대체 무슨 일이야?"

이 갑작스러운 소동에 민이도 깨어 나왔는지 숙소로 돌아가는 날 보고는 물어왔다.

"유의 말에 의하면, 우리가 제압해서 가둬놓은 광인들이 풀려나서 날뛰었다는 거야. 아까는 얌전하더니만 지금은 왜 저리 포악해졌는지 모르겠네."

"아니, 포악해졌다 하더라도 어떻게 감옥에서 빠져나온 거야?"

"모르지 뭐. 나도 방금 소동 때문에 일어나서 유에게 들은 거야. 하지만 대충 제압은 된 것 같더라. 이럴 때는 고수들이 많은 게 편하다니까."

"그럼 다 해결된 거야?"

"그런 것 같아."

그랬으면 얼마나 좋았을까마는 그건 앞으로의 일을 예고하는 소동에 불과했다.

이른 아침, 어제 새벽에 깨어 다시 잔 탓에 약간 찌뿌둥한 기분으로 눈을 뜨는데 민이가 나보다도 먼저 일어났는지 문을 두드리며 날 불렀다.

"누나, 아직 자?"

"후아아암~ 아냐, 이제 막 일어났어."

기지개를 켜며 대답을 하자 민이가 문을 열고 들어왔다. 그런데 민이뿐만이 아니라 유와 덕이, 그리고 성구까지 같이 있었다. 그 모습에 나는 얼른 눈을 비벼 눈에 있을 눈곱들을 떼어내며 물었다.

"아니, 아침부터 무슨 일이 또 있어? 내 방으로 우르르 다 몰려오게."

그러자 민이가 심각한 어조로 대답했다.

"누나, 아무래도 무슨 일이 있긴 있나 봐. 예 사형이 그러는데 아까 무림맹 사람이 와서 할아버지를 모셔갔대."

"뭐? 아니, 왜?"

"모르겠어. 혹시 어젯밤에 있었던 일과 관련이 있는 걸까?"

"설마요. 그들은 금방 제압했는걸요."

유의 말에 예성구가 어깨를 으쓱이며 자신의 의견을 내놓았다.

"혹 어떻게 된 것인가에 대한 의논일 수도 있지 않을까요? 피해가 어느 정도이며, 그들은 어떻게 되었는지에 대해서 보고도 듣고요."

"에이, 그건 아닌 것 같아. 그게 뭐 그리 다급한 일이라고 이런 아침부터 할아버지를 불러 가겠어?"

내가 고개를 설레설레 젓자 예성구는 다시 한 번 어깨를 으쓱해 보였다.

"아뇨, 뭐 그럴 수도 있다는 거지요. 게다가 잠시 후면 또다시 사파 연합과 대립해야 하니 이런 사안은 미리미리 해결하는 것이 좋겠다 해서 그러는 걸지도 모르잖아요."

그러자 민이가 그 말에 고개를 끄덕끄덕했다.

"음, 예 사형 말도 맞는 것 같네."

하지만 잠시 후 전원 집합령에 무당파의 커다란 연무장으로 나가보니 무림맹주를 비롯한 9대 문파와 8대 세가의 지도자들 분위기가 장난이 아니게 긴장되어 있었다. 뭔가 일이 틀어져도 단단히 틀어진 모양이었다.

게다가 사파 연합과 대립한 지 비록 3일째이긴 하지만 그동안 무당파 내를 지켜야 한다 해서 우리들 모임에는 끼지 않았던 무당파의 제자들까지도 지금 집합령에 포함되었는지 다들 긴장한 모습으로 나와 있었다.

그렇게 사람들이 다 모이자 무림맹주가 단상으로 올라서서 우리를 바라본 채 입을 열었다.

"오늘 우리는 얼토당토않은 빌미로 우리에게 시비를 걸어온 저 사파들에게 대항하기 위하여 이 자리에 모였소이다. 그러나 어제오늘 사파는 정정당당히 우리에게 싸움을 걸어오는 척하면서 계속 시간만 끌고 있소이다. 그래서 오늘 아침 우리가 의논한 결과 저들에게 이끌려 가지 말고 우리가 직접 주도해 나가는 것이 좋겠다는 결론이 났소이다. 오늘은 우리가 저 간교한 사파 무리에게 정파의 힘이 어떤 것인지 보여줍시다! 모든 정파인들이여, 우리 모두 떨치고 일어나 사파 무리가 더 이상 우리를 우롱하지 못하도록 본때를 보여줍시다! 자, 모두들 무기를 드십시다!"

그러면서 무림맹주가 먼저 자신의 검을 들어 흔들자 단 밑에 있던 모든 사람들이 그에 동조하여 자신들의 무기를 하늘 높이 쳐들고 무당산이 떠나갈 듯한 함성을 질러댔다.

"와아아아~!!"

난데없는 전원 동원령이었다. 무림맹주는 사람들을 각기 문파와 세가대로 몇 개의 조로 나눈 다음 무당파 밖으로 내보냈다. 사파들을 발견하는 즉시 신호를 하고, 그리하면 모든 이들이 달려가 사파와 맞서 싸운다는 단순 무식한 작전이었다.

"뭐야, 어제까지만 해도 조심스러워하더니 왜 갑자기 오늘 이러는 거지?"

오늘이야말로 정파인들 모두가 사파 연합과 크게 싸우게 될 것 같자 사람들은 모두 흥분과 긴장으로 뒤범벅이 된 채 무당파 밖으로 달려나갔다.

나와 민이도 한 조에 소속되어 마치 밀려나듯 무당파 밖으로 나가게 되자 나는 어리둥절하여 중얼거렸다. 그런데 그동안 뭔가 골똘히 생각에 잠겨 있는 듯하던 민이가 내 옆구리를 쿡쿡 찌르며 말했다.

"누나, 뭔가 좀 이상해."

"그래, 나도 이상한 것 같아. 갑자기 왜 이렇게 조급히 사파들을 치려는 건지 모르겠다. 이러다 또 당하면 어쩌려고……."

하지만 민이는 내가 말을 끝내기도 전에 내 말을 자르면서 말했다.

"아니아니, 그게 아니라 내가 하고 싶은 말은, 이번에 무당파 사람들도 대거 참여했다는 거야. 이상하지 않아? 그들은 무당파에서 보관하고 있는 '그것'을 지키기 위해 무당파를 떠나지 말아야 하잖아. 그런데 그런 그들이 무당파를 벗어나 사파인들을 이 잡듯이 찾고 있다는 것은……."

그제야 민이가 무슨 이야기를 하려는 지 알아챈 나는 헛바람을 들이켰다.

"허걱!"

내가 놀란 채로 민이를 바라보자 민이가 내 생각이 맞다고 고개를 끄덕여 줬다.

"어제 탈취당한 거야. 어제 무당파 감옥에 가둬놨던 광인들이 갑자기 난동을 부려 시선이 온통 그곳에 쏠려 있을 때."

그제야 나는 어제 그 난동이 무슨 의미였는지를 깨달았다.

만약 잠겨져 있어야 할 현관문이 활짝 열린 채 누군가 침입한 흔적이 있다면, 당신은 무엇을 하겠는가? 보통 사람이라면 당연히 자신이 가장 소중하게 여기는 것이 잘 있는지 확인하려 들 터였다.

사파 연합은, 아니, 갈천성은 그걸 노리고 있었던 거였다. 광인들이 난동을 부린다면, 마지막 남은 마공 조각에 잔뜩 신경을 곤두세우고 있던 무당파 사람들은 제일 먼저 그 마공 비급 조각이 안전한지 확인하려 할 것이다. 사파 사람은 단지 그 무당파 사람의 뒤를 따라가 그가 조각이 안전하게 있음을 확인하고 안심한 틈을 타 그 사람을 처리하고 마공 비급 조각을 회수하여 몰래 빠져나오면 되는 일이었다.

사람들의 시선은 모두 광인들이 난리치는 곳으로 쏠려 있을 테니 어려운 일은 아니었을 터였다.

'그렇게 따지자면 갈천성은 처음부터 광인들을 무당파 안으로 들여보내려고 날 선택한 거야.'

생각할수록 괘씸했지만, 그렇지 않다고 부인할 수가 없었다. 폼을 보아하니 그는 내가 될 수 있으면 사람을 죽이지 않으려 한다는 걸 알고 있었던 거다. 그래서 일부러 9대 문파 제자들을 자극하여 내가 선봉에 서게 하고, 그때 광인들을 보내어 내가 그들을 죽이지 않고 단지 제압만 하게 만들어 무당파 내로 들어가게 했을 것이다.

내 이야기를 들은 민이도 고개를 끄덕이더니 갑자기 말 대신 메시지로써 대화를 하기 시작했다. 아무래도 사안이 사안이다 보니 말로 하다가 누가 듣기라도 하면 안 되었기 때문이다.

"그랬구나. 하긴, 감옥 문을 열어 광인들을 풀어주는 건 어려운 일이 아니었을 거야. 중소 문파의 무사로 잠입했다면 얼마든지 무당파 안으로 들어올 수 있었을 테니까. 누군가 무당파로 잠입한 사람이 감옥 문을 열어 광인들을 풀어줬던 거야."

"그래그래, 생각할수록 이가 빠드득 갈려. 그 사람, 너무 치밀하지 않니? 나는 그동안 그 녀석이 계획한 대로 움직여 주고 있었던 거야. 윽… 생각만 해도 열받아."

누가 계획한 대로 내가 움직이고 있었다는 건 정말 기분 나쁜 느낌이었다. 마치 누군가의 꼭두각시가 된 듯한 기분이랄까?

"누나, 이러고 있을 시간 없어. 우리가 빨리 사파 연합의 무리들을 찾아야 해. 무림맹주가 왜 사람들을 다 풀어서 사파 연합을 찾으려고 하겠어? 그들은 지금 마공 비급의 조각을 다 가지고 있다고. 늦는다면 그들은 마공을 완성시킬지도 몰라!"

"젠장, 젠장, 젠장! 일이 왜 이렇게 꼬여 버렸지? 그것도 꼬인 중심에 하필이면 내가 있다니… 으윽! 절대 용서 못해! 그 갈천성이라는 놈, 내가 기필코 그놈의 계획을 망쳐 버리고야 말겠어! 두고 봐!"

"한데 어쩌지? 그들을 어떻게 찾아? 이 크고 넓은 산 어디에 그들이 있는 줄 알고? 정파 사람들 다 풀어도 그들을 쉽게 찾을 수는 없을 거야. 마공 비급 조각을 다 모았는데 그들이 여기 있겠어?"

민이의 비관적인 말에 난 고개를 설레설레 저었다.

"아냐, 분명히 방법은 있어. 나 때문에 이렇게 되었으니 내가 책임을 져야 해. 분명히 무슨 방법이 있을 텐데……."

그러던 중 내 머리에 떠오르는 마법이 있었다. 비록 그 마법을 사용해서 찾는 건 좀 무식하게 보일지도 모르겠지만, 지금 내 상태로는 찬밥 더운밥을 가릴 처지가 아니었다.

"민아, 마공이란 분명 무공의 하나일 테니 내공을 움직이는 거겠지?"

나의 뜬금없는 질문에 민이는 약간 황당한 표정이었지만, 내가 대답을 갈구하는 눈으로 쳐다보자 얼른 고개를 끄덕였다.

"그렇겠지."

"그렇지? 게다가 할아버지를 비롯한 정파의 머리들이 필사적으로 지키려고 하니까 엄청난 거겠지?"

"그렇겠지."

"그렇다면 엄청난 내공이 움직이는 거겠지? 그렇다면 마법 기운을 지하는 마법에도 걸릴 수 있을 거야."

나는 나 혼잣말을 메시지로 보내는 줄도 모르고 스스로의 생각에 만족해하며 하늘로 높이 떠올랐다.

"비젼 앤드 센스 에너미!"

비전이란 마법은 시력을 마치 망원경을 보는 것처럼 확대시켜 주는 마법이었다. 그들이 내가 있는 곳에서 얼마나 멀리 떨어져 있는지 모르기 때문에 이런 마법까지 사용하는 것이었다.

"어딨지? 어디 있냐… 제발 나타나라……."

무당산에는 사파 사람들을 찾는 정파 사람들의 모습만 보이고 간혹 경공을 전개하느라 센스 에너미에 걸리는 사람만 있었다.

"뭐야, 뭐야, 도대체 어디 있는 거야?"

하지만 다행히도 그들은 멀리 떨어진 곳에 있지 않았다. 시선을 약간 돌려 무당산 전체를 훑는 와중에 그들의 모습을 발견한 것이었다. 그들은 우리에게서 도망갈 생각은 별로 없었는지 무당산 초입의 공터에 자리하고 있었다.

"찾았다!!"

나는 그대로 민이 옆으로 내려와 그를 이끌고 다짜고짜로 경공을 전개하며 뛰었다. 우리와 같은 조가 되어 같이 다니던 사람들이 허둥지둥 따라 뛰는 것도 눈에 안 들어올 정도로 마음이 급했다.

"빨랑 와! 그들을 찾았어!"

"그래? 어디 있는데?"

"무당산 초입!"

내 대답을 듣자 민이는 뒤에서 따라오는 이들에게 눈짓하여 사람들을 불러 모았다. 곧 일행 중 한 사람은 그 자리에 멈춰 서서 하늘을 향해 파란 연기가 피어오르는 신호탄을 쏘아 보냈다. 우리가 어디 있는지 찾았으니 이쪽으로 모이라는 신호였다. 아마 우리가 사파 연합이 모여 있는 곳으로 가면 또다시 신호탄을 쏠 것이다.

그곳에 도착하면 갈천성을 어떻게 처리해 줄지를 고민하며 열심히 발을 놀리는데 뒤에서 따라오고 있던 민이가 물어왔다.

"누나, 우리끼리만 그들을 상대할 거야?"

"왜? 누가 또 필요해?"

"아니, 그게 아니라… 누나가 어떻게 할지 궁금해서."

"몰라, 별 생각 없어. 난 단지 그의 계획을 완전히 망쳐 놓고 싶을 뿐이야. 녀석, 날 이용해 먹어서 엄청 기분이 좋았겠지? 훗, 하지만 그 계획은 나로 인해 망쳐질 거야!"

다시 한 번 하늘 위로 신호탄이 쏘아 올라져 갔다. 이제 한 번만 더 신호탄이 쏘아 올라가면 나는 사파 연합을 바로 눈앞에 두고 있을 터였다.

그런데 숨어서 마공을 완성시키리라 생각하고 있던 갈천성은 내 예상을 깨고 사파 무리들이 모여 있는 바로 그곳의 제일 앞에 서서 빠르게 달려오고 있는 날 싱긋 웃으며 바라보고 있었다.

"뭐야, 당신. 설마 날 기다리고 있었던 건 아니겠지?"

그 모습에 또 뭔 일을 꾸미고 있는지 몰라 경계하며 그를 향해 묻자 그가 피식 웃으며 내 말을 받았다.

"이런, 예쁜 아가씨에게 거친 말투는 안 어울리는데. 날 만나러 온 거라면 정말 아쉽지만 난 선약이 있어서 말이지. 아, 저기 오는군."

그가 아주 반갑다는 듯이 내 뒤쪽에다 시선을 주며 말하자 나는 자연스레 그를 따라 시선을 돌렸다. 그곳에는 무림맹주를 비롯한 9대 문파 장로, 장문인들과 8대 세가의 장로, 장문인들이 달려오고 있었다. 그 모습에 갈천성은 너무나 기쁘다는 듯 두 팔을 활짝 벌리며 외쳤다.

"오, 여러분들 정말 반갑습니다! 저를 보시기 위해 이렇게 달려와 주시다니, 이 갈 모 정말 몸 둘 바를 모르겠군요. 정말 잘 오셨습니다!"

꽁지 빠져라 도망가야 할 녀석이 오히려 두 팔 벌려 환영하는 모습에 사람들은 모두 경계 어린 표정으로 내 주위에서 멈춰 섰다. 그리고는 무림맹주 또한 나처럼 경계 어린 시선으로 그를 바라보며 물었다.

"녹의비객 갈천성, 도대체 무슨 짓을 꾸미고 있는 거지? 마공은 바로 네가 가져간 거겠지?"

그러자 갈천성은 하늘을 향해 너무나 통쾌하다는 듯 파안대소를 터뜨렸다.

"푸하하하하~!"

그러다가 갑자기 뚝 그치고는 우리 쪽을 바라보며 웃음기를 지우지 않은 채 말했다.

"물론 내가 이날을 얼마나 기다렸는 줄 아나? 자그마치 50여 년이야, 50여 년. 그동안 난 너희 정파를 무너뜨리기 위해 힘을 모으고, 모으고, 모으고, 또 모았다. 그래서 드디어 이날이 온 거야. 이 얼마나 기쁘지 아니한가?"

그런 그가 서 있는 곳의 뒤쪽에는 광인들과 강시들이 진을 치고 있었다. 그곳에는 커다란 막사가 설치되어 있었는데 그 안에서 강한 마나의 기운이 풍겨져 나오는 걸 보니 아마 마공이 완성되고 있는 모양이었다.

그걸 느낀 듯 무림맹주가 다급하게 물었다.

"갈천성, 뭘 하는 거지? 설마 마공을 완성시키려는 건 아니겠지? 그건 미친 짓이야!"

그러나 갈천성은 코웃음만 칠 뿐이었다.

"훗, 미친 짓? 그래, 난 미쳤는지도 몰라."

계속 기쁜 듯 웃음 짓고 있던 그가 갑자기 매서운 살기를 풀풀 날리며 우리를 노려보았다.

"눈앞에서 가족들의 죽음을 바라보고만 있어야 했던 내가 정상이길 바래? 난 미쳤어. 암, 미쳤고말고. 내 가족과 식솔들이 몰살당하던 날, 난 미쳤다! 미치기로 결심했지. 저 거대한 정파 놈들에게 복수를 하려면 미쳐 있어야 하지 않겠어? 제정신으로는 도저히 할 수 없는 일이니까! 하지만 날 이렇게 만든 건 다 너희 정파 놈들이야!"

우리 쪽을 손가락질하면서 외치는 그의 눈은 분노로 인함인지 벌겋게 달아올라 있었고 광기마저 엿보이고 있었다. 그는 계속해서 처절하게 외치고 있었다.

"공을 세우기 위해 미친놈들! 그게 너희 정파 놈들의 실체지! 그리고 힘없는 우리 집안은 그런 네놈들의 야욕에 의해 철저하게 부서졌다. 뭐? 정의를 실현해? 네놈들이? 하! 저승에 있을 우리 집안 식구들이 몇십 년은 웃을 이야기지! 50여 년 전 정파에게 싸움을 건 것은 사파가 아니었어! 단지 마교 단독으로 저지른 일이었다. 마교는 제일 먼저 사파에 싸움을 걸어 자신에게 복속시켰지. 정파와 싸우고 싶지 않은 이들까지도 말야. 한데 정파가 그런 사파를 도와줬나? 천만에! 같은 정파가 아니라고 철저하게 외면했지. 그래, 그건 좋아. 그리고 정파는 이겼지. 아~ 정의의 승리야, 아주 좋지. 그런데 마교에 굴하지 않고 꿋꿋이 버티며 정파와의 싸움에 끼어들지 않았던 사파들은 왜 몰살시켰지? 단지 사파라는 이유만으로 아무 죄도 없는 사람들을 죽였다! 그게 바로 너희 정파라는 놈들이야!!"

그러자 곤륜파의 장로가 날카롭게 외쳤다.

"닥쳐라! 이제 보니 너는 그때 살아남은 사파의 잔당이로구나! 그래서 이런 짓을 저지른 게로군!"

"푸핫! 그래, 난 그때 살아남은 사파의 잔당이다. 어쩔 테냐? 그때처럼 또다시 몰살시킬 테냐? 훗, 그러지는 못할걸? 나는 그때 마교의 교주와는 달라. 제일 먼저 마공을 사용했으면 너희 정파 놈들을 싸그리 쓸어버릴 수 있었을 텐데, 그놈은 좀 심약했던 모양이야. 다 죽어갈 때 마공을 사용하다니 말야. 큭큭큭… 하지만 난 그런 실수는 저지르지 않을 테다!"

갈천성의 미친 듯한 말에 무림맹주가 다급하게 외쳤다.

"너야말로 바보 같은 실수를 저지르지 마라! 그게 어떤 마공인 줄 아냐? 그걸 사용하면 아군이고 적군이고 구분없이 사이좋게 죽는 거란 말이다!!"

"사이좋게? 오, 그거 좋지. 사이좋게라… 정파와 사파가 사이좋게… 큭큭큭… 그거 좋지."

그가 마치 술에 취한 것처럼 킬킬대며 웃는 와중에도 마나의 기운은 점점 커지고 있었다. 그리고 급기야는 그 마공이 완성되었는지 막사가 바람에 흩날리듯 심하게 펄럭거리고 있었다.

"오… 이럴 수가… 결국은 그 저주스러운 마공이 드러났어… 또다시 그 비극이 일어나다니……."

그 모습을 본 할아버지가 나를 보호하려는 듯 감싸며 절망 어린 목소리로 중얼거렸다.

그때 즈음에는 신호를 보고 달려온 정파 사람들이 다 같이 모여 그 모습을 보고 있었다.

"오호라~! 드디어 완성되고 있구나! 크하하하! 좋아, 좋아. 관객이 이리 많은 곳에서 완성된 모습을 볼 수 있다니, 오늘은 정말 기분 좋은 날이로구나!!"

갈천성의 맛이 간 말을 들으며 나는 긴장한 채 막사에서 눈을 떼지 못하고 있었다. 할아버지가 이리 절망적으로 생각하는 마공이 도대체 어떤 건지 궁금하기도 하고, 과연 내가 막을 수 있을지도 걱정되었다.

심하게 펄럭거리던 막사의 천장이 결국 터지듯이 쫘악 갈라졌다. 그곳에서 검은 안개 같은 것이 퍼져 나오더니 허공에서 뭉치고, 뭉치고, 또 뭉쳐서 지름이 약 2m가 조금 넘어 보이는 검은 구체를 만들었다.

"뭐, 뭐야, 저게!"

"오오… 결국은 또 그런 비극을 보게 되는 것인가! 진아, 어서 도망치거라! 민이를 데리고 어서!"

할아버지가 날 감싸고 있던 팔을 풀며 민이가 서 있는 곳으로 밀었지만, 민이도 나도 할아버지의 말을 듣지 않은 채 계속 그것을 보고만 있었다.

"크하하하! 나오너라! 나와라, 내가 기다리고 있노라!! 으하하하~!!"

미친 듯한 갈천성의 말을 들었기 때문인지 그 검은 구체 안에서 갑자기 무엇인가가 쑥 나왔다. 처음에는 마치 여인의 것만 같은 희고 긴 손이, 그리고 그에 달린 팔… 그리고… 얼굴…….

"잉? 얼굴?"

드디어 나타난 것은 어디서 많이 보던 사람의 모습이었다. 하지만 이곳에서는 절대 볼 수 없는 모습이기도 했다.

 허리까지 늘어뜨린 윤기가 자르르 흐르는 아름다운 은발, 하얀 피부에 대리석 조각 같은 외모, 호박 빛으로 빛나는 눈, 그리고 뾰족한 귀이이이~?

 "어, 어라라라?!"

 게다가 그의 붉은 입술 사이에는 뾰족한 송곳니가 살짝 삐져나와 있었다.

 구체 안에서 그가 다 빠져나오자 그 뒤를 따라 풀쩍 뛰어나오는 생물체가 있었다. 엄청 커다란 흑표범이었는데 두 눈은 에메랄드 빛으로 반짝였고 이마 정중앙에는 마름모꼴의 붉은 돌이 박혀 있었다. 게다가 그 표범의 등에는 커다란 피막 날개가 달려 있었다.

 "어미미미~!!"

 검은 구체 안에서 빠져나온 인물이 기지개를 쫙 켜는 동시에 손가락마저도 쫙 펴자, 그의 손톱이 길어지며 마치 맹수의 그것처럼 안으로 뾰족하게 굽어졌다.

 "하아……"

 생각지도 못한 그의 등장에 모두들 넋을 놓고 있을 때 제일 먼저 정신 차린 건 갈천성이었다. 그는 이 세상에서는 보지 못할 흉악하고 무서운 괴물들이 줄줄줄 쏟아져 나올 것이라 생각했는데, 그런 괴물은 아니 나오고 웬 희한한 남자 한 명이 지 애완 동물처럼 보이는 날개 달린 표범 하나를 달랑 데리고 나오자 황당했던 모양이다.

 "이봐, 넌 뭐냐? 왜 여기서 나온 거지?"

 그러자 은발의 남자는 그를 나른한 눈길로 바라보며 물었다.

"그대인가, 날 부른 자가?"

하지만 갈천성은 무지 화가 난 것인지 그의 말을 제대로 듣지도 않은 채 막사가 있는 쪽을 향하여 외쳤다. 완전히 그 남자를 무시하는 행동이었다.

"이게 어떻게 된 거냐! 왜 나오라는 그 괴물들은 안 나오고 이런 희한한 놈이 나오는 거야!"

그러자 막사 쪽에서 두 명의 사람이 나타나더니 그의 앞에 고개를 조아렸다. 그런데 나타난 사람 중 한 사람을 보고 나는 다시 한 번 눈을 휘둥그렇게 뜰 수밖에 없었다. 그는 무림맹에서 마공의 비급 조각을 가지고 사라졌던 바로 그 제갈 전 가주였던 것이다.

"제갈 전 가주!!"

"이럴 수가……"

"아니, 거기서 뭘 하시는 겝니까?"

우리 쪽 사람들이 그를 알아보고는 놀라서 경악성을 터뜨리기도 하고 그에게 소리 높여 말을 걸어보기도 했지만, 제갈 전 가주는 정파 사람들의 소리가 전혀 들리지 않는 듯 무시한 채 갈천성의 앞에 부복한 채로 입을 열었다.

"저도 모르겠습니다, 주군. 하지만, 의식은 틀림이 없습니다."

"이봐, 이봐."

은발의 남자가 갈천성을 불렀지만 그는 다시 한 번 은발의 남자를 무시한 채 제갈 전 가주에게만 소리쳤다.

"그런데 왜 이런 놈이 나타나는 거야?!"

"그게 저도 잘……"

"그걸 지금 말이라고 하는 게냐? 무림에서 가장 현명하다고 일컬어지는 네 녀석이 모른다면 누가 안다는 것이냐? 으득! 쓸모없는 놈! 애써서 네놈의 정신을 제합한 보람이 없지 않느냐?"

"허걱."

다시 한 번 정파 사람들의 입에서 경악성이 터져 나왔다. 그렇다면 내가 구한 사람은 진짜 제갈 가주였던 것이다. 단지 그의 정신이 제압당해 있었을 뿐인… 그러니까 내가 그를 구해왔을 때 그가 마공 비급의 조각을 가지고 사라질 때까지 이상하다는 점을 알아차리지 못했던 것이다.

갈천성은 너무 분노한 나머지 자신이 무슨 말을 내뱉고 있는지도 모르는 모양이었다. 게다가 은발의 남자에게서 서서히 피어오르는 위험한 기운 또한 못 느끼는 모양이었다. 아니면 아까 태도를 보아하니 미쳐서 상황 판단이 안 되는 건지도.

"그걸 지금 말이라고……!"

'내 저럴 줄 알았지.'

불쌍한 갈천성은 채 화를 다 내기도 전에 몸과 목이 분리되어 바닥으로 쓰러졌다. 그리고 뒤늦게 그의 잘려진 목에서는 피가 흘러나오기 시작했다. 그의 뒤에는 분노에 찬 은발의 남자가 팔을 든 채 서 있었다.

"뭐 이런 자식이 다 있지? 전혀 예의를 모르는 놈이로군!"

은발 남자의 분노에 찬 말에 나는 저절로 고개가 끄덕여지는 느낌이었다.

'내 저렇게 될 줄 알았지. 어쩐지 너무 무시하더라니……'

하지만 다른 사람들은 미리 예상을 못했는지 당황하는 모습들이었다. 하지만 어느 누구도 상황을 제대로 인식하지 못하고 있기에 뭘 어찌하기보다는 숨죽이고 가만히 사태를 주시했다. 그러나

단 한 사람만이 그 모습에 놀라 부르짖으며 달려왔다.

"주군!"

그는 바로 나와 많이 대결했던 모산파의 도사였다. 그는 갈천성의 차갑게 식어져 가는 시신을 부여잡으며 부르짖었지만 이미 되돌아올 수 없는 강을 건넌 그가 대답할 리 만무했다.

한참 동안이나 시신을 부여잡고 울부짖던 그는 시신의 목을 가져다 제자리에 놓고 시신의 몸 또한 가지런히 놓아주더니 자리에서 서서히 일어났다. 그의 몸은 분노와 슬픔으로 인함인지 부들부들 떨고 있었고, 은발의 남자를 마치 씹어 먹을 것처럼 무섭게 노려보며 입을 열었다.

"이, 이놈이! 절대로 가만 두지 않겠다!!"

발악을 하듯이 외치며 그가 손에 들고 있던 놋으로 만든 종을 흔들자 주위에 포진하고 있던 강시들이 일제히 그에게 달려들었다. 하지만 그 은발의 남자는 귀찮다는 듯 손을 한 번 흔들었을 뿐, 아무런 조치도 취하지 않았다. 대신 그의 곁에 있던 날개 달린 흑표범이 한 번 크게 울부짖은 후 그 강시들에게 달려들었다.

크아아앙~!

처음에 봤을 때 이미 짐작하고 있었지만, 그 표범은 진짜 강했다. 검기로만 상처를 낼 수 있는 강시들도 표범이 한 번 휘두른 앞발에 허리가 두 동강이 나고 한 번의 날갯짓에 힘없이 저 멀리 날아갔다. 표범에게 물린 머리는 그대로 산산조각이 났지만, 그들은 표범의 몸에 상처 하나 낼 수 없었다. 그만큼 표범이 눈에 보이지 않을 정도의 스피드로 움직였던 것이다. 그 덩치에 어찌 저리 빠를 수 있는지 의아했지만 잘 빠진 표범의 몸매를 보면 것도 꽤나 잘 어울리는 모습이었다.

그 표범이 자신에게 달려드는 강시들을 모두 처리한 건 채 몇 십 분 지나지 않아서였다. 그 모습에 모산파의 도사는 너무 놀랐는지 입을 떠억 벌리면서 그 자리에 주저앉았다. 그러자 은발의 남자는 무심한 얼굴로 그를 한번 힐끔 바라보다가 귀찮다는 듯 팔을 한번 휘둘러 그의 목을 잘라 버렸다.

"허, 허걱! 뭐지, 저 남자는?"

사람의 목숨을 마치 파리 목숨처럼 취급하는 그의 모습에 정파 사람들이 경악할 때에 그 남자의 시선이 우리 쪽을 향했다.

"뭐냐, 네놈들은? 너희들도 나에게 덤빌 테냐?"

그 남자의 말에 날개 달린 표범이 자신이 먼저 덤비겠다는 듯 으르렁거렸다. 하지만 그 표범이 정파 사람들에게 덤비기 전에 나는 재빨리 손을 들었다.

"저기요~ 잠깐만요!"

은씨 세가 사람들이 경악하며 날 말리려 했지만 난 그들의 손을 교묘하게 빠져나가며 그에게 다가갔다.

"안녕하세요, 오랜만이죠? 처음에는 잘 못 알아봤네."

그러자 그가 날카로운 눈으로 날 바라보며 물었다.

"넌 누구지? 날 아나?"

이 남자는 아무래도 날 기억 못하는 듯했다. 하기사 나도 이 남자를 처음에는 기억 못했으니 당연할지도. 우리들의 만남은 너무나 짧았으니 말이다.

"물론 알죠. 타자시나 마족."

그 마공이란 아마 마족을 불러낼 수 있는 방법이 적혀 있었던 모양이다. 그래서 전 마교의 교주는 그걸로 마족을 불러내어 마물을 부릴 수 있는 능력을 얻은 모양이다. 하지만 무엇인가가 잘못되어 마족에게 당한 것이 틀림없었다. 하지만 그가 마물을 부린 것이 정파와의 싸움에서 결판이 날 때 즈음에 사용한 데다가 그걸 사용하자마자 정파 사람들에게 죽은 걸 보아하니 계약할 때 뭔가를 잘못했었나 보다.

마족과 계약할 때 계약 내용을 정확하게 해놓지 않으면 위험하다고 들었는데 그게 사실인 모양이었다.

타자시나 마족은 내가 자신을 알아보자 이곳에 온 뒤 처음으로 옅은 미소를 지어 보였다.

"호오, 날 아는구나. 그런데 우리가 언제 만났더라?"

그래서 난 이제 진정한 채 그의 발치에 나른하게 눕는 날개 달린 표범을 가리켰다.

"저 녀석이 당신 소유가 되는 날에요."

타자시나 마족은 표범과 날 번갈아 바라보다가 깊은 생각에 잠긴 채 고개를 갸웃하더니 다시 물었다.

"음… 기억이 안 나는데… 그때 그곳에는 사람들이 꽤 많긴 했지. 그래, 이 녀석을 만들어준 마법사와의 계약이 끝나는 날이라 그 마법사의 친구들이 많이 몰려왔었어. 그중에 있었나 보지?"

"예. 음… 아마 그때 당신이 아벨리안 마족을 만나신 건 기억하시나요? 그 애가 제 친구인데."

내 말에 타자시나 마족이 생각난 듯 손바닥을 주먹으로 딱 쳤다.

"아하, 그 덜떨어진 마족? 그 녀석이 네 친구인가?"

"예, 지금은 잠시 헤어져 전 여기 있고 그 애는 딴 인간 세계에서 놀고 있어요."

"그래그래, 그렇군. 그런데 넌 왜 여기 있는 거지?"

그는 아무래도 날 기억 못하는 모양이었다. 하기야 그때 나는 빨간 머리에 빨간 눈을 하고 있었고 지금은 검은 머리에 검은 눈을 하고 있으니 말이다.

"아… 그게 사정이 있어서 말이죠."

그러자 그는 고개를 끄덕이더니 자리에서 일어서며 날 슬쩍 밀어내었다.

"그게 무슨 사정인지는 모르겠지만 잠시만 기다려라. 이곳에 있는 녀석들을 처리한 다음에 천천히 들어줄 테니."

나도 이곳에 같이 있었는데 나는 빼놓고 일을(?) 벌이려는 태도를 보아하니 내가 자신을 알아주니까 나만은 살려주려는 모양이었다. 타자시나 족이 허영심이 많다던데 그것 때문이려나?

하지만 나는 얌전히 뒤로 물어나는 대신 재빨리 그의 앞을 가로막으며 배시시 웃었다.

"아… 그게요, 여기 있는 사람들은 제 동료거든요."

내 말에 그의 눈이 가늘어지며 살기를 피워 올렸다. 그는 자신의 길고 구부러진 손톱을 슬쩍 펴 보이면서 차가운 말투로 물었다.

"그으래애~? 그렇다면 넌 날 불러놓고 계약은 하지도 않은 저 오만방자한 놈과 한패거리란 말이지?"

마족과의 계약은 철저한 예절 속에 이루어진다고 알고 있다. 하지만 만약 서로 원하는 것이 달라 계약이 이루어지지 않는다면 그 순간 마족을 불러낸 자는 마족의 화풀이 대상이 되어야 했다. 그렇기에 마족과의 계약은 참으로 위험하고 조심스럽다고 했다. 지금 이 타자시나 족은 계약이 이루어지지 않았기 때문에 화풀이를 하려는 것이었다.
 "앗! 그게요… 당신은 두 세력이 대립하는 사이에 떨어지신 거예요. 저는 당신을 불러내고 계약을 하지 않은 사람과 대립하는 세력 편이죠."
 "흥, 그런 건 아무래도 상관없어. 내 눈에는 다 똑같은 인간이니까."
 그러면서 그가 팔을 들어 올리는 폼이 아무래도 정파 사람들 또한 화풀이 대상으로 삼으려는 듯했다.
 "잠시만요. 저랑 계약하시면 안 될까요? 어차피 계약하러 오신 거니 계약자만 바뀌는 것이잖아요."
 그러자 그가 솔깃한 듯 잠시 멈칫거렸다.
 "그래? 너가 나와 계약할 마음이 있다는 거지? 그래, 넌 나에게 무엇을 줄 테냐?"
 나는 재빨리 예전에 세이몬에게서 들었던 타자시나 족에 대한 내용을 떠올려 훑어보았다.
 "음… 당신은 보석을 좋아하지 않으세요? 저에게 드워프가 만든 멋진 목걸이가 있는데……."
 하지만 그는 내 말을 들을 것도 없다는 듯 잘라 버리며 말했다.
 "흥, 목걸이는 흔한 거지."
 "오오, 그냥 일반 목걸이가 아니에요. 제가 전에 있던 세계에서 100가지 안에 드는 보물 중 단 세 개밖에 없는 목걸이라고요."
 그제야 타자시나 마족은 흥미가 동한 모양이었다.
 "호오, 너에게 그런 목걸이가 있단 말이지?"
 "물론이죠. 당신이 관심을 가지고 계셨다면 어쩜 들어보셨을지도 몰라요. 테아칸 왕비의 목걸이와 레스틴 여왕의 목걸이라고……."
 그러자 타자시나 마족의 눈이 휘둥그레 떠졌다.
 "뭣이라? 너에게 그 두 목걸이가 있단 말이냐?"
 "아, 아세요? 그럼 이야기가 빠르겠네."
 "정말이냐? 정말 너에게 있단 말이지?"
 재차 확인하는 타자시나 마족의 태도에 나는 회심의 미소를 지으며 고개를 끄덕였다.
 "그렇다니까요."
 "좋아. 계약 조건은 됐고, 그럼 당신은 나에게 무엇을 원하지요? 내가 들어줄 수 있는 것이라면 무엇이든 들어드리지요."
 타자시나 마족이 태도를 180도 바꾼 채 나에게 물어왔다. 이것이 바로 마족들이 계약할 때의 태도인가 보다.
 나는 그에게 무엇을 요구할 것인가를 가만히 생각해 보며 시선을 돌리다가 저쪽에서 초초하게 날 바라보고 있는 은씨 세가 사람들을 보게 되었다. 그리고 그들을 보자 나는 그들처럼 날 생각해 주고 기다리고 있는 이들이 떠올랐다. 그 순간 나는 결정을 내리고 타자시나 마족을 바라보며 입을 열었다.
 "당신은 드래곤과 엘프가 있고, 드워프가 있으며, 마법사와 기사가 있는 세계를 아시겠지요? 소르드 왕국이 있고, 테아칸 왕국이 있는 세계 말입니다."
 그러자 그가 고개를 끄덕였다.
 "물론입니다. 나는 그곳을 잘 알지요."
 "그렇다면 저를 그 세계에서 소르드 왕국의 재상 저택으로 데려다 주세요. 이것이 제가 원하는 것입니다."
 지금이 바로 내가 돌아갈 때인 듯했다. 생각해 보면, 이곳의 은씨 세가와 할아버지는 나 때문에 너무나 많은 일들을 겪었던 것 같다. 게다가 원래 세계에서 날 기다리고 있을 할아버지와 아빠가 너무 보고 싶기도 했다. 류미르와 세이몬이 아직도 날 기다리고 있을지도 궁금했고, 그리고… 그 애쉬 녀석이 어떻게 지내는지도 궁금했다.

비록 이곳 은씨 세가 사람들과 엄마 아빠에게도 정이 들었지만, 역시 이곳은 내가 있을 곳이 아니라는 걸 나는 처음부터 인식한 채, 그들과 같이 생활하면서도 마음속 깊은 곳에서는 쭈욱 헤어질 준비를 하고 있었던 것 같았다. 아무래도 민이처럼 세가의 일에 열심이고 적극적이지 못한 것이 바로 그런 까닭일지도 몰랐다.

"당신이 원하는 것은 그것 하나뿐?"

"예, 제가 원하는 것은 그것뿐입니다. 이것을 들어주신다면 제가 가진 테아칸 왕비의 목걸이와 레스틴 여왕의 목걸이 중 하나를 드리지요. 단, 둘 중 무엇을 가지실지는 당신이 직접 보고 결정하십시오."

"좋습니다. 그럼 당신의 손바닥을 내밀어주십시오."

내가 순순히 손바닥을 내밀자 그가 자신의 날카로운 손톱으로 내 손바닥을 살짝 찔러 피를 낸 다음 그것을 자신의 손등 위에 올려놓고 뭐라뭐라 주문을 외웠다. 그러자 그의 손등 위에 떨어진 내 피가 그의 하얀 손등 위로 스며들어 가는 것이었다. 주문을 마친 그가 보여주는 손등 피부 속에는 내 피라고 생각되어지는 붉은 줄기가 자리 잡고 있었다.

"이것은 내가 그대와의 계약을 어길 시 가시가 되어 나의 심장을 찌를 것입니다. 그리고 만약 당신이 나와의 계약을 어길 시에는 난 그 보답을 당신께 직접 할 것입니다."
그의 말에 내가 고개를 끄덕이자 그가 내 손을 잡고 말했다.
"이것으로 당신과 나 사이의 계약이 성립되었습니다."
그러더니 곧바로 태도를 바꾸어서 나에게 물었다.
"자, 그럼 언제 데려다 줄까?"
그 말에 나는 잠시 갈등을 했지만 고민은 길지 않았다.
"지금요. 하지만 저들에게 작별 인사할 시간은 주실래요?"
"그러지 뭐. 하지만 너무 길게 하진 말아라. 난 오래 기다리는 건 질색이니까."
나는 그에게 고개를 끄덕여 보이고는 조마조마한 표정으로 나와 타자시나 마족을 바라보고 있는 은씨 세가 사람들에게 달려갔다.
내가 아무 일 없이 달려오자 엄마가 안심한 표정으로 날 꼭 끌어안았다.
"진아~ 넌 엄마를 너무 놀래키는구나. 도대체 저 이상한 사람과 무슨 이야기를 한 거냐?"
엄마가 못 알아듣는 건 당연했다. 나는 이곳에 있는 사람 어느 누구도 그와의 대화를 알아듣지 못하게 하기 위해 저쪽 세계의 소르드 왕국 언어로 이야기를 주고받았던 것이다.
그래서 난 엄마 품에서 빠져나와 방긋 웃으며 대답했다.
"엄마, 나 저 사람과 같이 가기로 했어요."
그러자 엄마는 그대로 굳어버렸고, 대신 놀란 할아버지가 나에게 물었다.
"진아, 도대체 그게 무슨 말이냐? 저 사람이랑 같이 가다니?"
"할아버지, 만약 제가 저 사람과 그런 이야기를 하지 않았다면 저 사람은 아마도 이곳에 있는 모든 사람들을 죽였을 거예요. 그것보다는 저 하나만 여기서 사라지는 게 낫잖아요."

"그게 무슨 말이냐? 내가 저런 사람 하나 감당 못할 것 같으냐?"

할아버지는 호언장담했지만 나는 방긋 웃으며 고개를 저었다.

"할아버지, 이곳에 있는 사람 중 어느 누구도 저 사람을 감당하지 못할 거라는 건 할아버지도 알고 계실 거예요."

거기까지 말한 나는 할아버지에게 와락 달려들어 그 품에 안기며 속삭였다.

"제가 할아버지 엄청 사랑하는 거 아시죠? 보고 싶을 거예요."

그러자 할아버지가 떨리는 손으로 내 뺨을 쓰다듬었다.

"인석아… 잃었던 손녀를 이제야 되찾았나 싶었는데 널 또 잃게 만들 셈이냐?"

그 말에 양심이 무지 찔렸지만 이미 엎질러진 물이었다. 그리고 난 지금이 아니라 하여도 언젠간 원래 세계로 돌아가야 할 몸이었다.

"죄송해요, 할아버지. 그리고 이번에는 민이는 안 가잖아요. 아마 민이는 할아버지 곁에 계속 있다가 은씨 세가를 계승할 거예요."

그러자 뒤에 있던 아빠가 불쑥 끼어들었다.

"넌 언제나 가슴을 조마조마하게 만들더니 이제는 가슴을 아프게 만드는구나."

"에헷헷헷, 죄송해요, 아빠. 하지만 전 정말 가야만 하는걸요."

그때 머리 속으로 조용히 들리는 메시지가 있었다.

"본래… 세계로 돌아가는 거야, 누나?"

"그래."

"생각보다 일찍 가네. 좀 더 있을 줄 알았는데……."

"훗, 동감이야. 하지만 지금 가야 해. 그래야만 할 것 같아."

지금 안 가면 언제 가게 될지도 모르는 일이었다. 비록 이곳에 있는 사람들과 헤어지는 건 슬프지만 그래도 이 기회를 놓치고 싶지는 않았다.

"그래, 잘 가. 그동안 즐거웠고… 다시 만날 수 있을까?"

"글쎄… 네가 이곳에서의 일을 접고 내가 있는 세계로 올 수 있으면 한번 와봐라."

"훗, 가능하면 꼭 찾아갈게."

나머지 사람들에게는 따로 인사를 하지 못했다. 유와 덕에게는… 괜히 미안한 마음만 들어 그냥 미안하다고만 하고 그 둘을 민이에게 맡겼다. 유는 내 작별 인사에 고개만 끄덕이며 내 얼굴을 보지 않았고, 덕은 내 손을 한번 꼭 잡았다 놓으며 덩치에 안 어울리게 눈물까지 보였다. 그 모습에 가슴 한쪽이 아려옴을 느낀 나는 나머지 세 사람들을 향해 일부러 활짝 웃으며 활달하게 소리쳤다.

"자, 모두들 안녕히 계세요. 건강하게 오래오래 사시구요~!!"

그렇게 한꺼번에 인사를 끝낸 나는 기다리고 있는 타자시나 족에게 달려갔다.

"이제 가요!"

"그러지."

그의 손짓에 아까부터 계속 허공에서 머물러 있던 검은 구체가 점점 내려오더니 우리의 앞에서 그 시커먼 입구를 벌리고 있었다. 이제 보니 이건 내가 이 세계로 떨어질 때 봤던 차원의 문과 비슷했다.

'돌아가면 차원의 문을 여는 마법부터 배워야겠다.'

타자시나 마족이 내 손을 잡고 먼저 그 구멍으로 들어가자 나도 곧 뒤따라 그곳으로 발을 집어넣었다.

그동안 엮었던 많은 인연들을 뒤로한 채 날 기다리고 있을 원래 세계를 그리면서 말이다.

에필로그

에필로그

"훗, 비록 이곳을 떠난 지는 몇 시간 안 된 것이긴 하지만 나는 정말 오랜만에 온 것이니까… 아마 감회가 새로울 거야."

타자시나 마족의 손에 이끌려 차원의 문으로 들어간 후 금방 햇빛을 보게 된 나는 너무 당황스러운 모습을 발견했다.

"자, 여기가 맞나?"

너무 놀란 나는 타자시나 마족의 물음에 대답은 못하고 겨우 고개만 끄덕이고는 부리나케 달려야만 했다.

타자시나 마족은 나와의 계약을 정말 정확하게 이행하여 내가 온 곳은 소르드 왕국의 아빠 저택의 뜰이었다.

그리고 지금 그곳에서는 엄청 분노한 할아버지가 아빠의 멱살을 잡아 흔들고 있었고, 그런 할아버지를 류미르와 세이몬이 막으려 애를 쓰고 있었다. 그런 할아버지와 아빠 주위에는 두 분이 뿜어대는 마나의 자기장 영향으로 인하여 돌풍이 휘몰아치고 있었고, 마이터와 죠슈아는 그런 돌풍으로부터 기사들을 지키느라 방어막을 쳐 버티고 있었다.

"하아… 제대로 돌아왔네."

하지만 기쁨보다는 다급한 기분을 먼저 느껴야 한다는 것이 조금 처량할 뿐이었다.

"이노오오옴~! 도대체 뭘 망설이는 것이냐? 당장이라도 아린을 찾으러 가야 할 게 아니냐!"

"글쎄, 조금 진정하시지요. 지금 이렇게 흥분하시면 안 됩니다."

아빠는 멱살이 잡혀 흔들리는 상황에서도 할 말은 다 하고 있었다.

"진저어엉~? 지금 내가 진정하게 됐어? 네놈이 안 가니 내가 간다는데 왜 나까지 막고 난리냐? 엉?"

"무작정 차원의 문을 열고 들어가신다면 목표가 없는 이상 칸시스파슈타인님이라도 차원의 틈에 끼인다는 걸 아시잖습니까?"

아빠도 정신이 없기는 없나 보다. 여기가 어디인지도 잊어버렸는지 할아버지의 본명을 그대로 부르고 있으니 말이다.

"차원의 틈이고 뭐고 아린이 그곳에 있단 말이다!"

"글쎄, 그렇다고 무작정 들어가시는 건……."

"닥쳐라, 이놈아! 난 갈 테다. 가서 아린을 찾아야……!"

나는 한숨을 한번 폭 내쉰 뒤 지체없이 달려가 폴짝 뛰어 할아버지의 등에 매달리며 속삭였다.

"할아버지, 지금 뭐 하세요?"

그리고는 그대로 할아버지의 등에서 폴짝 내려와 한 걸음 물러났다. 할아버지가 갑자기 등장한 나 때문에 어찌 반응할지 궁금했던 것이다.

"응, 아린이냐? 잠시만 기다려라. 내 이놈을 혼내주고… 잉?"

처음에는 뭣도 모르고 나에게 대꾸해 주시던 할아버지는 잠시 시간이 지난 후에야 상황을 깨닫고 너무 놀란 나머지 몸을 홱 돌리다가 양 팔에 매달린 세이몬과 류미르, 두 녀석의 무게 때문에 신형을 크게 휘청거렸다.

"아이고, 이놈들아 당장 떨어지지 못해? 왜 나한테 매달려 있는 것이냐?"

나에게 대하는 것과는 달리 매섭게 그들을 노려보아 그들을 움츠러들게 만든 할아버지는 그대로 먼지 털듯 둘을 털어버린 뒤 한걸음에 달려와 날 끌어안았다.

"아이고~ 아린아, 아린아, 어디 갔다 왔니? 이 할아비가 얼마나 걱정한 줄 알아?"

"아하하하… 죄송해요. 많이 걱정하셨죠?"

"걱정했다마다. 네가 혹시나 차원의 틈에 끼어 헤매고 있는 건 아닌지 얼마나 걱정한 줄 아니? 어디 보자, 어디 다친 덴 없니?"

그러면서 그제야 날 떼어내고 찬찬히 살펴보던 할아버지가 어리둥절한 얼굴로 날 바라보았다.

"아니… 아린아, 왜 그런 모습으로 있니? 게다가 이건 도대체 어느 나라 옷차림이냐?"

"훗훗훗, 할아버지, 신기하죠? 저도 무척 놀라워요. 이상한 세계로 떨어졌었거든요. 그런데 그곳에서 십 년이나 넘게 있다가 온 거 아세요? 말씀드리자면 무척 길어요. 그런데 여긴 대충 몇 시간쯤 지난 것 같네요. 저는 한 몇 년쯤은 지날 줄 알았는데……"

"뭐? 그럼 다른 차원으로 떨어진 게냐? 어이구, 그나마 다행이구나. 차원의 틈으로 떨어졌다면 빠져나올 구멍을 찾기 힘들었을 텐데 말이다. 천년감수했다."

좀 과장스런 몸짓으로 할아버지가 가슴을 쓸어 내리자 나는 활달하게 웃으며 맞장구쳤다.

"그런가요? 와~ 전 정말 운이 좋았군요."

그렇게 내가 할아버지와의 대화에 푹 빠져 있을 때였다. 누군가가 내 등을 톡톡 두드리기에 돌아봤더니 깜빡 잊고 있었던 타자시나 마족이 그곳에 서 있었다.

"에헴, 대화를 방해하는 건 정말 미안한데, 이젠 그쪽이 계약을 이행해 줬으면 좋겠는데? 난 빨리 목걸이를 받고 돌아가고 싶거든."

그런데 내가 말하기도 전에 할아버지가 놀라서 나에게 물었다.

"마족? 아니, 아린아, 마족이랑 계약한 거냐? 도대체 계약의 조건으로 내건 것이 무엇이니? 마족이랑 계약하는 것이 얼마나 위험한데 함부로 계약을 하는 게냐?"

"후후후, 할아버지, 별거 아니에요. 그냥 제가 가지고 있는 목걸이 하나를 주기로 했거든요."

안심하라는 듯 방긋방긋 웃으며 말했건만 할아버지는 오히려 더욱더 의심스러운 눈초리로 나를 바라보며 물었다.

"그게 정말이냐? 정말 목걸이 하나뿐이야? 이 할아비에게 말해 보렴. 할아비가 다 해결해 주마!"

"아니, 정말이에요. 맹세코 제가 가진 목걸이 중 하나예요. 할아버지, 이 마족 기억 안 나세요? 예전에 저 도와주러 같이 가셨다가 만났잖아요. 류미르랑 세이몬하고."

그러자 곁으로 와 있던 류미르와 세이몬이 타자시나 마족을 보더니 기억났다는 듯 고개를 끄덕였다.

"아아, 예전에 만났던……."

"맞아. 키메라를 연구하던 그 괴상한 마법사랑 계약을 맺은 마족이었어."

"아, 저기 그때 애완 동물 있다! 여전히 멋진 자태인데?"

그제야 할아버지도 생각났는지 고개를 끄덕였다.

"아하… 그때 그… 그렇군. 그래, 그랬었어."

"할아버지, 잠시만요. 계약은 이행해야 하잖아요."

그렇게 말한 나는 타자시나 마족을 이끌고 집 안으로 들어갔다. 약 10년 만에 다시 보는 저택이어서 그런지 모든 것이 감회가 새로웠다.

그렇게 내 방을 찾아가는 길에 나는 궁금했던 점을 그에게 물었다.

"그런데요, 나는 그 세계에 있은 지 10년이 넘었는데 이곳은 단지 몇 시간 정도밖에 안 지났네요?"

"차원이 다르면 시간의 흐름 또한 다를 수 있지. 뭐, 시간의 흐름이 비슷한 곳도 있긴 하지만… 네 말대로라면 이 세계의 시간의 흐름보다 네가 갔다 왔다던 그 세계 시간의 흐름이 더 빨랐던 모양이군."

"흐음… 역시 그런가요? 그럼 마계와 이 세계의 시간 흐름에도 차이가 있나요?"

"아니, 마계와 이곳은 시간의 흐름이 비슷하지. 완전히 똑같다고 할 수는 없지만, 근소한 차이가 나니 그렇게 많이 틀리지는 않을 거야."

"그럼, 시간의 흐름이 똑같은 차원도 있나요?"

"불가능한 일도 아니라고 생각해. 하지만 난 알지는 못해. 내가 아는 것은 수많은 차원 중의 일부분일 뿐이니까."

기억을 더듬어 마족을 데리고 내 방으로 가자 그곳에는 아빠가 먼저 와서 기다리고 있다가 날 보더니 다짜고짜 폭 안아버렸다.

"에구~ 내 새끼… 내가 얼마나 놀랐는 줄 아냐? 조슈아가 날아와서 다짜고짜 네가 차원의 틈새에 떨어졌다고 했을 때는 심장이 멎는 줄 알았다."

"아하하하… 정말 죄송해요, 아빠. 걱정 많이 하셨죠? 그리고 할아버지를 말려주셔서 정말 감사해요. 많이 고생하셨을 텐데."

내가 무지 감격했다는 눈으로 아빠를 바라보자 아빠가 그 특유의 화사한 웃음을 지으며 내 머리를 부볐다.

"훗훗훗, 당연한 게 아니냐? 나중에 네가 돌아왔을 때 할아버지가 안 보이면 네가 날 얼마나 원망하겠냐? 그래서 그때를 생각하고 필사적으로 말렸지."

"정말 너무 고마워요, 아빠. 역시 아빠가 최고예요!"

그러자 다시 한 번 타자시나 마족이 내 등을 콕콕 찔렀다.

"저기… 목걸이는 언제 보여줄 건데?"

"아구구… 맞다. 내가 정신이 없어요. 잠시만요. 거기 침대에 앉아 계세요."

오랜만에 와서 그런지 내 침대도 약간 낯설어 보였다. 그래도 다행히 얼마 헤매지 않고 나는 금방 내 마법 주머니를 찾을 수 있었다.

"자, 여기요."

그에게 내민 것은 파란 비로드로 감싸인 네모난 상자 두 개. 하나는 테아칸 왕비 목걸이가 들어 있는 상자였고 다른 하나는 레스틴 여왕의 목걸이가 들어 있는 상자였다. 비록 보존 마법을 걸어놓지 않아 약간 오래된 티가 나기는 했지만, 그게 오래된 보물의 매력이 아니겠는가?

게다가 두 목걸이의 화려하고 우아한 자태는 여전했다.

"오오, 정말 아름답군. 예전에 테아칸 왕비의 목걸이는 단 한 번 볼 기회가 있었지. 그 뒤로 얼마 동안은 눈에 밟혀서 마음 고생이 심했는데 이렇게 내 손에 들어올 줄이야… 아, 하지만 레스틴 여왕의 목걸이도 너무 우아하군. 으윽! 이러면 갈등 생기는데… 도대체 뭘 가져야 하지?"

그는 테아칸 왕비의 목걸이에 손을 가져가다 다시 레스틴 여왕의 목걸이에 손을 가져가다 또 옮기고 다시 옮기고 그러기를 수차례. 결국 결정짓지 못했는지 그는 날 바라보며 말했다.

"혹시 또 다른 소원 없어? 그거 들어줄 테니까 이거 두 개 다 나 주면 안 될까?"

하지만 난 고개를 가로저었다.

"미안하지만, 저는 다른 소원은 없거든요."

그러자 그가 너무 안타깝다는 눈으로 목걸이를 보더니 중얼거렸다.

"하아~ 이 둘 중에 하나를 고르라는 건 나에게 너무 무리한 요구야. 차라리 한 목걸이만 보여줄 것이지……."

그러더니 두 눈을 질끈 감은 채 나에게 말했다.

"저기, 그냥 네가 나에게 하나 골라주지 않을래? 난 도저히 고를 자신이 없어."

그래서 나는 키득키득 웃으며 두 목걸이 상자를 덮고는 몇 번 위치를 바꾼 뒤 타자시나 마족에게 눈을 뜨게 했다.

"자, 이 두 상자는 모양이 똑같지만 안에 담긴 건 달라요. 둘 중에 당신이 하나를 고르세요. 그게 훨씬 나을 것 같아요."

타자시나 마족은 침을 한 번 꿀꺽 삼키더니만 손가락으로 몇 번 두 상자를 번갈아 콕콕 찔러보더니 결국 하나를 골랐다. 아마 내가 보기에 손가락으로 '어느 것을 고를까?'를 한 듯했다.

그는 자신이 고른 상자를 품에 꼬옥 안은 채 내가 가지고 있는 상자를 안 보려는 듯 시선을 돌리면서 아주 간곡한 어조로 말했다.

"혹시… 혹시라도 나중에 마족과 계약할 일이 있으면 부디 날 불러주길 바래. 내가 만사 제쳐 놓고 달려올 테니까. 알았지? 난 타자시나 마족에서도 유월이야. 꼭 기억해 줘."

그는 몇 번이나 더 신신당부를 하더니만 차원의 문을 열고 그 속으로 사라져 버렸다. 그 모습을 내 방에서 나가지 않고 조금 떨어진 곳에 서서 긴장된 눈으로 처음부터 끝까지 지켜보던 아빠가 그가 사라지자 내 곁으로 오더니만 내 머리를 툭 쳤다.

"아까는 그 마족이 있어서 아무 말 없이 있었다만, 위험한 일을 했구나. 마족과 계약을 한다는 건 우리 드래곤으로서도 꺼리는 일이라는 걸 모르니?"

"홋홋, 그래도 그가 없었으면 전 이곳으로 돌아오지 못했을 거예요. 이상한 세계에 빠졌는데 차원의 문을 여는 마법을 제가 몰랐거든요. 만약 그를 만나지 못했다면 그곳에서 살아야 했을지도 몰라요. 다행히 예전에 타자시나 마족에 대해서 들은 기억이 있어 보석을 가지고 거래했더니 잘 먹혀들었네요."

"그래그래, 그리고 부탁인데 이제 본래 모습으로 돌아오지 않으련? 네 기운은 느껴지는데 다른 이의 모습으로 있으니까 이상하구나."

"호호호, 본래 세계로 돌아왔으니 당연히 본래 모습으로 돌아와

야죠. 폴리모프."

 내가 낮게 중얼거리자 내 몸을 붉은 빛이 감싸더니 잠시 후에 사라졌다. 그러자 그런 날 바라보던 아빠가 다시 한 번 꼬옥 껴안으면서 말했다.

 "어서 오너라."

 그래서 나도 대답했다.

 "다녀왔습니다아~!!"

 잠시 후 할아버지와 또 한 번의 해우를 마친 나는 겨우 세이몬, 류미르와의 대화 시간을 가질 수 있었다. 난 그들에게 할아버지를 말려준 것에 대해 감사를 표하면서 그리고 미안함을 금치 못했다.

 "뭐어? 여행을 잠시 미루자고?"

 세이몬이 무척 섭섭한 듯이 목소리를 높였다.

 "세이모온, 정말 미안해. 하지만 내가 말했다시피 난 그곳에서 십여 년을 있다 왔다고. 그러니까 잠시만 할아버지하고 아빠랑 같이 지내고 싶어."

 다행히 류미르는 이해해 준 듯이 고개를 선선히 끄덕여 줬다.

 "이해해. 네 두 혈족과 오랫동안 떨어져 있었으니 그럴 만도 하지. 세이몬, 네가 이해해 주는 것이 어때?"

 그러자 세이몬은 부루퉁한 표정으로 어쩔 수 없다는 듯 중얼거렸다.

 "너희들이 그렇다면야 어쩔 수 없지만… 많이 기대했는데……."

 "에이, 세이몬, 그러지 마. 그럼 내가 넘 미안해지잖아."

 "맞아. 그리고 아예 안 가는 것도 아니고 한 한 달 정도만 미룬다는 거잖아. 그때까지 여행 준비를 좀 더 한다 치지 뭐."

류미르의 말에 고개를 끄덕이면서도 세이몬은 뭔가 못마땅한 표정이더니만 결국 끝에 가서 작게 중얼거렸다.
"하지만 아린 할아버지는 너무 무섭단 말야."
아무래도 내가 없는 몇 시간 동안 할아버지에게 엄청 시달린 모양이었다.
"괜찮아. 내가 있으니까 괜찮아. 아참, 그리고 얘들아, 나 거기에서 검술을 배웠다? 아마 너희들이 처음 보는 검술일걸?"
내 말에 세이몬과 류미르의 눈이 놀라움으로 뚱그래졌다.
"아린 네가? 정말?"
"우와~ 별일이네. 귀찮은 건 질색인 네가 검술을 배우는 그 인내의 시간을 감수했단 말이야?"
"시끄러, 이것들아! 나도 검술은 배우고 싶었단 말이야. 어쨌든 내일 한번 대결하자. 나 내 검술이 너희들에게 얼마나 적용될지 한번 보고 싶단 말야."
내가 기대 어린 표정으로 류미르와 세이몬을 번갈아 바라보자 그 둘은 서로 마주 보더니 피식 웃었다.
"그래그래, 아린의 실력이 얼마나 대단한지 한번 보자구."
"에헷헷, 아린, 내가 봐주면서 할 테니 너무 걱정하지 마."
"우쒸… 너희들 정말~!"
내가 자리를 박차고 일어나며 녀석들을 노려보자 녀석들이 낄낄 웃으며 자리에서 일어나 날 피해 달아났다.
"아린, 내일 봐~! 우리는 이만 갈 테니까 푹 쉬어."
류미르가 먼저 내 방문을 열고 쏘옥 빠져나가며 작별 인사를 하자 세이몬이 그 나간 문을 붙잡고 나가려 하며 날 바라보았다. 그는 장난을 치려는 듯 싱긋싱긋 웃었으나 곧 그 웃음이 잦아들면서 진지한 눈으로 날 바라보았다.

"아린, 내일은 어디 가면 안 돼! 여행은 우리 셋이 같이 가기로 했잖아."

"뭐야, 세이몬. 난 일부러 간 게 아니라고. 그리고 다음 여행은 너희들과 꼭 같이 갈 거니까 너무 걱정하지 마."

"그래, 그럼 내일 보자. 아린, 검술 기대할게."

"훗, 그래. 보고 놀라지나 말아라."

세이몬까지 내 방을 빠져나가자 나는 일어난 김에 침대로 걸어가 그곳에 풀썩 누웠다. 고급 목재로 만들어진 침대의 천장이 보이고 그 옆에는 하늘하늘한 침대 휘장이 보였다.

"후… 드디어 돌아왔구나. 내일은 애쉬 녀석에게나 한번 가볼까나? 할아버지랑 아빠와 같이 있는 동안은 시간이 좀 있을 테니까 녀석이랑 데이트를 한번쯤 해보는 것도… 에… 하지만 내가 벌써 찼으니까 그거는 불가능하려나? 그럼 그냥 세이몬이랑 류미르하고 여행 가는 데 같이 끼워줄까나? 그건 좀… 그렇겠지? 훗훗. 뭐, 시간이 좀 있는 김에 여왕이 된 루실 언니도 한번 만나봐야지. 훗, 비록 이곳을 떠난 지는 몇 시간 안 된 것이긴 하지만 나는 정말 오랜만에 온 것이니까… 아마 감회가 새로울 거야."

〈終〉

청어람 판타지 장편소설

이계 진입 깽판물에서 느낄 수 없었던
새로운 재미와 감동!

"주인님, 맡겨만 주십시오!"

BUTLER GRACE 집사 그레이스

집사 그레이스 / 박안나 지음

잊혀질 자들이 꿈꾸는 반란

그는 집사가 되고 싶다고 했다.
왜 하고 많은 직업 중에서 하필 집사냐고 묻자
그게 자기가 아는 최고의 직업이기 때문이란다.
그 말에 나는 웃어버렸다. 어찌나 웃었던지 배가 아프고 눈물이 날 정도였다.

지독한 결벽증 환자에, 웃는 법을 잊어버린 멍청이. 눈물샘이 메말라 울고 싶어도
울 수 없던 불쌍한 사람. 짙은 회색구름을 닮았고 불투명한 물속 같던 바보.

결국 자신의 말이 맞았음을 내게 입증해 보였다.
그 앞에서 어이없어 하며 웃었던 나를 비웃듯이.
그가 말했던 것처럼 집사가 최고의 직업임을……

청 어 람 판 타 지 장 편 소 설

마신의 불길보다 더 사나운 환염의 붉은 불꽃!

THE CONSTELLATION OF BLAZE
『홍염의 성좌』

홍염의 성좌 / 아울 지음

98년『검은 숲의 은자』, 02년『폭풍의 탑』, 04년『겨울 성의 열쇠』
고품격 판타지 작품 세계만을 선보여온 작가 민소영! 그녀의 최신작!!

신세대적인 기발함과 경쾌한 문체,
풍부한 상상력이 빚어낸 판타지계의 명품 중 명품!
짙고 그윽한 그녀만의 농밀함이 빚어낸 장대한 스펙터클 드라마!

**2005년 여름,
진한 감동과 짜릿한 전율이 시원하게 회오리친다!**

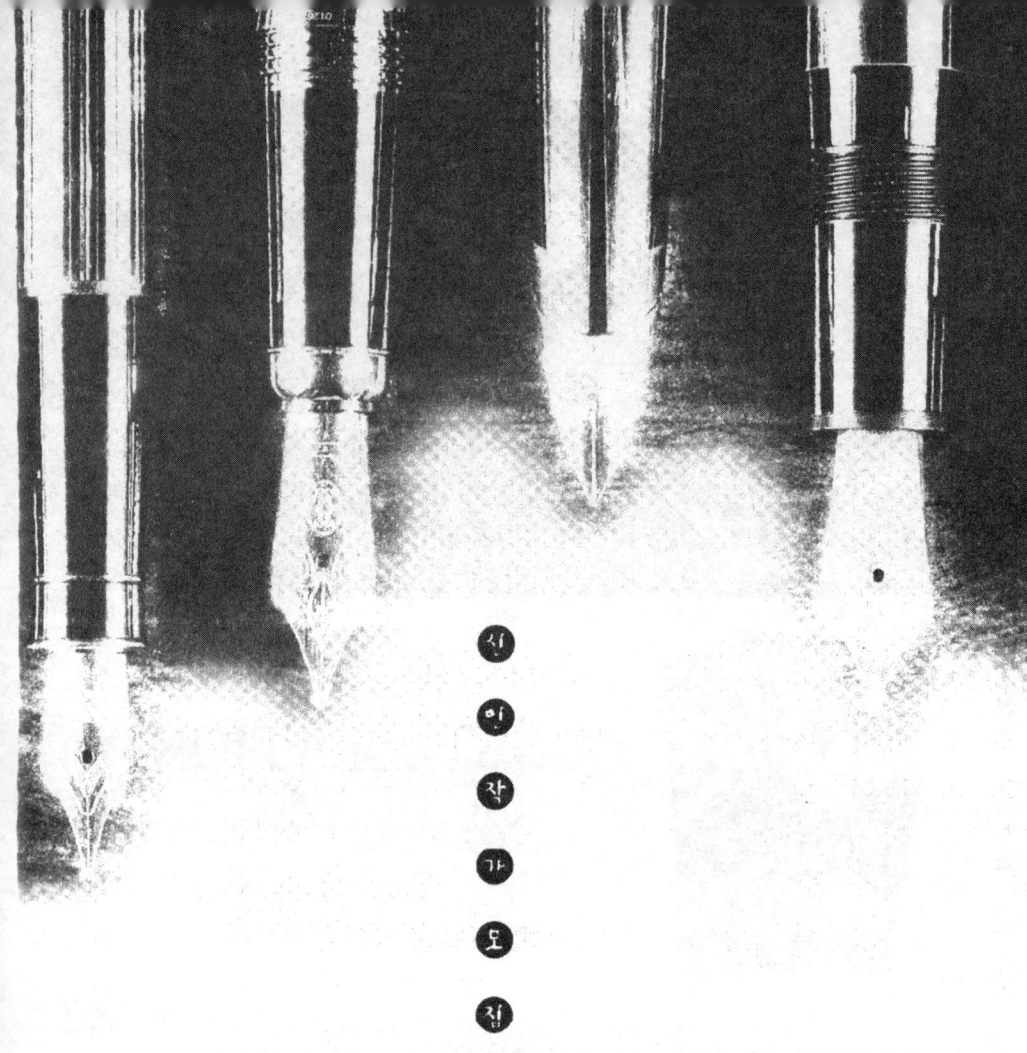

신 이 작 가 모 집

시작이 반이라고 했습니다.
작가의 길에 대한 보이지 않는 벽을 과감히 깨뜨리십시오!
청어람은 작가 지망생 여러분들의
멋진 방향타가 되어드리겠습니다.

저희 도서출판 청어람에서는
소설 신인 작가분들을 모집합니다.
판타지와 무협을 사랑하시는 분들의 많은 참여를 바랍니다.
소정의 원고(A4용지 150매)를 메일이나 우편으로 보내주시면
검토 후 출판 여부를 알려드리겠습니다.

주소:경기도 부천시 원미구 심곡1동 350-1 남성B/D 3F 우편번호420-011
TEL:032-656-4452 · **FAX**:032-656-4453
http://www.chungeoram.com
e-mail:chungeoram@chungeoram.com

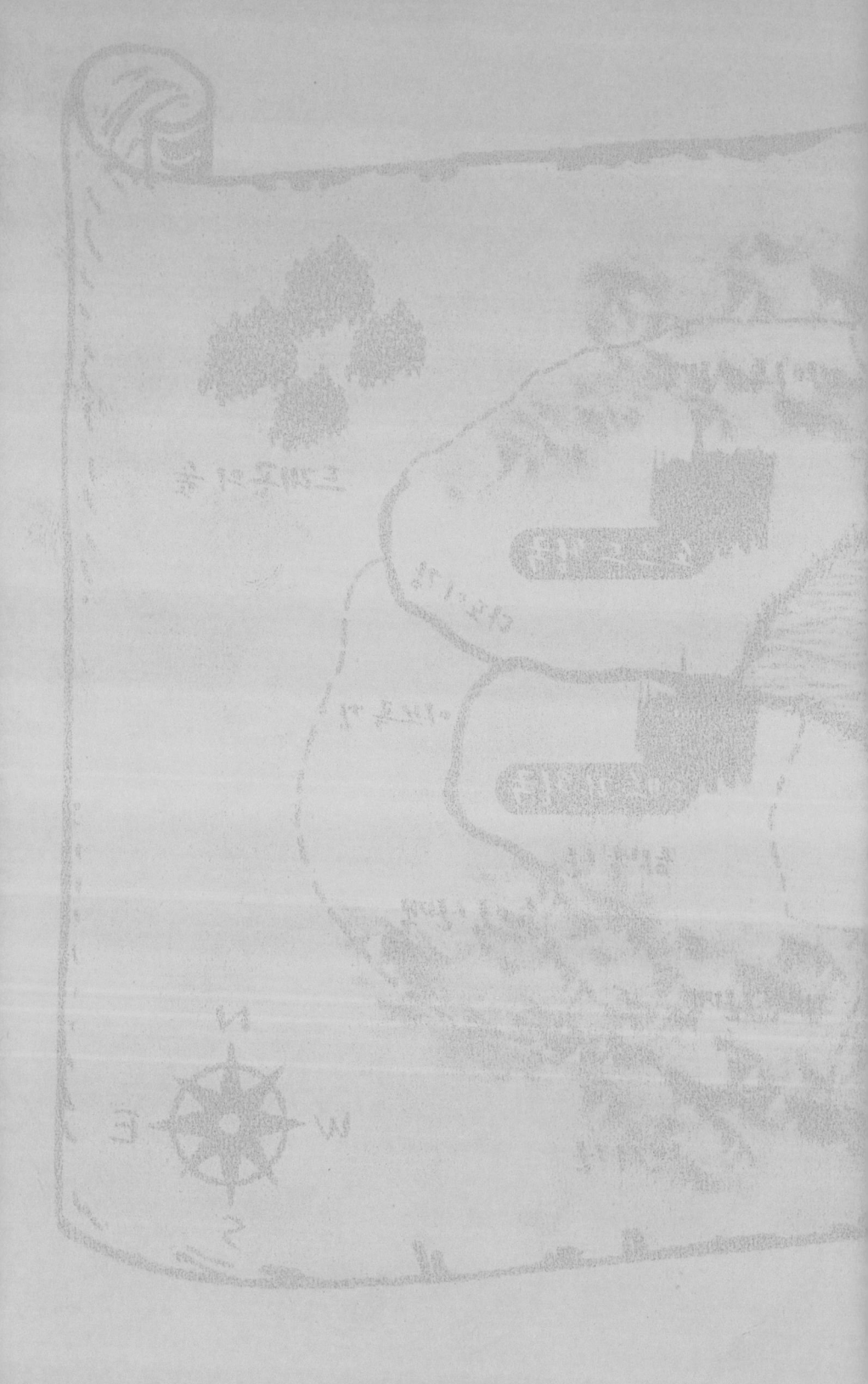